老婆急急如律令 2

風 文創 665

白糖 著

目錄

第二十八章

寧石撐著傘，與玉珩從胡同裡踏入這巷子時，一轉彎就看見一身藕荷色衣裙的女子戴著紗帽，正在一片狼藉的宅子前「舞動」手指。

風拂過一旁的樹枝，發出嘩啦啦的聲音，加上這淅瀝瀝的雨聲，與那邊的女子融為一體，透出一絲詭異氣氛。

玉珩第一次看見季雲流作法，見她手指靈動，猶如蝴蝶翩翩飛舞，那些手勢在她手中做來顯得格外和諧，他站在巷口處，目不轉睛。

季雲流作完法，消散了這房子的殘餘煞氣，抬起頭，如有感應一般地向巷口望去。

看見身穿紫衣、站在傘下的玉珩，她不詫異、不驚訝，緩緩笑開。「你來啦。」

這一句「你來啦」猶如一句極動聽的情話，更讓人覺得她是從天宮中，專程為了自己「下凡」一樣。

玉珩睫毛微微顫動，心中柔成一片，緩慢「嗯」了一聲，抬起腳步，踩水踏石，一步步向她走過去。

一到她身邊，玉珩就伸出手，一手抓住她的手包裹住，一手抬起來，朝後頭的寧石要傘。

紅巧看著玉珩毫不忌諱地抓住自家姑娘的手，遍體寒毛都炸了起來，差點握不穩手中那把傘。

七皇子與自家姑娘，什麼時候的事?!

玉珩接過寧石的傘，把傘緣移到季雲流的頭頂。「妳在季府可還住得慣？」

「嗯，祖母待我很好。」季雲流也不抽回手，任他握著。「七爺今日怎麼也到這裡來？莫非這裡是之前抓我們的那人做的？」

紅巧握著傘，被玉珩頂掉了自己的位置，不敢上前，又不想退後，正自己跟自己僵持著，就見玉珩已拉著季雲流向一旁屋門中走去。

「嗯，我聽寧石說，景王三日前曾在這裡待過一個時辰，這次特意來看看。」

「原來如此。」

紅巧立刻想跟上兩人，卻被寧石一把抓住。「咱們等在這兒便好。」

寧石面上肅穆，紅巧肩膀一縮，嚇住了。

玉珩拉著人，進了景王所待過的院門內，站在廊廡下，季雲流左右相看。「這屋裡煞氣瀰漫，不知道是哪個道人作的法？這借運陣法果然殘忍霸道。」

「玉琳果然是在借運！」玉珩眼一眯，看著不遠處尚未關門的上房內。

那上房中一片黑暗，打開的房門猶如一隻妖魔的血盆大口，似乎要把他們吸入口中般。

「為了保平安，他竟連這些旁門左道都使出來了！」

季雲流問：「七爺可知道這道人是二皇子從哪兒請來的？」

玉珩搖首。「我只聽過長公主府裡有一道人，會算命、會作法。景王曾去過長公主府，這作法的不知道是不是長公主府的那個道人？」這事還是他上輩子去查太子的詹事府時查到的。

「長公主府？」

「嗯。」玉珩拉著她的手，把歷來公主都會和親，唯獨這個長華長公主被指婚給狀元郎，又把駙馬爺英年早逝的事說了。「這道人是在駙馬死後，長公主請道人給駙馬開壇作法時遇到的。」

「天道仁善，天理昭昭，這樣的陣法雖能借運，但不可長久。」季雲流惋惜一聲。「那作法的道人為一己私慾，殘害多條無辜性命，也是要遭天譴的。」

說完，她從荷包中拿出黑炭，在牆上畫道符。「可惜太匆忙，沒來得及買個羅盤。」

玉珩站在她身後，見她作法，微微詫異。「雲流？」

季雲流不回首。「我要散去這裡的煞氣，不然陣法殘留，日後住在此處的人都會有血光之災。七爺等我一下便可。」

玉珩於是不再言語，靜靜看她作法。

上輩子覺得荒謬至極的事，這一世他看得全神貫注。

這人不再隱藏自己的道法之術，正是信任之意，他心中高興。

「元始安鎮……土地祇靈。左社右稷，不得妄驚……」踩著禹步，季雲流手中結印，口中唸著咒。「……太上有命，搜捕邪精……元亨利貞！」

少女身影如蝴蝶、如飛絮，這樣正式的道家啟壇法術，在玉珩眼中，卻比那驚鴻舞還要美豔。

飄飄兮若流風之回雪，灼若芙蕖出淥波。恍惚間，這人可以腳底生出風，騰雲駕霧飛回那白雲外的仙宮。

待她作完道法，停了手，轉回身，玉珩心頭一動，走過去，迎面抱住她。「雲流……」

自重活一世，大昭的禮法及規矩也被他忽視許多。世事無常，死過一次，這一世一切不如隨心。

季雲流仰起臉，還未來得及說什麼，一股沉水香鑽入自己的鼻腔中，綿綿的吻便落下來。

少年郎，你的理智是被狗吃掉了嗎?!

這人不愧是嬌生慣養長大的，不僅人嬌肉貴，連嘴唇都柔軟得讓人要沈下去。

想到上次挺享受的一吻，季雲流當即雙手反抱住玉珩的腰身，舌在他嘴中「反擊」回去。

便宜不占王八蛋，有豆腐不吃是傻瓜！

反正自己已經信了天道、認了命，即便現下尚未對此人動心，但他日後從頭到腳也只能是自己的！

這戀愛若不談回本，怎麼對得起自己兩輩子以來頭一次找男人、頭一次談戀愛？兩人的「你來我往」、「唇槍舌戰」，讓這吻極致纏綿，帶著相同節奏的心跳聲，似乎連心意都能相通了。

待玉珩放開她，季雲流頭一件事就是拿帕子摀嘴角。好在出門是要戴紗帽的，不然頂著被吻得通紅的嘴上馬車，車夫還不一狀告到季老夫人面前去，說她在毫無人影的空巷裡與鬼私通了！

玉珩看她總有不尋常的舉動，黑白分明的眼眸裡閃著絲絲光亮，擁著她，低聲笑了，單手托起她的臉。

「前日，季尚書跟張侍郎說了退親的事，季府可有拿回妳的庚帖？」

「咦，這事你也知道？」季雲流眨了兩眼。「你消息可比我靈通多了，我還不知庚帖拿回來了沒？」

適才兩人都情動，她的桃花眼中這會兒還是水波蕩漾，玉珩看著，心中癢成一片，撫上她的面，用手指細細摩挲如玉的臉頰。「等季府拿回庚帖，我便讓我母后指親，我要娶妳。」

他如今覺得自己恨慘了，她還要過兩年才到及笄的年歲！

看著他比之前紅豔的雙唇，感受著這如同一枝羽毛拂過臉的觸感，季雲流覺得自己的身子也漸漸發熱起來。

跨越時空的老牛吃嫩草，自己不僅不害臊，竟還想迫不及待地把這人就地給撲倒了？

玉珩摸到她脖子處，食指勾出自己親手給她戴上的那塊玉珮，十分快樂。「這玉可要一直戴著。」

看見玉珮，季雲流想到自己準備的東西，伸手從衣袖內袋中拿出平安符，拉開上頭的紅繩，道：「這是我給七爺你畫的平安符，七爺也要隨身戴著，有備無患。」看他伸手接過，她又說：「雖說我頭一次談戀愛，但女朋友該做的我都會儘量做足的。」

「談戀愛？」玉珩抬首，不甚了解如此奇怪的詞彙是何意？「女朋友？」

不過，他亦是博識明睿之人，心中很快默唸一遍，就知道了這些意思。

談，便是相談。

戀，乃是戀慕。

愛，更指情愛。

三字加起來，他便知道，這應該是「與戀慕之人相談情愛之事」的意思。

女，是女子。

朋，是有朋自遠方來的「朋」。

友，友人，那就是與自己戀慕關係的女子一方。

玉珩理解了整句意思後，目中熠熠生光，流光四溢。

這人頭一次戀慕的人，是自己！

腦補得很成功的玉珩握著平安符，摟著季雲流，啞著聲音，現學現用道：「我也是頭一次談戀愛，妳若覺得我哪兒做不好，告訴我。」

季雲流感覺自己的臉都熟透了，離開他的懷中，摀著鼻子。「打住！七爺你再摸下去，我要出鼻血了！」

「也不是頭一回了。」玉珩不厚道地笑兩聲，終於回歸正題。「妳作法需要羅盤？」

「也不是作法需要，有了羅盤，可以更準確地確定我需要的方位或時辰。」季雲流解釋。「道家之人，少不得要這件法器。」

今日就是拿了去銀樓做的藉口，等下直接去街上看看有沒有賣羅盤的？

玉珩頷首。他亦可去宮中找一下有沒有好的羅盤？

兩人在簡陋的宅子內相擁，廊廡外頭下著細雨，雨中的青草香鑽入鼻子，玉珩扶著她的腰，見她仔仔細細給自己戴好那平安符，笑著親了一下她的額頭。「這是連定情信物都有了。」

季雲流笑了一下。「這不是定情信物。七爺暗災未消，二皇子視你為眼中釘，又能借人作法術，七爺在宮中要小心一些。」

「好。」玉珩應她。「妳也要小心一些。過些日子，有個名叫九娘的，我會讓牙婆帶到妳府上，妳且選她做丫鬟，跟著妳。那九娘腿腳功夫不錯，能護著妳一些。」

這麼善解人意！交往沒幾天就送保鑣的男朋友，季雲流滿意了，抬著胳膊，撫上他的胸膛，踮起腳，主動給他一吻。「謝謝七爺！」

佳人秀色可餐，還主動獻吻，玉珩眼中有火星冒起。在她腳跟落地後，立刻俯首，追著她的唇壓上去。

這一次，是綿綿細吻，濃膩到化不開。

季雲流擱在玉珩胸口的胳膊緩緩向上，勾住他的脖子。

下一次見面不知道何時，還是先吻夠本了吧！

皇帝的御書房內。

二皇子玉琳方行過君臣之禮，皇帝就一手摺子甩過去，砸中玉琳的頭。

「好啊，抓了七哥兒亂了紫霞山規矩，想瞞天過海便罷了，如今來給朕磕個頭、認個錯都不用了?!二哥兒如今是有了天大的膽子啊！朕都治不得你了！」

玉琳被這樣突如其來的一齣嚇得肝膽俱裂，跪地就道：「沒有！兒臣沒有要謀害七哥兒，父皇明鑑啊！」

「你是說紫霞山中這事不是你做的？」皇帝怒火滔天。「若不是你做的，珩哥兒是在自個兒舞大戲，自己綁架自己，冤枉你不成?!」

再一本摺子甩過去，皇帝怒氣不減。「你自己看看，這兩本摺子，一本是珩哥兒的，一本是秦相的，你看看他們裡頭哪個跟你有冤有仇，非要冤枉了你！」

玉琳立刻將兩本翻開全看了。

這三本裡頭，玉珩寫的全是自己被刺客所抓、心中驚恐之詞。

秦相寫得犀利，說紫霞山出歹人會壞國之根本，必須要把歹人繩之以法，更是把南梁守山等人似乎與歹人勾結都細細說了。

原來裡面沒有一人寫明白，這事是自己做的！

他阿爹是想套他話，好奸詐！

「兒臣真的沒有謀害七弟啊，父皇！」玉琳磕頭，很快哭起來，瞬息便哭得撕心裂肺。「他是我親弟弟啊！兒臣從小受父皇教導，要為而不爭，要利而不害，要包容一切，兒子怎麼會去謀害自己的親弟弟？這是違背列祖列宗的規定，違背天道昭理，是要遭天下人恥笑的啊！」

玉琳對兄弟下手狠，對自己下手亦狠，幾個頭磕下去，額頭磕出血，順著臉頰，留下一片血紅。「父皇，兒臣承認是嫉妒七弟的聰慧才智，更嫉妒他得您喜愛，但是謀害兄弟這樣的事，兒臣怎麼會、怎麼會去做！」

皇帝被這兩句嫉妒他的「實話」，被幾個毫不留情的磕頭弄心疼了。「起來吧，我諒你也不敢去做。」

玉琳一臉委屈地爬起來。「父皇，事到如今，兒臣也不能再遮掩了！此事是南梁私自為了替兒子分憂，才自作主張在紫霞山對七弟下手。兒臣今日過來，便是向父皇坦白的。」他從懷中摸出一封信。「父皇，這是南梁自殺前一日，派人送給兒臣的，兒臣本想著……本想著替他保了這忤逆的名聲……但想起父皇日日教誨……」

說著，顫顫抖抖地把信遞出去。

「這樣的亂臣賊子，你還想保了他名聲？你怎麼不想想你自己的名聲?!」

皇帝接過打開，細細看裡頭內容。南梁言詞懇切地講了自己如何部署紫霞山計劃，如何抓了玉珩和季雲流，如何在玉琳的感化下知錯，如何輾轉反側，覺得自己拖累玉琳，因而自殺的經過。

言詞懇切，為主子分憂的忠心把這個大昭的皇帝都感動了。

「一同被抓的還有季六娘子？」皇帝抬起首，看著玉琳。「這是哪個季六？為何七哥兒他們都未在摺子中提到？」

玉琳搞來搞去，搞出這麼多事，一來就是替自己推脫謀殺兄弟的罪名，二來就是要把沒有助力的季雲流安給玉珩做正妃。

昨日給他作法借運的道人可是說了，今日他必能心想事成！

玉琳上前兩步，立刻道：「是季尚書家的姪女，季府六娘子。」

「她與七哥兒一道被抓，七哥兒怎會都沒有提起過？」皇帝再次疑惑。

「大約是七弟為了顧及小娘子的名聲，但是……但是……」玉琳欲言又止。

「但是什麼？說話不要吞吞吐吐，你是堂堂王爺，這樣的吞吞吐吐在眾人眼中成何體統！」

咬了咬牙，玉琳心一橫，道：「但是父皇，南梁在信中也說了，他抓了七哥兒時，可是將他們兩人綁在一塊兒，在外頭置了一夜的！雖說這事是迫不得已為之，但我們天家之人，在世人面前當做表率，如今壞了一小娘子的名聲，自然也要擔負起這個責任！」

玉琳這段話有理有據，很是中肯。

皇帝坐於案頭後思索。

玉琳垂首，又偷偷去看自家老爹的臉色，見他臉上毫無怒氣，再接再厲「攪亂」。「父皇，這季六才十三、四歲，只怕經過這事，都要被嚇到不敢見人了。季尚書為人公正，他若認了一個理，那是十頭牛都拉不回的。這件事，那季六若是告訴了季尚書，季尚書鬧起來，難不成我們要以天威逼迫季府不成？」

皇帝終於開口。「這季六是季府哪房所出？」

「是季府三房所出的嫡出姑娘……」見皇帝不負眾望地攏起眉，玉琳趕緊道：「父皇，這事若是一直捂著也罷，若是被人知曉，我們天家之人壞了人家小娘子的名聲，還棄之不顧，這傳出去，不僅朝廷內，只怕更會寒了天下人之心！再者，父皇，七弟與那季六在紫霞山中一同被抓，也能說是種緣分，指不定這正是一段大好姻緣呢？」

玉琳一肚子墨水這次全倒了個乾淨，作文章都沒有那麼用心過，為了促成玉珩的婚事，一個堂堂大昭王爺都自降身分成官媒了。

這親事若是還不能促成，他就以死相逼這個皇帝老爹，再打死長公主府中那個說能心想事成的道士。

今日，絕對要讓皇帝把那沒有一絲助力的季六指親給他的好弟弟，給他當弟妹！

第二十九章

玉珩剛回到臨華宮，都還沒喚人沐浴更衣，席善便一臉喜色地進來，垂首站立一旁。

「七爺！」

「何事？」他這趟出門，心情甚好，微微晃了一下脖子，感受了下季雲流親手給他戴上的平安符，抬手讓席善更衣。

席善上前兩步，幫玉珩解下腰帶，輕笑道：「季府取回六娘子的庚帖了！」

玉珩移過清亮的眸子看著席善。

「這是真的，小的親自去官媒那兒打探的，官媒說，季府已與張府退親。」席善嘴快，一股腦兒地全說了。

玉珩換了身衣袍，摸著自己脖子上的紅繩，冷冷一笑。「算張府識相！」

上一世，張元詡如牆頭草一樣兩頭倒的仇，他可以不計較，但這一世，敢跟他搶人？他玉珩定會暗中派個人把他給捅死！

剛換了宮中便服，便有公公來稟告，皇上傳召。

玉珩目光一動，大步跨出臨華宮。

進了御書房，沒想到玉琳竟然也在，額頭裹著一層細白紗，倒是一身神清氣爽地站著。

玉珩行了禮，皇帝翻著案桌後的奏摺，道：「七哥兒，上次南梁擅自在紫霞山中抓你之事，朕已經了結此案了。」

意思是讓玉珩保住皇家顏面，也莫再追究。

把所有罪責都推給南梁這事，秦相已告訴他。玉珩面無表情，行禮道：「兒臣謹遵父皇旨意。」

「此次喚你來，還有一事。」皇帝輕嘆一聲，把玉琳交上來的信遞給一旁宮人。「南梁私自在紫霞山中抓捕你，在他的遺書中，朕得知，原來一同被抓的還有季府六娘子，這事你怎麼沒有稟告我？」

隨著皇帝的聲音，宮人把遺書交到玉珩手上。

玉珩拿著那份「遺書」，從頭看到尾，而後抬起頭，目光向一旁身穿玄色繡暗紋的玉琳犀利地瞥過去。

玉琳站在那裡，見了玉珩惱怒的目光，得意一笑。

與自己弟弟鬥志鬥心、搏智搏勇這麼久，這次最暢快了！

「父皇，兒臣沒有說是不想壞那小娘子的名譽。」玉珩如此解釋。「若傳出去，那小娘子日後必定聲名有礙。」

「七弟，這便是你的不對了。這事你若不想壞人家小娘子的名譽，就得給人家一個交代呀！」玉琳上前兩步，和藹一笑。「七弟，雖說你與那季六娘子同待一夜是迫不得已，但這亦確實是抹不去的事實，咱們為皇家之人，這事可不能欺負人家身分低微。」

玉珩目光炯炯地盯著玉琳。

他的好二哥是什麼意思？

玉琳看著「惱怒」的玉珩，繼續捏著他的「痛處」道：「七弟若不認下這個責任，在那季府眼中，我們天家不是成了不仁不義之人？難不成，七弟想以天威逼著那季六娘子守口如瓶不成？若她守不住這秘密，七弟該不會想殺人滅口吧？」

皇帝亦頷首。「我們大昭奉行三尊，要厚德載物，上善若水，有容乃大。七哥兒，你二哥說得不錯，天家之人應做表率，不可以一己私慾，迫害人家無辜小娘子。」

玉珩錯愕地轉首看向御案後的皇帝，又收回目光，心思跨越千山萬水，腦中迅速把皇帝的話捋順了一遍。

認下季六名聲的這個責任？這個好二哥，難不成這是在給他作媒，讓皇帝指婚？

朝御案後的皇帝恭敬一禮，玉珩從善如流。「父皇，兒臣願娶季府六娘子，只是那六娘子早已與張家二郎訂親，因此兒臣之前才不得已為之。」

玉琳聽見他的聲音都顫抖了，知道這七弟是被自己「氣」得太狠，於是上前兩步，不氣死他不休。

「父皇，季尚書昨日不是在禮部說張家騙婚嗎？這事若是真的，那季六娘子與張二郎的親事就是子虛烏有的事。季六娘子的親事被騙，名聲被污，她若一時再來個想不開，可不是雪上加霜的事？」

張二郎這樣的蠢貨，連自個兒的親事都處理不好，這顆棋子他已經棄用，因此玉琳也就不管此事對張家的後果。

「真有此事？」

玉琳信誓旦旦。「千真萬確！」

「季尚書為人坦率真誠，若他說張府是騙婚，應該不是空穴來風。」皇帝道：「七哥兒，你且去季府走一趟，若張家真是騙親，那季六就是個可憐孩子，也算是你未來媳婦了，你且去看看吧。」

玉珩一下子心口怦怦亂跳，又聽見玉琳在一旁道：「是呢，七弟，父皇仁厚聖明，心懷天下，你可不能辜負父皇一片良苦用心。」

玉珩轉首，目光炯炯地看著玉琳。為了這事，二哥可真是不遺餘力啊！

玉琳對他一笑，笑得心曠神怡。

兩人在殿中目光對望，竟還心有靈犀一點通了。

玉珩被這二哥對自己的一肚子滔滔壞水和黑心腸給氣笑了。

他抿著嘴，朝皇帝跪下，控制著情緒。「兒臣遵旨。」

「父皇，」玉琳在一旁繼續煽風點火。「日後若查明真相，再讓母后把季六娘子接進宮中住上幾日吧。聽說，母后似乎也頗喜歡那六小娘子呢！」

把那山野村婦接進宮，天天面對著玉珩，噁心死他才好！

皇帝聽著玉琳的話，覺得這建議頗好，頷首道：「也好，到時候可把那季六接進宮中，多陪陪皇后。」

這人身分已經匹配不上自家兒子，那就讓他們多多相見，讓自家兒子除去心中芥蒂也好。

這樣，也有個順當的藉口指親。

因此玉珩「委屈」地伏地磕頭謝恩，表情扭曲，連身子與手指都顫抖了。

說到皇后，皇帝想了想，在玉珩起身後又吩咐道：「七哥兒，莊家乃你母后的娘家，這莊國公府的顏面也須顧及。去過季府，再去莊府一趟吧。」

「是！」

玉琳與玉珩一道從御書房出來。玉琳轉首看向玉珩，上前兩步，拍拍他肩膀。「七弟，待大婚日子定下時，這份大媒，七弟可不能忘了二哥我。」

玉珩抿著嘴。「到時必定少不了二哥的厚禮！」而後，拂開他的手，朝著殿外大步離開。

玉琳看著玉珩「氣」得五官都扭曲，心情暢爽，哈哈笑起來，對著他的背影大聲吩咐自己的小廝。「去給季府六娘子多送幾疋錦緞，再送幾副頭面過去，就說辛勞她了！」

寧石跟在玉珩後頭，聽著玉琳的胡言亂語，把那些話在心中想了想，實在想不明白。

進了臨華宮，席善迎過來，看見玉珩緊抿的雙唇，立刻瞥向寧石詢問。寧石輕搖了一下頭，表示自己也不知道。

玉珩健步如飛，進了書房，再也忍不住地哈哈大笑起來。

這一笑，簡直不得了，笑得連腰都直不起來。

寧石與席善看著自家主子笑得連眼淚都流出來，面面相覷，覺得御書房之行更加詭異。

這是發生了何事？撞邪了？

「七爺？」席善不怕死，輕聲詢問。「怎麼了？何事讓您笑得如此高興？」

玉珩稍稍止了笑意，滿臉春風得意。「今日景王痛哭流涕地跪在御前讓皇上給我指親，正是指了季六！真是得來全不費功夫！」

「啊？」不僅席善愣住，連寧石都被這個消息炸懵了。「七爺，皇上、皇上要下聖旨賜婚了？」

都說紫霞山所出的姻緣得天道庇佑、一帆風順，可這順得、順得也太可怖了！

誰能想到，全心全意跟自家主子作對的二皇子，竟然出了這麼一張好牌。

「尚未下聖旨，等確定季六已與張二郎退親，定會下旨。」玉珩負手看著牆角的桃花，意氣風發。「現在就隨爺去季府走一趟。」

玉琳今日的額頭破了個大洞，但意氣風發的模樣不輸玉珩。

他出了皇宮，又去了太子的東宮。

東宮守衛見了景王，恭敬地把他引到南苑，讓東宮內臣帶著進去。

玉琳常在東宮走動，一看這去的方向，笑了一聲。「太子此刻又在金舞殿？前幾日我讓人送來的西域歌姬，太子可喜歡？」

吳公公見此刻景王心緒正好，跟著笑道：「太子殿下這幾日都在金舞殿，景王殿下送來的女子個個是絕色佳麗，太子殿下喜歡得緊呢！」

玉琳頷首，緩步走上臺階，語聲溫和。「煩勞吳公公好好伺候我大哥。」

吳公公接過景王旁邊的侍從遞來的一封紅包，捏了捏厚度，連連應聲。

外頭細雨不絕，殿內春光無限。

殿內樂聲滿滿，一個西域女子露出肚臍、胳膊和大腿，正在殿中嫋嫋起舞。

玉琳由吳公公引入殿內，玉琤倚在太師椅上，身上衣袍敞開，手中搖著夜光杯，見了他，笑著招手。「二弟，過來看看你送來的這個傾城美人，果然絕色！」

瞥見玉琳額頭裹起來的紗布，玉琤攏眉問他。「二弟，你的頭怎麼了？怎麼傷到了？」

說到這個，玉琳沈聲重重一嘆，頗有一番難言之隱。

太子兄弟情深，自然再相問，大有一番「你不說我不甘休」的架勢。

玉琳只道：「大哥，南梁的事情，你可知道了嗎？」

玉琤嘴裡默唸一遍這名字。「前幾日，抓了七弟的那個侍衛統領？蘇紀熙不是說他畏罪自殺了嗎？」

「他是死了，但抓七弟這件事，父皇懷疑是我所為，今早傳召我去御書房問話。」

玉琤大為吃驚。「二弟，你竟然去刺殺七弟！那是咱們的嫡親弟弟呀！」

「大哥！」玉琳站起來。「這事怎麼可能是我做的？這事是南梁擅自私下所為，這南梁還是大哥三年前向父皇提拔的！」

「啊！二弟，這件事可不是我指使南梁，這件事……」玉琤慌了，站起來，顫抖了半晌，一巴掌拍在案桌上，夜光杯被震下地，發出叮咚響。「那南梁就是忤逆奸臣，竟然私自綁架七弟！」

玉琳過來，就是為了在玉琤面前洗脫自己是幕後主使的嫌疑，如今見他念在兄弟之情，三言兩語就信了自己，上前道：「大哥，切莫為了這逆臣傷了自己身子。其實我今日過來還有一事。南梁自殺，侍衛統領這位置不會長久空置，咱們更不能讓其他人坐上這個位置。」他道出自己此次過來的目的。「我這裡有份名單，名單上之人皆是忠心能用的，大哥定要快快把侍衛統領向父皇定下來。」

玉琤看著名單，微微猶豫一下。「二弟，侍衛統領這事，自有父皇定奪……」

「大哥，你日後亦會繼承大統，這事若是父皇親自定人選還好，若是被其他哥兒的人鑽了空子呢？」玉琳徐徐誘導。「人不害我，我不害人，但是防人之心不可無啊！」最後又道：「我見大哥這東宮有些地方也需再修繕一番，我明日讓人送二十萬兩銀票過來。」

玉琤抓下名單，笑道：「還是二弟最知我。」

季雲流從巷子裡出來，上了馬車，離開西祠胡同，繞到王崇大街的寶福樓，隨手挑了幾樣翠玉鐲與鑲玉抹額，在回去路上，又讓紅巧買了各樣小點心，而後直奔東仁大街。

不一會兒，馬車就到了東仁大街最大的道符鋪子門口。

這鋪子的門不同於其他店鋪是正門打開，而是開在西南處。這個位置在坤位，這店求的卻不是財源滾滾，而是安康，倒也頗有幾分真本事。

季雲流放下簾子，笑了笑。「就這家吧。」

在這裡，她也不指望有多好的羅盤，只要有個能用的便行，自然要求不高。

在店內挑完羅盤付完銀錢，季雲流才走出鋪子，店內又撲進來一個小廝。「掌櫃、掌櫃，我要請一張驅邪符！」說著拍出一張五百兩銀票在櫃檯上。

「有的、有的。」掌櫃看那大額銀票，立刻拿出一個匣子，請出一張八卦黃符。「這就是驅邪符，讓家人焚燒後，化水服用即可。」

小廝大概是趕時間，抓起匣子直接跑出去。出門跑得太快，一個踉蹌，險些撞到要上馬車的季雲流。

小廝長長一揖，道歉。「對不住、對不住，小的多有得罪，請姑娘切勿怪罪！」

季雲流看這人牛眼土耳，是個富貴人家的小廝，笑結善緣地道：「這位小兄弟，你憂主心切，難免會手忙腳亂。這幾日，何不把伺候主子的事情交給別人代勞？」

「姑娘的意思是……」小廝驚恐無比，抬眼看她，只看到白紗後一片朦朧，剛想再說什麼，見姑娘已經在丫鬟相扶下踏上馬車。「你只是近日有歲煞，衝撞你家主人而已，不必在意。」

那樣虛虛實實的聲音隨風飄進小廝的耳朵，讓他握著匣子，心頭怦怦直跳。

這是，真的遇到高人了？

第三十章

季雲流回府剛去季老夫人那兒送了糕點，才入邀月院沐浴更衣完畢，紅巧便道四姑娘過院來了。

「下著雨，四姊尋我何事呢？」季雲流迎出門，把人迎進正院前屋中。「四姊快些進來，喝點熱湯。」

「我聽說大伯父跟張家退親了，我以為妳……便來看看妳。」季雲薇本以為季雲流定要在屋裡哭死，哪裡知道這人不僅出門逛了一圈，連糕點都是十幾盒地往回帶。

「謝謝四姊關心。」季雲流見她真心上門來關心，拉她過來在桌邊坐下，讓紅巧端了銀耳湯，又讓她擺上出門買的糕點。「四姊吃吃看，這些糕點各有各的味，很不錯呢。」

「妳呀！」季雲薇被她這副不知愁的模樣弄得沒脾氣了。「妳怎地一點都不擔心自己的親事！」

「緣分這事自有天定，咱們想去搶也搶不來呀！」季雲流以口就碗，抿下一口湯。「且那張二郎在紫霞山後山中，都讓我撞破與莊四娘子相會，我若再跟他有牽扯，日後必定要難過死啦。」

「什麼？他們竟然、竟然真的私通！」驚嘆一聲，季雲薇又恢復常態。「若是如此，定要大伯替妳退了這樁親事！」

握著季雲流的手，季雲薇又道：「妳且放心，大伯替妳退了親，祖母定會再給妳找戶好人家的，定會比那張二郎好上百倍。」

季雲流看她，她的眼中全是認真之意，全然沒有嘲笑意思。

「四姊。」她讓自己肩膀依靠過去，眨了兩眼。「我看四姊近日紅光滿面，光彩照人，恐怕近幾日四姊定要遇上鴻運喜事了。」

「什麼鴻運喜事？」季雲薇不解。

「嘿嘿，良辰美景良人來，可不就是桃花鴻運當頭的大喜事嘛！」季雲流愉快道：「只要四姊不拒絕、不躲避，那人就是姊姊的一段大好姻緣。」

季雲薇這下被她直白的一段話弄明白了。「好哇，妳竟然敢消遣我，看我不撕了妳的嘴！」

兩個姑娘正歡鬧時，二門那邊下人過來稟告，說長公主府遞了兩張帖子來，正好季雲薇一張、季雲流一張，見兩人都在這個院子裡，就全都送來這邊了。

兩人打開一看，是長公主府舉辦春日賞花宴會，文瑞縣主便讓人送兩張帖子來邀請兩人。

「長公主府？」季雲薇拿著帖子看季雲流。「六妹，這賞花宴，咱們可要過去？」

文瑞縣主是長公主嫡女，雖與文瑞縣主認識不久，這份友誼倒是真心的，只不過季雲薇猶豫的是對方的門第太高了。

「四姊，文瑞縣主特意讓人送的帖子，我們自然要去了。」季雲流拿著帖子笑。「若不去，才是看不起文瑞縣主呢。」

不是說長公主府有個厲害的道人嗎？如今要進去全不費功夫，自然要去見一下！

這邊剛剛說要去長公主府赴花宴，那邊卻是七皇子親自登門了，且是為了問清張家的騙親事宜。

皇家人登門，那是季府天大的福氣。雖不知為何退親這事傳到七皇子耳中，但人家自降身分過門，自要客氣至極地相迎。

季德正公務繁忙，季二老爺在吏部亦是大忙人，聽說七皇子登門，手忙腳亂下卻脫不開身。

這會客的事就輪到季三老爺。

季三老爺這幾日能名正言順地寵著婉娘，偷偷摸摸都不用，簡直不要太春風得意。他急匆匆趕來，在二門向玉珩見禮。季三老爺這廂彬彬有禮、一副大家子弟般地把人引進花廳。

待小廝上了茶水，季三老爺立刻打開話匣子，從上到下、從前到後，清清楚楚把張家的罪狀又講了一遍。說到自己女兒所託非人的傷心處，眼淚一灑，又替自己博了慈父的名頭。

這哭戲，上次在季德正面前展示一遍後，也是越發熟能生巧了。

等全數說完，季三老爺站起來留客。「七殿下，這時辰不早，下官已讓人在府中的西花廳備下一些吃食，不如在這裡喝杯粗茶再行公事？」

玉珩背著手一頓，頷首應聲。「好，有勞季三老爺了。」

季三老爺簡直被這聲震得耳聾眼花，連忙行官禮。「是敝府蓬蓽生輝，是七皇子大駕光臨，不嫌棄敝府。」說著，連連彎身引路。「七殿下，這邊請、這邊請……」

玉珩負手帶頭往前走，邊走邊對季三老爺隨意道：「貴府似乎請道人相看過風水，處處透著靈氣。」

「七殿下真是博識。二十年前，下官府中真的來過一個高人，指點了幾句。」季三老爺心花怒放得不得了，連忙給玉珩介紹自家府邸的各個院子。「那頭遊廊通到底的便是邀月院，小女六姊兒的院落。六姊兒在莊子受了兩年苦，我這個做爹的都沒有好好補償她，真是……」

說著說著，又作足了一套戲。

玉珩對這些二十年前的舊事沒有興趣，他心中想的就是那三個字「邀月院」。

看季三老爺所指的方位，這邀月院似乎是在季府的西北角，那院子是不是連著季府的外牆？

傾雲院中，季雲妙一聽玉珩來到季府，整個人跳起來。「我、我要去見他！」

金蓮見狀說了幾句，還是止不住自家姑娘傻乎乎的熱勁頭，直接道：「姑娘使不得，您如今還被老夫人禁足呢！」

「那怎麼辦、怎麼辦？如此好的機會，我若錯過了，豈不是、豈不是……要等到何年何月？」季雲妙急得團團轉。「去，妳去找我阿娘，讓她幫幫我。」

金蓮被指揮出去，在院子外頭拐了幾個彎，一橫心，真的往何氏的院子去了。

何氏一聽自家姑娘要出去，登時怒道：「妳去告訴七姑娘，她若有何歪心思，莫說老夫人饒不了她，我也饒不了她！且讓她趁早歇了這個念頭！」

金蓮帶著何氏的話，原原本本地回了季雲妙。季雲妙聽完後，撲在桌上大哭。

季老夫人派來守門的婆子見房中哭成如此模樣，就想進房瞧一瞧。

才進門，季雲妙便撲過來，一個花瓶砸下來，當場就砸暈這個婆子。

這一砸，她出手時沒有膽怯，現在看到後果，自己也嚇個半死，顫抖地踹了金蓮一腳。「去，趕緊去看看她還活著不？」

金蓮手指伸了半天，才敢把手探到婆子鼻下，而後鬆下一口氣。「還有氣，還活著、還活著，馬婆子還活著……」

季雲妙聽到「活著」兩字，當下不怕了，提了衣裙就從院子裡跑出去。

算算時辰，七皇子應當也用完膳了，只要站在出府的必經路上，定能見上一面的。

紫霞山中定下的良緣，她不能錯過！

季三老爺陪玉珩用了膳，神清氣爽，一路正引人出府。

行至二門時，就見眼前一花，一個緋紅人影撲出來。「七殿下！」

季三老爺嚇一跳，險些大白天要當場大叫「有刺客」。

玉珩抬眼，看著前方一路跑過來的小娘子，目光淡淡地落在季三老爺身上，無聲詢問。

季三老爺看清來人是女兒季雲妙，一口氣提到嗓子眼，脫口而出。「這是敝府的婢女，新來的、新來的，不知禮數衝撞了七殿下，實在是對不住……」

季三老爺好不容易急中生智，打回了圓場，季雲妙已經跑到玉珩眼前。

她跑近時，還沒忘了禮數，慢了幾步，然後站穩，款款行了一個禮。「七殿下，小女子季雲妙，在季府眾姊妹中排行第七。」

季三老爺一口老血全數湧上頭頂，直接折壽十年。

「來人哪！人呢？全瞎了眼、死了嗎！把這個、這個……給我拖下去！」

「阿爹、阿爹……」季雲妙被上來拖人的丫鬟拉走時，大哭出來。「七殿下！」

玉珩身分高貴，就算有小娘子愛慕自己，也會自矜身分，偷偷瞧上兩眼便罷，哪裡有過這樣當著眾人面就上來自報閨名，講她在家中排行第幾的？

但他是對自己不在意之事便絲毫不會上心之人，如今當眾被季雲妙衝撞，也只是看著季三老爺，雲淡風輕地笑道：「季府這規矩，我也是頭一回見到。」

說著，一負手，邁著步子，從二門出去了。

季三老爺站在門口送人，想著玉珩那似笑非笑的模樣，臉都綠了。「來人哪，給老爺我拿鞭子來，要粗的鞭子！」

第三十一章

從季府出來，玉珩帶著寧石又去了莊國公府。

莊二夫人到底是大家門戶內宅的宅門高手，見玉珩來了，立刻撲過去就哭著說，都是張元詡那個不要臉的誣陷自家女兒！

她幾番言語下來，把莊若嫻主動勾搭張元詡，說出有夫妻之實的事情推了個一乾二淨。

況且，自兒子從紫霞山與張元詡對峙回來後，明確告訴過她，自家姊姊應該是清白的，沒有真的與張二郎有夫妻之實，張二郎怒火沖天的表情不像騙人。

她莊國公府的四娘子，好好一朵鮮花被一坨牛糞騙得死心塌地，連這種不要臉的話都說出來，當下，莊二夫人哪裡肯放過張元詡！

「七殿下，是張家到處散播謠言，毀壞我女兒的名聲哪！」莊二夫人直哭。「七殿下，一切都是張二郎那不要臉的人做的哪！」

席善在一旁聽得津津有味。嘖嘖，這下子，張二郎可真踢到鐵板了。

了解完始末，玉珩直接回了皇宮。

一回臨華宮，寧石又來稟告，九娘受了嬤嬤幾日教導，日以繼夜學著，把丫鬟的那些規矩都學會了。

玉珩讓人把九娘帶上來，親自讓她伺候端茶倒水，滿意了，頷首道：「安排給那個牙婆，讓她送進季府。」

但同樣得知季府招下人的，還有景王府。

景王妃聽人說，昨日景王讓人送了許多東西給季府六娘子，還以為景王又瞧上哪個小娘子了，當日夜裡就對著景王是一場哭，哭得淒淒慘慘戚戚，連連說自己不活了，不待景王府了，要回娘家。

景王上月才大婚，夫妻濃情密意還未過去，哪裡見得自己王妃這麼個哭法，立刻摟著她連哄帶說，把自己想讓山野村婦季雲流指親給玉珩的事情全說了。

景王妃聽著景王描述，停了哭聲，轉著眼珠子，指著玉琳的胸膛，溫婉道：「二爺，這讓一個小娘子身敗名裂的最好方法，便是讓她在與七皇子指親後，爆出她與男人私通的證據，讓七皇子戴綠帽子，當眾失了全部顏面，這才有趣呢！您說對嗎？」

果然最毒婦人心！

玉琳看著自己老婆如花嬌豔的臉龐，腳底涼氣騰騰往上冒，口中勉強地笑道：「對對對！王妃說的這法子確實好，太好了！只是怎麼讓季六與人私通呢？」

「這事好辦。」景王妃不以為意地道：「尋個丫頭進季府，讓她潛伏在季六身邊伺候著，時間久了，安個男人在她床上，哪裡是什麼大事？這樣一來，還不是證據確鑿，都不需要我們出手。」

玉琳連連說好，就這麼辦，讓景王妃趕緊挑個丫頭去季雲流旁邊潛伏著。

待他誇過景王妃，笑著踏出房門時，頭一件事就是惡狠狠地吩咐自己身邊的侍衛。「有膽子入後院的男人，全都給我砍了手腳丟出去！王妃若要外出，給我跟仔細了，王妃見了什麼人，全給我報上來。要是見的不是娘家的男人，全都給我砍了，連隻蚊子飛進來，都必須是母的！」

這個綠帽，自己頭頂絕對不能戴！

季雲流坐在榻上，翻著《昭史》，聽著夏汐又繪聲繪影地說著午後的八卦——七娘子是如何打暈了看管的婆子，如何不要臉地衝撞了七皇子，而後如何被三老爺抽了一頓鞭子，又是怎樣氣得老夫人直跳腳，要把她禁足到出閣之前。

夏汐講這些八卦簡直不要太熟能生巧，還能抑揚頓挫，各人的語氣學得似模似樣。

她正講著，顧嬤嬤跨進來。「姑娘，大夫人讓妳去二門那兒挑兩個丫頭呢。」

入了院，季雲流向陳氏行禮，頭一眼就看見那群排排站丫鬟中的一個女子。

細瞧兩眼，眼深眉濃，面上骨肉勻稱，腿腳骨肉亦是非常勻稱，不用問名字，都知道她就是九娘。

這男朋友挑的保鏢果然很合格。

指著九娘，季雲流笑道：「便她吧。」

「好眼光，我正覺得她不錯呢。」陳氏拉著她的手道：「妳且再選一個，仔細妳那兒加紅巧、夏汐還有這丫鬟也才三個，咱們不說照勛貴人家的規矩要六個丫頭，但四個總是該湊齊的。」

牙婆笑著再拉出一個人來。「六娘子，這丫頭懂事靈巧得很，手腳又勤快，人也長得周正，您瞧瞧。」

季雲流打量那丫頭，是個十五、六歲的年紀，雙眼細長，鼻高唇薄，眼珠子也很靈動。

那丫鬟幾步走出來，朝陳氏與季雲流福了福。「奴婢名青草，今年十六，見過夫人與姑娘。」

「確實是個周正的。」陳氏很滿意。「也是靈巧知規矩的。」

季雲流看著她，道：「把手伸出來我瞧瞧。」

青草伸出一雙手，掌中有離卦紋，是個奔波勞碌、說人長短的官家命。

季雲流看著一笑。「便這個吧。」

牙婆見兩個昨夜被人送銀子安插進來的丫頭都選中了，暗中鬆下一口氣。

回院子的途中，陳氏抓著她的手，寬慰道：「妳的親事，咱們必退無疑。這事錯在張家二郎，妳莫要擔心妳的閨譽會受損。至於日後親事，老夫人定會給妳挑個好的。」

季雲流笑道：「雲流多謝大伯和大伯母的厚愛。大伯母待我如親女兒般，雲流無以為報，日後必定好好孝敬大伯與大伯母。」

「傻孩子，都是自家人，哪裡需要客氣？」陳氏又如此寬慰道。

「嗯。」季雲流笑起來。

其實這季府中，眾人對她都挺不錯，不需要勾心鬥角什麼的，真是太好了。

她回了邀月院，想了想之前玉珩所講的九娘。

當時明明白白只講了一個人，所以那株爛草應該不是她男朋友送來的吧？

如果不是，對這個青草還真得好好審一審。這人官家掌紋，容易說長道短，不可留。

再說青草，本是自信滿滿地進季府，沒想到才一日就被季雲流識破身分，直接嚇破了膽，伏在地上，痛哭流涕地把自己是景王妃派過來的全招了。

二皇子竟然還把主意打到季府來？

季雲流看著跪在地上的青草，笑了笑，讓九娘把青草帶下去。

第二日一大早，玉珩讓寧石拿了書籍，帶著他去了國子監。

國子監乃大昭的最高官學院，學生名額甚少，不僅只收七品以上官員子弟，還得通過入院考試才可進入。

玉珩入太學堂時，六皇子玉瓊已經在那兒，一見玉珩，立刻上來打招呼。「七弟，你來啦！」

玉珩應了一聲。

「小七，」玉瓊再跑過來。「我那兒前些日子得了一件雪白貂裘，嘖嘖嘖，那毛的成色真是極好的，不如六哥讓你帶回去給皇后娘娘孝敬孝敬？」

「嗯，北地水貂做的貂裘？」玉珩目光一頓，頗為大方地頷首。「好，六哥讓人送來便是。」

那人穿上白色確實頗為好看。

玉瓊見他爽快答應，臉上頗有喜色，沒多久又垮下來。「七弟，本來這事，咱們做兒子的向母后聊表孝心是應該的，但小七你瞧，六哥我如今、如今為了整治寒北那樣貧困苦寒之地……唉，真是兩袖清風，一言難盡！」

皇家兒子看似身分尊貴，其實除了御賜的宅子，囊中還真是羞澀得很。

皇帝封屬地，不知道是否怕兒子造反緣故，封的全都是些窮到叮噹響的地方，封給這六皇子的還是寒北一處荒無人煙之地。

每一年不說能進貢多少了，他不貼補那邊的民生就已經不錯。

他才十七歲，得了屬地的頭一年竟然就貼補十萬兩銀子進去，真是把玉瓊給急的，到處找人銷賣北地得來的貨物。

「好，六哥有難處，這衣服多少銀子，六哥開口便是，我到時且讓人送過去。」玉珩最近心情甚好，又是頗為爽快地一口答應。

「好好好，不愧是好兄弟！」玉瓊高興得不得了。「六哥絕對讓人給你挑件最好的！」

玉瓊高興完，那邊的學諭已經過來，於是兩人各自回自己座位坐好，聽學諭授業解惑。

講完課，學諭又留下「官當其能」這個命題，讓學生回去自行寫一篇文章。

聽見這四字，玉珩驀然就想到這一屆春闈的試題——那些試題，他當初全部仔細寫過、背過。

從國子監回來，他在書房中便開始默寫今年的春闈試題。

他要讓這個試題人盡皆知，且要這個「洩漏春闈試題的功勞」讓太子殿下揹上！

科舉試題洩漏，這罪名可以斷掉太子的一隻臂膀。

自己若沒記錯，今年春闈的卷子，就是太子黨的幾個庶起士出的……

玉珩心中所想，筆下所寫，很快就把所有試題給默了出來。

看著手中的紙張，他滿意一笑，正欲喚寧石進來，牆角的桃花忽地躍入他眼中。

那桃花灼灼，如同那人含笑的眼睛。

她說：七爺，一念善，吉神隨；一念惡，厲鬼跟。

玉珩下意識地摸上脖子中的紅繩。

良久，他放下手中的試題。

天下苦寒學士讀書二十載，家中所有人省吃儉用，只為讓兒子三年一次的進京趕考。

自己與太子的一番惡鬥，拖累成千上萬入京趕考的貧寒之士，這也是在為惡吧！

玉珩摺了摺那試題，又把它扔進香爐中給焚燒了。

第三十二章

玉珩了解騙婚案始末的第二日，便呈上摺子向皇帝清楚說明經過。

皇帝看完摺子，第三日便下了口諭。

張家二郎品德不端，與季府六娘子訂親後，還用花言巧語哄騙莊四娘子；季府老夫人上門退親被毆打出府，無法無禮，判張家與季家所定的親事無效，剝奪張二郎秀才功名，十年內不准入科舉之途，若有下次，奪取科考資格。

聽見太監過府頒的皇帝口諭，張元詡心如刀割、肝腸寸斷，兩眼冒出一團火，如何都想不明白，為何事情就變成這樣子？

至於皇帝的口諭傳到邀月院時，季雲流正臉色蒼白地捂著肚子，原因無他，只是這個身體頭一次來大姨媽了。

經痛雖不致命，但可以求生不得，求死不能！

還是顧嬤嬤穩妥一些，讓人喚了大夫，開了藥。煎服後，她小腹中還是傳來一道道鑽心的墜痛感，捧著湯婆子躺在榻上，簡直動都不能動，只能縮成一團，對這結果也無心多想了。

玉珩剛到皇宮門口，便遇上瓊王府的侍衛。那侍衛正是過來給玉珩送貂裘的，已在犄角處等了許久。

乳白色的貂毛絨豐厚稠密，色澤光潤，手感柔軟是好貨色。

玉珩讓寧石接過裝貂毛的箱篋，抬頭望了望已經西斜的日頭，笑了笑。「你且先回去告訴瓊王，我待會兒親自送銀票過府，再與六哥好好敘上幾句。」

今日喜事頗多，以兄弟情義的名頭，直接留宿在瓊王府不回皇宮，便是最好了！

於是玉珩也不回宮了，讓席善進宮取了銀票，自己直接調轉馬頭，直奔瓊王府。

玉瓊得了信，早早站在二門處迎接玉珩，見他騎馬而來，高興道：「七弟，今日怎麼想到來六哥這裡？來來來，裡頭請！怎麼樣，那貂裘如何？六哥這裡還有許多北地特產，咱們等會兒再瞧瞧其他？」

「好，六哥帶我去看看。」玉珩將馬鞭甩給席善，一面隨著玉瓊往裡面走，一面去瞧西邊的夕陽。

夕陽已經全部沒入西山後，按時辰算，最多還有半個時辰天就能全黑。

玉瓊如今為封地窮得兩袖清風，一路走來，這院落竟落敗到讓人懷疑瓊王府是不是被人打家劫舍了？

玉瓊見他左右細看周圍，頗為尷尬地笑了聲。「七弟，你可別笑話你六哥，府中這樣子，實在也是沒辦法之事。你也知道，咱們就這點俸祿，六哥又沒有個好阿娘能貼補，這銀子全拿去添補那北寒之地了，這其中酸楚……唉，苦得你六哥我都想把這封地還給父皇算了！」

玉珩頷首，沈聲道：「六哥，封地的難處我懂。」皇子有塊封地，又不能出去當領主，為了顧好封地中的民生功作，自己還須倒貼銀錢，真是各個皇子都很窮。

上一世，他分到的便是漠北那種鳥不生蛋的黃沙之地，且為了整治黃沙，到弱冠之年時，他也一窮二白，囊中羞澀非常。

「唉，這諸皇子中，就數二哥手頭最寬裕，據說太子大哥每次都是找二哥貼補。」玉瓊見自己的難處得到認同，一股腦兒把心中苦水全吐出來。「我又沒有二哥那樣多的賺錢法子，也沒有二嫂那樣十里紅妝的王妃，這日子可難過啦！」

玉珩聽著玉瓊的話，想著玉琳的那些賺錢法子。

透過詹事府買賣小官員職位、收受賄賂，這些應該只夠太子花銷的。他記得今年有一次旱災，太子帶頭捐贈了三十萬兩銀子給災區百姓，成為一時的朝中表率。

這麼多的銀子，太子從哪裡來的？

上一世松寧縣之行讓他元氣大傷，來不及細細去查這不妥之處。

玉瓊還在那裡說著。「我如今手上要權沒權，要銀子沒銀子，不瞞你說，七弟，有時候六哥我都想去宮中偷份春闈的試題拿去賣了！」

「春闈試題……」一語點醒夢中人，玉珩喃喃一聲，豁然開朗。

原來不用自己拿春闈試題給太子下套子，太子還是要自己找死了！

玉珩心中冷冷一笑。

玉瓊一路走一路說，帶著他去了庫房。庫房中有許多北地的特產，還有許多上等紅松木、白蠟木……

玉珩也不客氣，本來自己就是用銀子買的，進了庫房就挑自己想要的東西，挑了許許多多，讓寧石包好，分成一包又一包。

玉瓊看著他挑的都是榛子、松子、山核桃之類的乾貨，笑道：「原來七弟喜歡吃這些零嘴？」

玉珩目光緩緩抬起，嘴角勾著笑了笑，沒有回答。

這些東西他自然不喜歡吃，只不過今晚頭一次登門，也不能兩手空空的去見那人。

塞了三千兩銀票給玉瓊，他帶著寧石出了瓊王府，臨走時，又朝玉瓊說了一句。「麻煩六哥晚上給我留個門。」

玉瓊只當他要去青樓那煙花之地，擺擺手。「去吧、去吧，六哥必定讓門房給你遮掩好！」想到自己現在的處境，玉瓊又是一把辛酸淚。

想當初他還未賜府邸、未從宮中搬出來，也經常用這樣的藉口住在五哥那裡，去畫舫上聽曲賞美人的。

又擔心自家弟弟被那些官伎給坑了，玉瓊以過來人身分再道：「七弟啊，這男女相處之道，永遠是臉皮厚的占上風。你見了那些女伎，可不能靦覥，女人都是口是心非之人，這主動的一方，可不能落在女子手上。」

玉珩低喃著「臉皮厚的占上風」，目光動了動。

季雲流的臉皮確實夠厚了，原來，自己的臉皮應該更厚一些……

寧石親自駕著瓊王府的破馬車，一路在月光下慢行，而後悄無聲息地停在季府西角的巷子裡。

站在巷子內，寧石對內院做了幾聲貓叫的暗語。

這暗語似模似樣，尋常人聽不出來，但這些一道的侍衛自然能聽出來。

九娘連忙出來，站在院中回應暗語。

剛回應完暗語，玉珩一腳踩在寧石雙手上，借力一躍而上，一丈三尺高的牆被他穩穩地翻過去。

樹影重重，月華瀉地，玉珩一身黑衣，做賊一樣地躍入牆後，卻跟君臨天下一樣站在庭院中。

「妳剛才的暗語說季六怎麼了？」

九娘單膝跪地，輕聲答道：「六姑娘身子不適。」

玉珩大步往屋中走，從外室掀開簾子進入寢室，就看見季雲流一臉蒼白地蹙眉，縮在被子裡。

「怎麼了？」他扔下手中東西，幾步到床前，小心探上她額頭，摸到一手的汗，是涼的。「哪裡疼得厲害？傳太醫了沒有？」

季雲流緩慢睜開眼，看見他，輕輕喊了一聲。「七爺……」

「妳哪裡疼？都疼成這樣了……」玉珩聲音都怒了。「太醫呢，都是死的嗎？季府連個太醫都請不到？」

「請過大夫了，過些日子就好了。」季雲流抓下他貼在額頭的手，連說話都覺得費力氣。「七爺連夜尋我有何事？」

玉珩在意的還是她為何那麼疼痛難忍？坐在床頭再問：「妳這是什麼病症？大夫怎麼說？為何痛成這樣？」

「沒事的，」季雲流道：「姑娘家每月總要來那麼一次，過兩天就好了。」

玉珩一開始還不懂，後來聽見那句「每月總要來一次」，懂了。「妳來癸水了？」

季雲流抬起眼，看他說出癸水兩字，臉不紅、氣不喘的。「七爺，你似乎深懂此道啊。」

玉珩假裝咳嗽兩聲。

適才答太快了，他才不會告訴她，他因為想著大婚之後的夫妻周公之禮，前幾日特意翻閱過書籍，查閱過女子身上這事。

「醫術上頭有記載，我略略了解過。」即便玉珩心中都臊出天際了，聲音卻還是如此平靜。

正說著，九娘在外頭低聲請示。「姑娘，該喝藥了。」

「進來。」玉珩覺得這九娘實在來得太巧、太好！再不來，他臉面都快撐不下去了！

九娘進了屋，目不斜視，把托盤在桌上放下，藥端到床前。

玉珩伸出手來接過碗。「給我，妳下去吧。」

她不動聲色地退下去。

季雲流被扶起來，靠在玉珩胸口。她抬首看他認真替自己吹藥的模樣，輕聲問出疑惑。

「七爺，不是說女子月事是污穢之物，尋常男子都不會靠近嗎？」

玉珩把調羹送到她蒼白的嘴邊，笑了一聲。「愚人之說，哪裡能信？若這是污穢之物，為何每個女子身上都有？《黃帝內經．素問》記載，女子二七而天癸至，任脈通，太衝脈盛，月事以時下，故有子。這月事是生子大事，我們皆從娘的肚中出來，若是污穢，天下之人豈不都是污穢之人？」

餵著她，他又道：「再者，妳日後是我的妻，妳我會夫妻一體，夫若嫌妻污穢，不是更可笑？」

季雲流喝著藥，眨眨眼睛，看著近在咫尺的玉珩，連那藥在口中是什麼味道，險些都忘記了。「七爺，這話你再說一遍。」
玉珩淺淺發笑。「日後，不論妳怎麼樣，我都不嫌棄。」
聲音如煙，散於空氣中便不見了，只是抹不去被這聲音帶起來的悸動。
就算是二十一世紀的平常男子說出這樣的話，都覺得可貴，何況這是被人眾星捧月慣了的皇家第七子。
季雲流伸出手，握住他的手腕，緩聲道：「七爺，這話你得記得，日後咱們夫妻一體，彼此不可欺。」
餵完藥，玉珩扶她側身躺在自己腿上，跟她講自己今日過來的正事。
「妳與我一道被刺客帶走的事，被玉琳透露出來，讓我父皇知曉了。我那好二哥前幾日在御書房，一邊哭，一邊要我對妳負起責任，顧全妳的名譽，非要讓皇上指婚讓我娶了妳。如今這張府的案子一解，過些日子，宮中大概就會來季府下旨賜婚了。」
「你二哥一邊哭一邊要你娶我？」季雲流枕著玉珩的腿，輕輕動了動嘴。「他不是恨你入骨，要殺你嗎，怎麼還給你作媒？我這裡，前幾天還被派了個丫鬟來當臥底呢！他也是奇怪，前面一套，後面一套。」
「臥底？」
「喔，就是奸細。」
玉珩攏起眉來，一臉冷肅。「那丫鬟呢？」

「鎖到東廂去了。」

「這人留不得。」玉珩拂開她的髮絲。「早些把她處理掉。」

季雲流伸出手，抓住他把自己額頭弄得微癢的手，撥下來握著，把玩起來。「據那丫頭說，每月還要出去彙報我院中的一些事。這人處理了，恐怕又送來一個，防不勝防，還是先留著吧。」

玉珩想了想，點頭。「好，那便先留著，日後再看他要什麼花樣。」見她又在看自己手中的掌紋，再見她纖細的手指順著自己掌中一條長長紋路，輕輕畫下來，掌心癢癢的感覺讓玉珩伸手反抓住她的兩隻手。「妳在我掌中畫了什麼？」

季雲流被握著手，向他眨了兩眼，偶像劇中的情話信手拈來。「畫了對七爺你的心意。七爺的手指好看，戴上對戒肯定更好看。」

其實，她畫的是他的生命線。他早亡的命，也得去哪裡借點生機才好。

「對戒？」玉珩看著自己與她的手指，轉念想了想。

對戒，可是一對戒指的意思？

是呢，與她可是天生一對。如此，那就讓人打造一對戒指來。

放下手，季雲流又問：「七爺，景王為何給我們去請旨賜婚了？」

說到這個，玉珩笑了。

「正因為他恨我入骨。若不是因為恨我，這媒，只怕他還不會給我們作。如今亦好，有了聖旨，這婚事便水到渠成了。」

「喔。」季雲流不是笨人，前後一想，就明白景王這麼做的目的。「敢情我在他眼中就那樣不堪，完全不能匹配你這個七皇子啊？」

見她惱怒，玉珩心頭滾動著陣陣柔情。「他見識短淺，不知其中緣由，用尋常想法考慮的事，自然是成我們之美……」話到一半，看見季雲流蹙起眉，全身顫了顫，他忙問：「很疼？」

這躺著的高度，脖子也難受。季雲流把頭移開，往裡縮了縮，蜷進被子裡，輕聲說了一句。「腿枕著太高了。」

等小腹的疼痛過去一些，她便感覺到一陣涼風襲進來，睜開眼，目光對上同樣躺進來的玉珩。

「你……」季雲流難得驚到眼睛都睜大了。

咱們現在就發展到要同床共枕的地步了？

第三十三章

玉珩長臂一勾，把季雲流勾進自己的懷裡，右手向下，在被子裡抓出那湯婆子放在床頭，再伸手進去，手掌貼上她的小腹，輕聲道：「這樣好睡一些，睡吧。」

如此一派自如的厚顏無恥，讓季雲流都快不認識他了。

兩人側身對面而躺，相距不過半寸，季雲流直直看他雙目，那黑亮晶瑩的眸子中，彷彿落滿了細碎的星光。

「七爺，你知不知道，你這樣會讓我……」側漏的……

「嗯？」玉珩聽她說到一半，應了一聲。「會讓妳怎樣？」

「會寵壞我。」她的腦袋一落，枕在他的臂彎中，讓自己舒服地躺好。

老公在旁，會側漏什麼的……見鬼去吧！

玉珩的嘴角微微翹起，親親她額頭。「那便把妳寵壞了吧。」

房中靜謐，香氣裊裊。

重活一世，事事順心，讓玉珩動了傾訴的心思。他摟著自己的意中人，看著上面的床帳，輕聲地道：「雲流，我幼年時便有個夢。五歲時，我被帶上大殿看群臣朝拜，那萬人齊跪的景象讓我難以忘懷。至尊之君只用揮揮衣袖，天下萬民皆為他歡呼奔走。那時起，我便立誓，有朝一日，亦要登上那座睥睨展望四方山河，讓群臣為我伏地叩首，讓天下黎民為我歡呼。

「為此夙願，我苦尋幕僚，與二皇子交鋒，找廢除太子的證據，不惜苦心竭力付出所有，甚至是掉頭殞命，終是不能成……」他心中激盪，真情流露。「這一次，妳從天宮中來相助我。自從遇了妳，我事事如願，心想事成，待我一達心中夙願，坐上那至尊寶座……雲流，我定要親手為妳戴上皇后鳳冠，與妳一道欣賞腳下壯麗江山！」

季雲流聞著這人身上的沉水香，聽著他的肺腑之言，伸手扶上他的胸口，輕笑應道：「好，我等著七爺的這頂鳳冠。」

掉頭殞命，終不能成大業？這貨是重生的？

這也忒嚇人了！就算她是個穿越的神棍，也要被這些話透露出來的訊息給嚇尿了啊！

嚶嚶嚶，好想回家……

待到四更時分，更夫敲鑼巡夜報時一響，玉珩就睜開眼。

兩人都是睡覺極規矩之人，這一覺入睡與醒來，竟然連姿勢都未換過。

房中紅燭輝輝而照，燈下看人人更美，懷中少女俯身在自己肩處，面孔瑩白，睡得安詳。

玉珩略略垂首，撥開她額前的髮絲，靜靜看了許久，滿眼溺愛，不願移眼。

過了半晌，他才把放在自己胸口的手移開，輕輕抬起另一隻胳膊，把她放到床上，而後又是極輕地起床，站在地上，甩動麻掉的胳膊。

睡夢中的季雲流突然聞不到那股沉水香，茫茫然地睜眼，正看見玉珩在床前穿衣服。

「七爺，天亮了？」

「還未天亮，妳再睡會兒。」玉珩見她眼中全是迷茫之色，幾步過來，俯首替她蓋好被子。「我要先回去，妳再睡會兒，我喚九娘進來陪妳。」

見她閉目又往被子裡蜷縮起來，脆弱到簡直令人心疼，玉珩心中軟成一片，腳步差點連這寢室都移不出去。

他這一夜有美人在懷，睡得精神奕奕，回了自己暫住的瓊王府院落，打了一個時辰的拳法，而後沐浴更衣，才坐在南書房擬定這次春闈出試題的名單。

出試題之人，他只記得三個：內閣大臣蘇紀熙、翰林庶起士高彌生與戴文敬。

這次離春闈還有半月左右，這兩日，定會由皇帝定下出卷者的名單。

半個月……

玉珩又坐在那裡，細細思索這次春闈考取進士的人員。

時間隔得久，那時他在松寧縣死裡逃生之後，能力有限，也沒去注意這事，如今坐著大半天也沒有記起多少人，唯有一個：竇念柏。

這人之所以記得，正是因為他這次春闈考中後，先做了蘇紀熙的門生，後進了吏部，從長官郎中做起，一路高上。吏部謝尚書被革職後，正是由這個人頂替謝飛昂翁翁的尚書位置！

玉珩用筆桿「篤篤篤」地敲著桌面，墨汁順著筆桿流下，沾黑他的手指與寫著「竇念柏」這三字的宣紙上。

第一個要盯著的，就是這個竇念柏。

季雲流一直睡到辰時才起床，也是睡得神清氣爽。

吃完早飯，躺榻上看書時，看見紅巧端著一個盤子過來，上頭像拼盤一樣，擺滿各色堅果。

她「咦」了一聲。「今個兒廚房有買這些山果子嗎？」

紅巧道：「這難道不是姑娘吩咐蘇瓔一大早去買的？這是蘇瓔今早交到奴婢手上的呀。」說著，她放到一旁，拿出小小錘子敲山核桃剝殼。「這麼大個頭的，可真不多見。」

蘇瓔是之前季雲流要求在邀月院開小灶時請來的廚娘，廚藝深得她喜歡。

「喔。」季雲流明白了。「這不是蘇瓔買的，這是七皇子昨夜送來的。」

「七、七……」紅巧這一驚，直接把錘子敲到自己手上，低低呼了一聲。

七皇子昨夜過來了？

「嗯，日後七皇子入院，妳不必驚慌。」季雲流自己拈起一塊榛子，剝開。這人日後指不定還會過來，怕這個愚忠的紅巧哪天見到了玉珩大呼小叫，還是先把預防針打好。

這張府的親事一退，忙碌的不只是季府，還有二皇子玉琳。

好人要做到底，送佛要送到西，他平生頭一次作媒，怎麼都要把玉珩這親事給完全定下，才能徹底讓自己舒心順意。

玉琳拿所有人脈關係才得了季雲流八字，立刻送到長公主府找楚道人合八字。自上一次借運成功，他對這個楚道人亦是信任非常。

楚道人拿著兩人的八字，口中默唸兩遍，算了算，道：「這男子一方生在壬辰，地支之辰，屬陽之土，是土剋水。這女子一方是癸巳，天干之癸，屬陰之水；相沖，不宜嫁娶！」

「好，太好了！」玉琳拊掌大笑。「就是要這個相沖，剋死了對方才好呢！甚好甚好！」

若是大吉大利的姻緣命，他還不讓玉珩娶呢！

於是玉琳片刻不停，趕快讓楚道人瞎寫出大吉大利的批語來，要怎麼好怎麼寫，怎麼吉利怎麼吹捧，要把這段姻緣吹到天上去。

楚道人拿銀子辦事，很快寫出來八字匹配的批語。

得了假得不能再假的批語，玉琳馬不停蹄，直奔皇宮的御書房向皇帝稟告。

「大喜呀！父皇，七弟與季府六娘子是大吉大利的八字呢！」他跪在地上，雙手奉上那有批語的八字，同正經媒人一般唸唸有詞。「他們兩人簡直是天造地設的一對，打著燈籠都找不到這麼好的姻緣，紫霞山果然出佳緣啊！」

一旁太監接過，又呈到皇帝面前。

皇帝坐在御案後，仔仔細細看過那紅帖。

他自然看不懂什麼八字合不合的意味，但是批注寫得清楚明白，說男娶女，得吉，能水乳交融，大吉大利。

「二哥兒，這不是紫霞觀合出的八字吧？這不像秦羽人的筆跡。」皇帝看了半天，終於看出門道。

玉琳立刻道：「父皇，這是長公主府中的楚道人合出的八字。紫霞山一來一回需要兩日，我便親自去了長公主府中，請了楚道人合八字。」

「喔，楚道人。」皇帝也略有耳聞長公主通道的事情。「既然如此，那就罷了，也不用特意去一趟紫霞山。我前幾日也問過你們母后，她亦不反對這樁婚事。」

玉琳大喜，皇后真是瞎了一雙好眼！立刻伏首道：「父皇，這事宜早不宜遲，兒臣覺得，還是要早些把七弟的親事定下來。正好幾個月後七弟成禮時，賜婚與冊封禮來個雙喜臨門，真真大喜啊！」

皇帝本來想著，這張家與季府才退親，現在就賜婚，實在有礙皇家顏面；但是聽二皇子這麼「雙喜臨門」一說，再看看手中那紅通通紙上的「大吉大利」幾個字，記得先帝與碩皇后紫霞山中得出的姻緣，似乎都沒有匹配的八字命格，笑了一聲。「好吧，就按你說的辦，說起來這事也是件喜事。」

玉琳喜到親自上前給皇帝研墨。

皇帝揮墨而就，很快寫了一個「季府六娘子溫良賢淑，深得皇后喜愛，特賜婚七皇子玉珩」的聖旨，連婚期都擬定上去，是翌年的九月十八。

玉琳拿著那張皇上親筆，似乎已經看到玉珩日後王府後宅內的雞飛狗跳，季雲流拿菜刀砍他，他天天要死要活要撞牆的畫面，當下哈哈一笑，提了衣襬，又親自去了禮部，讓禮部抄於滿底祥雲圖案的玉軸聖旨上，派人尋個日子去宣讀。

季德正正在禮部辦公務，就見玉琳滿臉紅光地走進來。

玉琳見了他也不多廢話，哈哈笑了聲，讓人呈上聖旨。「季大人，可要恭喜季大人家中出貴女了！」

季德正連說「不敢不敢」，接過聖旨一看內容，只覺得一連串的驚雷打在腦中，把他給當場炸懵了。

「這這這……景王殿下這件事，這件事……」

皇上親自賜婚，將六姊兒賜給七皇子做正妃！這是得了天大的面子，祖宗的墳頭都得冒煙了！

「季大人，不必慌張，這事是真的。你趕緊將這聖旨擬好，送到御書房讓皇上蓋章吧。」玉琳想了想，反正都到這裡了，以防意外，還是自己親自替這婚事保到底。

他直接在一旁坐下來。「本王還是在這兒等你擬好了一同去吧。七哥兒乃本王的弟弟，這事拖不得。」

聖旨擬好，一道與玉琳拿去御書房加蓋皇帝的玉璽時，季德正跪在光潔明亮的青磚上，還是不敢相信這件事。

「季卿，朕聽說你們季府的六娘子曾在農家莊子待了兩年？」皇上不蓋玉璽，只看著季德正的頭頂發問。

季德正腦中嗡嗡一片，磕頭道：「是微臣疏忽，沒有打理好內宅，微臣罪該萬死！」

「這事確實你們季府做得不對。」皇帝一錘定音後，又問：「朕還聽說，季府三房的續弦待季六不親不善？」

玉琳簡直都被這季府急出汗來。他的千年道行難道要毀在季府三房那賤婦手上不成？不行，絕對不行！

為了這件親事，他堂堂二皇子今日都快跑斷這雙腿，事情若不成，都對不起他比自己當初娶老婆還費心費力的勞苦！

當下，玉琳開口道：「季大人，貴府三房那婦人無德無能，身為母親還做出這樣刻薄子女的事情來，實在有違仁義婦德。這樣的婦人，可做不得皇家岳母，你也該好好勸勸令弟啊！」

此言正合皇帝心意。身為天子至尊之人，當然不可能親口說出「我看不上那樣女人做我兒子的丈母娘，趕緊讓三房休了那女人」的話語。

如今玉琳揣摩聖意正確，皇帝順口道：「景王所言有理，這事季卿也得好好與令弟相談一番才好。」

皇帝在聖旨上蓋好玉璽。為了這事，玉琳又親自請旨。「父皇，這聖旨不如就讓兒臣去宣讀吧，讓兒臣也沾沾七弟的大喜氣。」

「也罷，你促成的這樁婚事，由你去宣讀也好，讓六娘子長長臉，讓他人不要輕視了她。」皇帝想了想，把聖旨一攏，交給他。「怎麼說日後也是你弟妹，都是一家人。」

「是。」玉琳雙手接下聖旨。「父皇，七日後便是個吉日，不如兒臣就那日去宣讀聖旨？」

這事，他當然要給那季雲流做臉面，要讓全天下都知道，七皇子娶了這個鄉野村婦才好呢！

有了聖旨，他又馬不停蹄趕去長公主府，求長公主亦送份帖子邀請季府眾女眷都去賞花宴。

長公主坐在榻上，看著玉琳不住地奔波，端起一碗茶，不緊不慢道：「二哥兒，你對七哥兒的那些心思這般就夠了，再若出個紫霞山的那些事，就算是我，亦保不住你。」

玉琳自然知道紫霞山的那些事是指什麼。長公主雖不喜皇后，但到底怎麼都是同樣姓玉的，自相殘殺的事，她之前明確提醒過，不可為之。

玉琳長長作了個揖，恭敬道：「姑姑，姪兒謹記姑姑教誨不敢忘。紫霞山的事是南梁為之，姪兒定不會讓屬下再發生這種事！」

長公主當放屁一樣地聽完他的謊言，淡淡「嗯」了一聲，讓玉琳回去了。

玉琳一走，屏風後出來一個人，仙風道骨，束髮，留長鬚，正是楚道人。

長公主聽見聲音，不轉首，只問：「二哥兒給你的八字，那兩人真的是相沖？」

楚道人作了一揖。「回長公主，是相沖，確實無誤。」

「罷了，」長公主道。「讓七哥兒安隻母老虎在家中，總好過去朝堂上丟了性命。」

楚道人道：「太子八字乃真龍之相，一出生便定下為皇太孫，貧道雖學藝不精，到底亦能看出太子的真龍之相。長公主早早輔佐太子，亦是沒錯的。」

長公主看著窗外的疏影，俊木修竹，隨風輕舞。

緩緩喝下一口茶，她道：「且讓人送份帖子給季府吧。」

季德正一回到季府，就把皇帝對三房的話交代個清楚。

季老夫人得知這個消息，人都年輕了好幾歲，整個額頭都閃出金光來。

季府日後要出皇妃了！

季老夫人此刻精神煥發，頭腦也清明了。季雲流的出嫁是大喜，整個季府的名聲也是至關重要。如皇上所說，三房這種作派，也確實不能當皇家的姻親。

因而，季老夫人當下就與大兒子、大兒媳商議該如何妥當處理這事？

寧石辦事能力高，早上玉珩才吩咐下去的事，他下午就把竇念柏給找了出來。

下了學堂，他站在書房中向玉珩稟告。「七爺，這竇念柏是江南蘇州人士，今年正好弱冠，去年九月便入京，在大喜胡同買了一處三進宅子，如今便在那裡落腳。」

「為了科舉在京城買座三進的宅子？應是頗有家財了。」玉珩在桌上敲著手指。「繼續說。」

「是，竇家在江南蘇州做的是絲綢生意，這家中確實頗有家財。」寧石一五一十地稟告。「只是這竇念柏肚中怕是沒有什麼真本事，小的適才去打探時，正好遇上竇家宅子出去的馬車，那馬車中坐的正是遇仙閣的女伎。」

春闈在即，只要有心一些的，哪個不是在家中挑燈苦讀？如今還把女伎接到家中，實在是無法無天了。

寧石頓一下，繼續道：「小的順著馬車去遇仙閣也問了問，那娼門的老鴇說，竇念柏是遇仙閣的常客，經常同他一道去、由他請客的，還有一些朝中官員。」

「都有誰？」

「小的還未查到，已經派人去盯著了。」

玉珩想了想，又吩咐。「這一屆趕考士子中，家中殷實的全數都查清楚，把名單拿過來與我。」

寧石應聲。

玉珩放心不下昨日那樣脆弱模樣的季雲流，現在想想，還是滿心窩的疼，於是讓侍衛向宮中內務府再遞了信，說今晚再次歇宿在瓊王府裡。

這瓊王真是莫名揹了一次又一次的黑鍋。

第三十四章

有了第一次，第二次就熟能生巧了。玉珩踩在寧石手上借力一躍，穩穩落進邀月院。

「妳家姑娘今日可好些了？」落地的第一句話，就是問季雲流如何？

「回殿下，姑娘今日好很多了。」九娘在院子裡接應，看見玉珩又遞來滿包袱的吃食，眉頭都沒動一下，行禮過後，雙手接過就去廚房準備。

季雲流半躺在榻上，看見玉珩掀開簾子走進來，展顏一笑。「七爺今日帶了什麼吃的？」

「給妳帶了花蓉齋的糕點。」玉珩上前幾步，伸手探她額頭，被她輕拂下來。「七爺，我沒有發燒。」

玉珩順道抓著她的手，感受了下溫度，覺得手是暖的，看她臉色也不似昨日那般蒼白，終於放下心來，亦坐在榻上。「適才坐著看什麼？」

季雲流把書翻到封皮處。「在看大昭史書。」

玉珩一手同她一起抓著書，一手攬住她，讓她靠到自己胸膛上。「可有哪裡看不明白的？」

「有呢！」

九娘端著糕點進來，看見玉珩把季雲流整個人都摟在懷中，垂著首，目不斜視，放好糕點便退出去。

待玉珩講了昭史，季雲流抬首便看到旁邊的綿白糕點。「七爺帶來的是什麼糕點？」

玉珩下榻，連盤子帶糕點端過來。「這是四鑲玉帶糕，本是前朝的貢品糕點，如今京城也僅一家前朝御廚的後人在做這糕點。妳吃吃看，看是否喜歡？」

季雲流伸手取了一個，咬一口，確實香甜可口還不黏牙，笑道：「果然是貢品，很香！」

見他已經把盤子放回桌子，大概亦是不讓多吃的意思，於是季雲流坐回榻上，將咬過的遞到玉珩嘴邊。「七爺吃過沒有？也嚐嚐。」

有美人顏如桃花，笑若初陽，玉珩漆黑的目光看著她，就著她的手，張口把整個玉帶糕都含入口中，順帶伸出舌在她指尖輕輕劃過。

糕點的味道滑進喉嚨裡，鑽進玉珩的心裡，很甜。

十指連心，瞬間有股電流從季雲流的指尖竄遍全身，很癢。

她不是羞澀起來就會蹲牆角自己數手指的人，抿了抿嘴，直接反身撲上去，猝不及防地把玉珩撲倒在榻上。

她目光閃閃。「七爺，你得負責……」

「負什麼責？」

「降火。」

話落，對準那薄唇就下嘴去啃。

在躺榻上擁吻，更容易讓人動情，玉珩被她一壓，只愣神了瞬息，便立刻反客為主。

真心喜歡後，會讓人由羞澀變狂熱。

他雙手扶著她的腰，從起先被壓著到側躺在榻，從側躺到翻身壓上她的身子……

本是放在腰際的雙手，從腰旁的衣襬內伸進去，溫潤如玉的細膩觸感彷彿有了魔性，讓他一路撫摸著向上。

繞著滿屋熏香，隨著輾轉吮吸的雙唇，兩人身子發熱。郎有情、女有意，唇齒相就，似乎將這身體都焚燒殆盡了。

直到小腹一陣熱流下湧，季雲流立刻回神，推開自己身上的玉珩。

一人躺在下，一人俯撐著身體覆在上，衣衫不整，呼吸粗重，彼此對望。

季雲流微微轉過首去，覺得自己的臉有點燙，聲音有點啞。「七爺，這事……我覺得我們還得等幾年……」

這身體還未成年啊！

她的衣裳已在適才的翻滾中被他解開，此刻露出雪白肩頭，十分惹眼。

玉珩把她的衣服輕輕往上拉了拉，翻下身，躺在外側，仰著頭，平靜自己的氣息，亦是聲音沙啞地應一聲。「嗯，胸部也要再長兩年。」

我……能不能甩你一臉大姨媽！

靜謐的時光中，只剩輕喘的呼吸聲。

戀愛中的男女總是會彼此癡迷，兩人規規矩矩、安安靜靜躺了一會兒，不自覺又伸出手交握住，而後慢慢相互靠近……

再過了一會兒，玉珩已攬住她的腰抱著，季雲流則枕在他的肩窩處睡著了。

睡到四更天，玉珩翻牆出季府，坐馬車回瓊王府。

學壞容易學好難，翻牆這招，堂堂國子監受學的皇家第七子也只需兩天，便練得爐火純青，不費吹灰之力！

第二日一早，皇帝打算上早朝時，望著天，又吩咐一旁太監。「你且去把七皇子與季府六娘子的八字讓人再送到紫霞山，給秦羽人批一次，也把昨日楚道人得出來的批語一道送過去，讓秦羽人看看。若有不妥的，讓景王把聖旨給朕送回來！」

太監應了一聲，去尋侍衛辦理此事了。

他伺候了皇帝一輩子，自然知曉皇帝性子最多疑。二皇子突如其來對七皇子的親事如此關心，皇帝肯定要拿八字再去細細批過。

至於知道了聖旨的季德正，替玉珩找府邸時更加不遺餘力了。這日後御賜的宅子，自家六丫頭都是有份的，他於公於私都該替玉珩找個最好的宅子！

他下朝後，親自去了工部，打了幾句官腔，又拿工部給的那幾處宅子圖紙去了戶部。

戶部的意思更簡單，原本打算撥出一萬兩銀子修繕，現在看皇上的意思，那就撥出兩萬兩銀子來吧。

季德正拿著手上宅子的圖冊，就和戶部算起銀子，算來算去，一個禮部尚書簡直比戶部尚書還能計較，直接算出四萬八千兩的修繕費用來。

戶部尚書鄭逸菲看著那費用，拿方帕擦汗。「季大人啊，咱們這樣不合規矩呀，咱們這樣的算法與預算真的差太多，皇上若怪罪下來……」

季德正道：「那就麻煩鄭大人將修繕的款項一條一條寫清楚，咱們再拿到皇上面前，給皇上過目一遍。若皇上覺得所差太多，咱們再縮減。事無巨細，咱們怎麼都要把這個差事給辦好了嘛！」

這麼中肯的話一出，鄭逸菲也不再推脫，當下就寫好所有修繕費用。季德正在旁指點江山、嘰嘰歪歪，得了鄭逸菲一句。「季大人，七皇子的冊封禮，您似乎格外賣力啊？」

誰教那是我家親姑爺！

季德正肅穆地道：「本官拿朝廷俸祿，得皇上賞識，這分內的事，咱們都該力求做到最好，不可讓皇上憂心哪！」

這樣的義正詞嚴讓鄭逸菲肅然起敬，於是更賣力地寫修繕費用。

午後，鄭逸菲入了御書房，拿著長長的費用單子給皇帝過目。

皇帝一看這修繕費用，眨兩眼。娶個王妃都不用花這麼多銀子！可一想到七哥兒在紫霞山的遭遇，又想到季六家中那些亂七八糟的事，皇帝把帳單遞還給他。

「把單子再改一改，就改成八萬八千兩吧！」

鄭逸菲驀然睜大眼，腦袋轉了幾次都沒有將這個彎給轉過來。

他都覺得這四萬多兩銀子定要讓皇帝龍顏大怒，怎麼還不夠，就變成八萬八千兩了?!

還沒震驚完，又聽皇帝道：「從國庫中撥一萬兩出來，其餘的，你去找景王索要，就說他作了那樣的媒，就該替弟弟承擔一些，這是聖旨。」

鄭逸菲雖聽不懂「作了那樣的媒」是何意思，但這不是自己能發問的，當下應了一聲，出宮又去尋了景王，給他過目。

玉琳拿著被戶部修改得更長，長得都要出天際的帳單，血氣上湧，跟吃了十斤阿膠補血糕似的，任督二脈全通，頭頂都冒煙了。

這是個什麼事！

「作個媒累死累活，竟然還要倒貼那眼中釘將近八萬兩銀子！」玉琳怒氣沖沖地把單子拍在書桌上。「鴻先生，當初你說的這個媒，費心費力不說，還費銀子！那季六如今若沒有給玉珩戴綠帽，不拿刀子砍他滿街跑，我豈不是要虧死了?!」

翁鴻看著那單子沈吟。「二爺，看皇上的意思，他是知道您作這媒的目的。」

「我父皇知道？他知道我是什麼目的？他知道我想要讓玉珩戴綠帽，天天被人恥笑？」

玉琳語氣不善。

「不，」翁鴻解釋。「皇上知道二爺您給七爺作媒的目的，是讓七爺日後沒有妻族助力，皇上這才讓您給七爺貼補一點，讓他日後能好過一些。」

「讓他好過一些？他好過了，我便不好過了！」玉琳怒氣沖天，一口氣怎麼都嚥不下來。「前些日子剛給太子送了二十萬兩，如今又要給玉珩送八萬兩，我這是財神下凡，散財呢！」

翁鴻只有一句。「二爺，皇上說了，這是聖旨。」

驀然，玉琳腦中就浮出幾個大字——他、爹、在、坑、他！

這幾個字像大雁飛南過冬一樣，在他的腦中從上繞到下，又從下飛回上，重複地來來回回，最後渾渾噩噩的腦中只剩下幾個字：坑兒子！

玉琳看看自己千辛萬苦磨來的聖旨，又看看這戶部送來的帳單，默唸幾遍：「捨不得孩子套不住狼，捨不得銀子毀不掉王！」一咬牙，一跺腳，吩咐帳房。

玉珩的八萬兩，他給了！

玉珩從國子監下課，這日回了皇宮。

寧石查了兩日，也把大部分進京的趕考人士都查清楚了，拿著手上的紙張遞過去。

「七爺，這是這屆科考的名單，非京城人士、家中頗殷實的，都圈出來了。」

玉珩拿著名單，看到上頭唯一圈著紅筆的。「君子念？」

「是，」寧石道：「這個君子念亦是江南人士，家中從商，是江南首富君家的三房次子；年十七，家中排行第九，如今亦在大喜胡同一處宅子落腳。」

玉珩問：「這人品性文采如何？」

「小的今日去查探，這君子念正在書房讀書。小的從他府中下人口中得知，君家對他期望頗高，從小知他會讀書時，便對他管束甚嚴。君子念來了京城後甚少出門，就算出門，亦只是出外踏青散心而已。」寧石一五一十稟告。

從商之家大都希望自家出個從官的子孫，這樣家中商業賦稅便能減免許多，身分地位亦能提高不少，因此竇家與君家對家中進京考春闈的子孫這般待遇，倒也無可厚非。

「家中有錢，讀書用功，人品不錯。」玉珩提起筆，在君子念這三字上又畫下一筆。「且留心觀察著，許是個可用的。」

寧石應聲退下去不久，外頭有宮人稟告，季尚書求見。

因皇帝重視，戶部得了景王府送來的銀票，不敢怠慢，寫了公文就立刻傳到禮部。季德正得了戶部與工部的公文，喜上眉梢，親自拿著京城中的幾處房產圖紙去尋玉珩，打算讓他親自挑選個合心意的。

玉珩看著手中的圖冊與公文，目中神采飛閃。

這一世，果然是時來運轉、順心順意，他的皇帝爹竟然這麼大方，給出五處宅子隨便挑不說，竟還撥了八萬八千兩的修繕費用？

遙想上一輩子因為松寧縣一事指證二哥，落了個「挑唆」的罪名後，皇帝只賜了個三進宅子，撥了八千兩的修繕費用，這一世竟是足足多了十倍不止。

「季大人，這些宅子各有千秋，宅子之事，不如我幾日後再答覆季大人？」玉珩合上那幾處圖紙，不由一笑。

皇帝都撥下八萬多的款項了，季德正哪裡還自找死當惡人，當下連連笑道：「自然、自然，七殿下若選好了，讓人給下官傳句話便好。」

得了宅子選處的玉珩在書房中轉念想了想，讓寧石備了馬，給內務府交代去向，又去了瓊王府。

宮中侍衛單人匹馬，速度十分快，不過半日便到了紫霞山，把皇上交代的八字與批注親手交給秦羽人。

秦羽人坐在側殿的炕上，拿著兩人的八字看了看，眸中驚訝一掠而過，隨後微笑道：「咦，這八字可有趣。」

說著，向他的大弟子呂道人招手。「小呂啊，你且過來瞧瞧這個八字，看看七皇子與那季六娘子合不合？」

呂道人是勤奮好學之人，尊師又重道，見自家師父招手，雙手接過秦羽人手中的八字，低頭仔細排起來。片刻之後，道：「師父，這兩人八字不合，相沖！」

秦羽人聽後哈哈一笑，把楚道人批出來的話語又遞過去給呂道人看。「你且瞧瞧這上頭的批注。」

呂道人拿著被吹得整個天上有地上無、神仙眷侶一樣的批注，整個人顫顫抖抖。「師父，這、這真是太奇怪了……」他心中越發急切，捧著摺子跪下。「請師父解惑。」

秦羽人雙腳下榻，問一旁送八字過來的侍衛。「這季六娘子可是當日在紫霞山與七皇子一道被歹人抓走的小娘子？」

侍衛乃皇帝心腹，聽見秦羽人問話，不隱瞞道：「是，季六娘子正是與七皇子一道被歹人帶走過。皇上是覺得七皇子壞了六娘子的名聲，才給兩人賜婚。」

秦羽人點點頭，請侍衛出殿門，緩步走向書桌。

「這楚道人，為師得下山去見一見；這季府六娘子，為師更要下山去見一見。」停在案桌前頭，連拍小道人兩下，秦羽人笑道：「嘿，小米兒，你有藉口同為師一道下山快活哩！」

是您有藉口下山快活！小米兒嘴角抽抽兩下，繼續磨墨。

呂道人看秦羽人提了筆、沾了墨，即刻站起來，站到一旁仔細看自家師父這八字是如何寫的？結果只見秦羽人對著楚道人的批注，一字不漏地就抄上去，一個字都沒有改。

如此偷工減料！

「這這這……」呂道人似乎遇到了曠世難題。「師父，這八字真的未有相沖？」

「相沖。」秦羽人抄完，題了自己的名字，拿出隨身小印蓋上去。

「那為何您……」呂道人越發不解。「您為何寫了大吉大利的話語？」

秦羽人呵呵一笑，指著季雲流的八字，道：「按這個生辰八字來看，她日干日支受剋。此人在月前便有大災，這裡你可看出來了？」

呂道人頷首。「癸巳，今年有流水之災。」

「風，時間流動之物，巽為風，這流水之災，就是寒邪入體。」秦羽人清淺一笑，似有哀傷之意。「正是這風寒讓這八字主人死絕無氣了哪。」

「師父！」呂道人大驚，聲音都不是自己的了。「八字主人已經、已經……」已經死絕了！那如今的季六娘子是誰？她是仙還是鬼？是妖還是孽？她從哪裡來？

這難題讓他越發百思不解了！

「二十三日前，天機有變，為師觀得紫微星。紫微星出，化險為夷、避凶趨吉。」秦羽人瞧著季雲流與玉珩的八字。「這人，為師要去見一見。」

第三十五章

玉珩騎著馬，出了宮就直奔瓊王府。

玉瓊站在王府影壁後，見玉珩又來這裡過夜……他哪裡是在這裡過夜，他連王府的床都未躺進去過！

見玉珩又拿這裡當藉口，玉瓊邊領著他往裡走，邊苦哈哈道：「七弟，這你得悠著點，父皇若知道我是幫凶，幫你遮掩去煙花柳巷之地，其他責罰都罷了，我只怕、只怕扣我幾月的俸祿……往後的日子，六哥我要更難過了！」

玉珩有了八萬八，似乎走路都能發，一伸手，遞出一千兩的銀票，道：「六哥，你北地帶來的山果子甚好，再讓人取些與我吧！」

一千兩銀票買山果子，別說玉珩只帶幾斤，就算買那一庫房都是夠的。玉瓊當下接住銀票，前後翻來覆去看了看，看完心滿意足地收起來，再抬首，已經一臉義正詞嚴。

「咱們都是自家兄弟，這點遮掩算什麼，就算為七弟你兩肋插刀，都是六哥應該做的！」

於是玉珩提了一包袱的山果子坐在寧石駕的馬車上，連晚膳都不留著吃，直接走了。

這瓊王府的晚膳只用過兩頓，他已經決定日後都要遠離！

第三次翻季府的高牆，玉珩的技術日益精進，如凌空踏月一般，衣袍斜飄，已入院中。

今日比昨日早了一個時辰，進屋時，季雲流正打算用晚膳。

看見他，她微微牽唇笑起來。「用過晚膳了嗎？」

「還未曾用膳。」玉珩走到桌旁坐下。「來妳這兒試試妳院中的小灶廚。」

季雲流看著他笑。「瓊王府中的菜色不好吃，七爺嫌棄了？」

「妳知道？」玉珩頗有興趣地問：「如何知道瓊王府菜色不好？」說著，打開包袱，把裡頭的山果子遞給一旁九娘，又從裡面抓出一捆圖紙來。

「瓊即琼，王與京，王身分之相，京，屋簷下頭有個口，口字下頭是個小，屋下的那張嘴吃不飽。」季雲流笑道：「瓊王似乎囊中羞澀呀。」

玉珩第一次聽她測字，拉住她的手，攤開手掌，在手心上頭緩慢寫下一個字，溫和笑道：「如此，亦幫妳日後的夫君也測一測。」

季雲流抓住他的食指，看著他，緩緩再笑開。「珩，雙人行，方可成王，七爺哪裡需要再測呢？」

那聲音如清泉靜流，如清風拂面，笑若銀蓮純然，讓人賞心悅目。

玉珩與她十指交扣，唇邊也不自禁染上一抹笑。「好，任他紅塵變幻，妳我一道雙人前行。」

片刻之後，紅巧與九娘提來食盒，在桌上布菜。

一共八個菜，有些玉珩吃過，有兩個做法奇特，他未曾見過。

季雲流指著菜色，笑道：「這是蛋黃焗芋頭，就是鹹鴨蛋取蛋黃，芋頭切成條，裹上一圈蛋黃即可。這菜酥香綿軟，七爺嚐嚐。」

「那這蝦又是什麼做法？」玉珩指著埋在雪白鹽裡的大紅蝦問。

「這是鹽焗蝦。這樣做出來的蝦，風味濃郁，蝦肉乾香爽口，也是不錯的。」季雲流笑道：「不過廚子蘇瓔做的京中名菜亦是非常不錯，七爺都嚐嚐，看看她的手藝與宮中御廚比起來如何？」

玉珩執筷，先嚐了一口蛋黃焗芋頭。「鹹蛋黃味香，芋頭綿粉，確實不錯。」再嚐幾口其他菜色，看著胃口極佳的季雲流，笑道：「妳哪兒找來的廚娘，這手藝確實不錯。」

兩人用過晚膳，玉珩攤開季德正拿來的宅子圖紙，說起今日翻牆過來的正事。「今日妳大伯給我送了宅子的圖紙來。這是父皇以後會賜的府邸，日後咱們的宅子，我見工部挑的宅子都挺不錯，故而帶來讓妳挑一挑。」

季雲流接過那幾張圖紙，張張看過。「你父皇待你真好呢，這幾處宅子看著都不錯。」

玉珩目光一刻不離她，微微一笑。「那便挑處妳喜歡的。」

「也好。」

這樣好比男朋友買房結婚，讓女朋友挑心儀的房子，反正玉珩的人都是她的，宅子算什麼呢！

當下，季雲流拿出羅盤就開始挑宅子。

「坐北朝南，水聚明堂，後背靠山，藏風聚氣。」季雲流一一默唸著，眼一亮。「這處不錯，是龍真穴！」

玉珩探頭，與她一道看那宅子的圖紙。

這是處三進宅子，不大，不過對於日後他與她來說，足夠了。

季雲流指著宅子後頭道：「這宅子坐北朝南，能擋風，通氣有採光，難得的是後背靠山，有山木之靈；沒聚水沒關係，咱們在前頭挖個人工湖泊即可。」

「這裡頭有水，」玉珩指著宅子中的一處廂房道：「這裡頭便是水。這宅子中有處活泉眼，正是溫泉。那時我亦是覺得這處最為不錯，這宅子本是前朝大越皇帝的行宮，倒也有上百年了。」

季雲流眨眨眼，放下手中的羅盤。「七爺之前選的也是這裡嗎？」

玉珩頷首。

季雲流嘴角出現一絲若有若無的微笑，拖著聲音，輕道：「七爺選了這溫泉的宅子，是想與我日後一道洗鴛鴦浴嗎？」

如絲的話語在房中一點點地蕩漾開來，玉珩被這雙輕佻的桃花眼，盯得耳根一點點地燙起來。

這個人，從來是齷齪念頭滿腦，從來不知臉皮為何物。

她都不怕，自己怕什麼？

玉珩輕巧地一挑長眉，眼睛亮亮地看著她，「嗯」了一聲。「我想。」

可這晚，玉珩終是沒有留宿，讓季雲流選好了宅子，交代日後修繕細節都會交給她，便翻牆出了府，上了馬車。

俗言道，常在河邊走，哪能不濕鞋？牆翻得多了，若讓有心人抓住把柄，終是不妥不美之事。兩情若是久長時，又豈在朝朝暮暮？

紫霞山中的侍衛日夜兼程，得了秦羽人的批注，就快馬加鞭趕回宮中。

皇帝拿著秦羽人合出的八字批注，忍不住滿意一笑。「二哥兒確實懂事了，知道為弟弟著想。」

以至於玉琳在翌日早朝後，去御書房求皇帝給個恩典，讓在國子監受教的諸皇子亦受邀去長公主府的賞花宴時，皇帝想都沒想便答應了。

玉琳得了皇帝誇獎，亦是高興非常地走出御書房，讓人將皇帝的意思告知玉珩。

玉瓊去不去賞花宴，他不在乎，他只想在長公主府當著眾人的面，宣讀聖旨，讓眾人都知道，七皇子要娶一個山野村婦！

而長公主府中的人手腳亦是很快，之前得了長公主的吩咐，便將帖子送到季府。

季老夫人拿著闔府同請的帖子，笑得嘴都合不攏，與陳氏一道商議要去賞花宴的名單。

上頭雖寫著闔府同請，但到底不能真的全府都不管不顧地過去，人多也亂，若真的出個什麼事，丟人、丟面子的可是自己家。

如今她心中更在意的就是說服三房，把季雲流過繼到大房去，這事可不能拖！

季老夫人果然是雷厲風行之人，前兩日剛剛商量好過繼之事，現下便叫了季雲流過來。

「六丫頭，」拍著她的手，季老夫人和藹地道：「祖母與妳大伯商議過，想把妳過繼到妳大伯母名下，不知道妳意下如何？」

「過繼？」季雲流微微有些詫異。「祖母，您的意思是，我日後就有母親了？」

季老夫人一聽，眼眶微紅，摟住她。「對，妳日後有母親，陳氏便是妳的母親，她會疼愛妳的。妳放心，祖母亦會好好疼妳。」

季雲流窩在季老夫人懷中，乖巧地道：「祖母和大伯母本就很疼我，雲流一點都不擔心，雲流很高興。」

對於誰是她老媽和老爸，她確實不大在意，反正都不是親生的。不過，陳氏比起何氏，大老爺比起三老爺，確實好很多。

得了季雲流同意，季老夫人處理過繼之事就更快了，立刻聚集全府的人，告知打算過繼之事。

相比二房的疑惑，三房一聽季雲流要過繼，反而覺得少個女兒少一份嫁妝，何氏如何會放過這個機會？當下使出渾身解數，向季三老爺說清這裡頭的利益，兩人商議一晚上後，便都同意了。

很快，季德正找來族內的見證人，把季雲流過繼的事情給辦妥了。

一切穩妥，季雲流跪在地上，向季德正和陳氏敬茶，當眾清楚無比地喊了一句。「父親、母親。」

季德正想著日後的七皇子妃跪在自己面前，喊著自己為父親，堂堂的二品尚書紅了眼眶，端起茶，朗聲道：「誒，好孩子。」

陳氏沒那麼好的定力，見著日後的人中龍鳳跪在地上給自己敬茶，雙目裡全是水，接過茶盞，連連道：「好……我的好孩子。」

季三老爺跟著假惺惺了一番，眼淚嘩啦啦地淌下來，更是拉著季德正的手說，大哥得善待六姊兒。

何氏心中高興，面上怎麼裝都裝不出難過的表情。這樣的大喜之日應該仰天長笑才對，裝模作樣實在太難為了她。

最後沒辦法，只得在大腿上連掐自己兩下，何氏才勉強擠出兩滴眼淚，上去拉著陳氏的手，說了聲「大嫂，是我對不起六姊兒」。

陳氏看著她的惺惺作態，拉著季雲流的手應了一聲，心中竟有了一絲冷笑之意。

夜明珠置於瓦礫中，何氏被泥糊了眼，捧著破瓦片、丟了夜明珠，竟然還沾沾自喜起來，愚蠢！

一日過繼便匆匆而過。一場季家大事，除了宅子中知曉的，其餘無聲無息。

玉珩這幾日只在國子監與皇宮來回，寧石把他吩咐該打探的消息都打探清楚了。

他站在臨華宮書房中，低低向玉珩稟告。「竇念柏前日與昨日都在醉仙樓請客作東，請了詹事府的詹事與少詹事。今日，竇念柏又親自去嘉道銀號取了銀票，那銀票面額有多少不知道，但由竇念柏身旁的小廝人數來看，應是不少。」

玉珩聽完，默不作聲了一會兒。

春闈在即，竇念柏要買試題，恐怕就是這幾日了。

「今日和明日繼續盯著，看他私下與何人接觸，一一彙報。」他低聲吩咐，而後又想到其他。「那君子念呢？這幾日有何舉動？」

「君子念日日在屋內讀書，這幾日從未出過門，也沒有見誰登門拜訪。」寧石回答。

玉珩頷首。「既然這幾日都未出過門，君子念就不必再派人盯著了。」

這樣的士子，盯著也掌握不到更多消息。這人大約就是個有真材實料的，日後高中，再想法子拉攏便是。

寧石退下不久，工部尚書把宅子修繕圖紙送過來。

玉珩選的三進宅子好是好，裡頭的花木品種都名貴，但到底空置已久，許多地方，尤其是正院，更要好好修繕。而且玉珩的意思是，把溫泉所在的地方歸入正院，直接把溫泉放在寢室旁，所以這圖紙都要重新畫過。

玉珩拿著圖紙仔細看了看，頗滿意這樣的規劃，留下圖紙，讓工部尚書先回去，而後自己拿著圖紙，離了宮，去瓊王府。

看看天色，玉珩在馬上，邊走邊對寧石吩咐。「你且去謝府，讓謝飛昂來一趟瓊王府見我。」

玉瓊得了信，知玉珩要來，倒也不再愁眉苦臉，站在二門處把人接進來，又吩咐廚房晚膳加幾道菜。

玉珩入了院子不久，謝飛昂亦來了，跨進書房左右打量，嘖嘖兩聲。「若不是寧石帶路，我還以為走錯宅子了呢！這瓊王府還真是……別有一番山間的田園樸素之風！」

荒蕪就荒蕪吧，還用一個田園樸素之風形容。玉珩不與他扯這些沒用的廢話，讓他過來，拿出紙就讓他寫上頭的題目。

謝飛昂拿著紙仔細瞅了瞅，抬起頭，看著玉珩，心中緊張，有一絲絲顫動。

「七爺，這紙上可是破題、承題、起講……後股、束股……都有，你這是……」

這樣的題目就是科舉的八股文！

「前些日子，我讓人替你報考了這屆的春闈。」玉珩看著他，指了指書桌對面。「現下離春闈還有十日，你可以好好準備。」

「我……」謝飛昂的腦袋被他攪成一團漿糊。「我、我好好準備……準備春闈？七爺，你幫我報考春闈怎麼不與我商議一下？這只有十天了，我如何去考啊！」

「我知你有真學識，不必在意這時日，只要全力以赴便可。」玉珩見他不坐，傻傻站著，敲著對面書桌道：「坐，給我把上頭的題目全數給寫了！」

「七爺！」謝飛昂捧著卷子幾步過去坐下，探過頭去，急火火地道：「我今年才十七，我家中的意思，是再過三年才考春闈……咱們不說金榜題名，這進兩榜前幾名總歸是沒問題的。可如今、如今……我就算考中，也是最後吊著的，如此一來，豈不是要讓人笑掉大牙？這日後想進內閣……別說內閣，連翰林院都進不去啊！」

玉珩還是那句話。「把上頭的題目都寫了，今晚若寫不完，就住這裡，明日再接著寫。這題目，不可向任何人提起。」

謝飛昂聞弦知雅意，再看一眼手中的試題，拽緊了，心中一抽一抽的。那麼玲瓏八面的人，話都快不索利了。「七爺你的意思是……是我這次春闈……」

「你能金榜題名。」玉珩堅定道。

那聲音淡淡的，帶著蠱惑，聽在謝飛昂耳中，雙眼都雪亮起來。

金榜題名！

當下，謝飛昂拿起筆就開始寫上頭的題目。因為他知曉，七皇子不是那種隨便承諾的人。

第三十六章

兩人對面而坐，各幹各的，過了半個時辰，瓊王府的小廝送來晚膳。

玉珩看著每盤都浮著一層黑油的菜，臉跟菜色一樣，也黑透了。

他怎麼就忘記了，這瓊王府的菜就是一種毒藥！

「這瓊王府竟然艱難成如此模樣了？」謝飛昂拿筷子翻著盤中的青菜與豆腐，一臉擔憂。「七爺，你可有聽到什麼消息沒？你日後的封地會是何處？」

這封地真是關乎一個皇子的生計大事。他知道莊家雖說是一等尊貴的莊國公府，但到底承擔不起一處封地的民生功作，若像六皇子這樣，封給玉珩的是塊民不聊生的地方，日後必定也要艱難無比了。

銀子全都貼補封地了，又哪裡來的皇位？

「還未知封地是何處。」玉珩並不隱瞞。「不過御賜的宅子倒是不錯，也許那封地不會太差。」

謝飛昂又問了一些宅子的事，見他信心滿滿，稍稍放下心來，隨便扒了兩口如糟糠般難以下嚥的飯，繼續奮力書寫試題。

明月緩緩上升，到了柳梢頭，玉珩隨手拿了一張謝飛昂寫的策略來看，又放下來。

「這篇不行，辭藻華麗，但不務實民生，你再去翻閱翻閱書籍，重新寫過。有空去翻翻以前李譯寫的文章，背下來。」

謝飛昂本不打算今年考春闈，不過如今玉珩對他要求甚高，親自監督，他倒也沒有不滿，唸著李譯的名字，頜首。「好，我明日就去看看李翰林的文章。」

他若一舉高中，日後七皇子便在朝中多一個人用。奪嫡之路萬分驚險，一步錯皆落索，七皇子近日把鋒芒收斂、沈穩許多，希望他真是天道庇佑，是真龍之人。

太子近年沈迷在聲色犬馬中，朝中上下都已知這大皇子的太子之位恐怕不保。

他是謝家大房出來的嫡次子，大哥被外調到蘇州任知府，無法插足京中事，但自家父親與祖父都默許他與七皇子往來，也是謝家傾向七皇子的打算。

七爺，你可不能讓我白下苦功，謝家的百年基業全壓在我肩頭了！

這日天氣溫暖，春光明媚，各家小娘子穿上春衣，乘著馬車去長公主府參加春日賞花宴。

玉珩這日起床後，照常打了套拳法，接著沐浴更衣。

更衣時，看著席善送來的衣物，親自選了一套繡如意蟒紋的絳紫色蟒袍，又讓宮人仔細地綰髮，頭上束了一頂紫金雕花鑲玉冠。

照二皇子不死不休的秉性，今日他會有大喜之事，得穿得喜氣一些。

出了宮，玉珩乘車去往長公主府。

這邊，季雲流與季雲薇同坐一輛馬車。馬車寬敞，兩人相對而坐，季雲流看著季雲薇，她面上笑容盈盈、神色明媚，只是今日額中紅裡卻隱隱泛出一絲黑氣。

季雲流的手縮進袖子裡，藉著帕子的遮掩，掐指替她算了算。掐出的卦象乃是「大安」。

大安，有喜事在前方之意。這樣的好運道，為何會黑氣上身？

「六妹，妳一直盯著我，可是我臉上有什麼不妥？」季雲薇見季雲流直勾勾地盯著自己，想往臉上摸去，又怕摸花了早晨細細撲上的薄粉。

季雲流目光從她額上移下來，展顏一笑。「四姊今日美豔當頭，妹妹看得不知不覺呆住了。四姊今日這麼好看，定是有喜事當頭。」

「妳呀！論好看，哪裡是我好看，妳才是好看的那人。」季雲薇看她一笑。「妳這張嘴最會哄人高興了，祖母每日都被妳逗得樂呵呵的。」

「祖母高興是因為我說的都是事實呀，就像今日我對四姊說的，亦都是事實。」季雲流移了移，移到她的旁邊，指著她的頭髮道：「四姊，妳這簪子有些歪了，我幫妳理理，妳且先轉過去。」

「歪了？」季雲薇疑惑著，移了過去。「那煩勞六妹幫我整一整。」

季雲流伸出手指，快速掐了個結道印，口中默唸一遍金光神咒，把季雲薇身上的一絲黑氣消去。

這樣的做法也只是消散一絲而已，若真正想替季雲薇躲過這團黑氣帶來的厄運，得畫符作法。可如今情況……罷了，是福不是禍，是禍躲不過，若是禍，躲得過這一次，必定還有下一次，且先靜觀其變。

今日乃大吉之日，宜嫁娶、會親友、出行。各家女眷都不敢輕看長公主府的這個宴席，早早到了長公主府，馬車堵得門口水洩不通。

季雲流坐在車中，從簾子細縫看長公主府的大門。

門開在艮位，高兩尺有餘，恢弘大氣，門口石獅子虎視眈眈，盡顯皇家風範。

這樣不以財、不以官，只求安康的風水門，讓季雲流越發對這個道人感興趣了。果然是個有實力的！

進了二門，文瑞縣主已經站在裡頭等著了，一看見季雲薇與季雲流，親自迎上去。

「妳們怎麼不早些過來？早些來與我一道迎客。」她手一指，笑說：「妳們且先去那邊玩一會兒，我迎完客人便去尋妳們。」

兩人被帶至挽花亭中，亭中有茶水糕點，旁邊各種花木，處處顯出這園子的雅致。

前頭不遠處是個弓形湖泊，隔著湖，竟然還能看到對面過府的賞花男眷。

這樣的一場百花宴，不知又能促成多少對癡男怨女。

兩人剛落坐，兩個年紀不大的小娘子亦跨進亭子來。

四人相見，季雲薇與季雲流站起來，團團見禮一番。一個淺綠衣裳的小娘子看著季雲薇與季雲流笑道：「不知道兩位妹妹如何稱呼？我父親姓蘇，我在姊妹中排行第三。」手一指旁邊的小娘子。「這位是佟相國的孫女，佟大娘子。」

她剛才站在亭外可看出來了，這兩個姑娘年紀雖不大，身上衣料卻全是貢緞。這樣的料子可不是平常勛貴人家用得起的，至少也該同皇家沾上一點邊才行，才有了這番的搭訕問話。

季雲薇聽見佟大娘子四個字，不經意地看了一旁妃色廣袖衣裙的小娘子，心道：原來這便是京城四美之首的佟大娘子。

她溫聲笑道：「小女家父姓季，在家中排行第二，我在眾姊妹中排行第四，這是舍妹，排行第六。」

再瞥季雲流一眼，只覺得這京城四美之首有些名不副實了。

「季六娘子？」蘇三娘子低低「呀」了一聲。「可是季尚書家的四娘子與六娘子？」

「正是。」

蘇三娘子當場就笑了，上前兩步，一臉饒有興趣地探問：「聽聞六娘子的訂親之人與莊四娘子私通，可是真有其事？」

季雲薇眼一瞇，口中不快地應道：「皇上親自下的口諭，我家六妹與張二郎所訂之親是無效的，蘇三娘子何出此言呢？」

蘇三娘子不知道季雲薇的嘴居然這麼厲害，再抬首看向站在一旁的季雲流，只見她目光澄澄，毫無半點羞憤難當之色，嘴角那絲笑意似露非露，透著一抹詭異。蘇三娘子一張臉脹得通紅，卻說不出什麼道歉的話來。

她乃是一品內閣大臣蘇紀熙家的嫡親三娘子，難道還要與從五品小官的女兒致歉不成？

四人靜默半晌，忽聽見一聲幽幽嘆息。「蘇三娘子，質疑皇上可是要殺頭的……」

蘇三娘子猛然被這麼一聲嚇得不自覺地退後一步，再抬首，那季雲流還是穩穩當當站在那裡，面上一片清清淡淡，似乎剛才唬人的話語，不是從她口中說出來的。

這樣的喜怒不上臉，這樣的深沈心思，蘇三娘子越發驚魂不定。

蘇三娘子這才不情願地說了一句。「對不住，季六娘子。」

兩人在這裡鬧了不愉快，欲轉身離去，卻看見那頭的莊二夫人與莊若嫻款款走來。

蘇三娘子連忙拉了拉一旁的佟大娘子，示意她去看。

佟大娘子看見莊二夫人與莊若嫻，剛想俯身行個禮，就看見莊若嫻目光越過自己，朝後頭瞪了過去。

後頭是何人，蘇三娘子最清楚了。

季雲薇與季雲流看見莊二夫人，亦是屈膝行了個禮。

莊二夫人見季雲流也被邀請到這賞花宴，雖是不解，到底沒有露出什麼輕視之色。

當初在紫霞山中，她覺得張二郎是個好兒郎，自家姑娘與他可以配成一對；現在雞飛蛋打，兩家都不再與張家有瓜葛，自家女兒名聲亦算無損，也就息事寧人，不再去追究，所以對季雲流也不再有什麼敵意。

莊二夫人不追究了，莊若嫻哪裡嚥得下這一口氣？她那時滿心期待張元詡上門提親，後來得知他竟被季府弄得身敗名裂！

來來回回讓二郎得到這樣結果的，就是這個該死的季雲流！

她若嚥得下這口氣，還不如讓她一脖子掛死在大樟樹下。

莊若嫻進了亭中，看見季雲薇帶著季雲流往另一邊的亭口正要邁出去，開口冷笑一聲，高聲道：「季六娘子，看見我過來，妳為何匆匆要走呢？難道做了什麼見不得人的事不成？」

這話一出，當即就熱鬧了。

蘇三娘子本來已經出去的腳又旋回來，還把佟大娘子也帶回來。

季雲薇聽見她的話，亦是霍然轉身，看著她冷冷道：「莊四娘子，到底是誰做了見不得人的事，妳自個兒不知道，還需要我們來提醒妳不成？」

莊若嫻被揭開瘡疤，心頭大怒。「季四娘子，我問的是季六，她都沒有說話，妳卻在這裡大放厥詞，她不是作賊心虛是什麼？」

這般沒有規矩、閉起眼來就能亂講之人，就算脾氣好的季雲薇也氣得身子都抖上了。

「四姊兒，妳得顧及臉面！」莊二夫人真是一把愁火燒到了頭頂，兩條眉毛都要燒沒了，此刻只想拽走自家女兒。

可大庭廣眾下，她是怎麼用力掐、用力拽，莊若嫻都無動於衷。

季雲薇氣得正欲說什麼，手掌驀然被人一握，那暖暖的溫度滲進皮膚裡，透入心中。

她一抬首，看見季雲流握著自己的手，凝視著前面的莊若嫻，面上一派淡定恬靜。「莊四娘子既然說我作賊心虛，做了什麼見不得人的事……如此，還請四娘子當面說明白，不然無緣無故安上個罪名給我，我可要去大理寺狀告莊四娘子誹謗中傷，血口噴人的。」

莊若嫻動了動嘴，剛欲開口，被季雲薇又截住嘴。「是呢，莊四娘子，妳得當面說清楚，那是皇上親口口諭，張二郎品行不端。我六妹仁心仁德，看見四娘子，想給妳一份臉面，退出亭中避讓著妳，這難道就叫作賊心虛不成？」

季雲薇口齒清晰，自然越講越順口。「二夫人，四娘子這樣屢教不改、毫無悔改之人，還請二夫人日後管教好了再帶出來，免得我們姊妹被說火了，一不小心就說了四娘子什麼見不得人的事，那就對不住了。」

季雲薇伶牙俐齒，條條理理絲毫不讓，講得莊二夫人一瞬間都目瞪口呆，反應不過來。

「我何嘗做過虧心事，妳們——」

莊二夫人見莊若嫻還想講，抓著她的手，用盡全力，直接喝了一句。「夠了！四姊兒，今日我看妳身子不適，我們還是早些回去吧！」

「母親！」莊若嫻被拖著手，一臉不情願地被拖到外頭。

走出亭子，外頭迎面走來的是文瑞縣主。

文瑞縣主看見莊二夫人與丫鬟拉著莊若嫻出去，奇怪地道：「妳們這是去哪裡，怎地如此慌亂模樣？」

「縣主！」莊若嫻大喜，不顧規矩，上前幾步就哭道：「縣主幫幫我，我……」

女人為求情愛之事，真是無所不用其極。

「二夫人這是怎麼了？」文瑞縣主越發奇怪。「四娘子可是身子不適？」

「是呢！」莊二夫人福了福身。「四姊兒身子不大爽利，我正欲帶她回——」這個「府」字還未出來，就見莊若嫻已經掙脫莊二夫人的手，一路狂奔而去。

莊二夫人與兩個丫鬟因為行禮，力道沒把持好，就讓莊若嫻如小雞出籠般地跑了，也不顧前頭有何危險，簡直嚇慌了眼。「攔住、攔住她！」

「攔住莊四娘子！」文瑞縣主也厲聲吩咐那些丫鬟。

好在這裡丫鬟眾多，十步一個，一群丫鬟湧上來，把莊若嫻團團抱住。

這邊動靜不小，湖泊那邊的男眷也紛紛側目看過來。

張元詡一直注意著這頭，就見莊若嫻不顧禮節，朝湖邊拔足狂奔。

他心念一動。

自己仕途未登反而斷送前程，因此就算在這裡撕破臉皮、不要顏面，也要和莊若嫻扯上關係，這是他日後唯一能借的助力了。

佟大娘子本來是往場中瞧熱鬧的，驀然卻發現一道視線。

「三娘子，那邊、那邊……」佟大娘子一手緊張地抓著蘇三娘子的手。「湖泊那頭，妳瞧一瞧。」

「那頭跑過來的可是張家二少爺？」蘇三娘子瞧見那邊有道身影奔過來，簡直笑歪了一張嘴。「幹什麼？難不成他們倆還要在大庭廣眾下，來個非妳不娶、非你不嫁的戲碼不成？哎呀，這以後可怎麼見人呀！我真是這輩子都沒見過這麼好看的大戲！」

「不，不去看他們，妳再瞧一瞧，七、七殿下！」佟大娘子可不關心這些丟人現眼的事，她適才見了人流湧動，就看見當今七皇子了。

玉珩一身紫衣，在眾男眷中顯得十分耀眼，蘇三娘子有心一找，也找到了他，當下輕輕「啊」了一聲。

「七殿下正往這裡望來呢！」

佟大娘子更是滿心激動。

她之前聽說玉珩去了紫霞觀，日夜後悔自己為何沒有去那裡聽道，不然便有機會能在紫霞山中與他相遇，哪怕只說上一句話也好。

母親也偷偷跟她說過，只要七皇子成了禮、封了王，皇后便會給他物色王妃人選，她會是七皇子妃的第一人選。

蘇三娘子見了佟大娘子通紅的臉，心中跟吃蠟一樣難受。論匹配，她與七皇子也沒差多少門第；論年齡，還是她與七皇子更適合，可因為父親蘇紀熙不喜歡她嫁給七皇子，這樣的男兒郎，她也只能偷偷放在心裡了。

「大娘子，妳的臉紅成這樣，可是哪裡不舒服？若是不舒服，今日不如妳先回去？」

幾句不鹹不淡卻又酸又涼的話，正表達了蘇三娘子複雜的內心。

而季雲流坐在涼亭石椅上，靠著欄杆，一目望去。

戀愛中的男女，心中眼中只有對方，那一望，亦是一眼就看見了身穿紫衣的玉珩。

季雲薇也看見了，還看見他往這裡望過來，當下就想明白了。原來七皇子心中有意、情有所屬的，一直是六妹！

她目光瞥見季雲流，只見她微微歪著腦袋，抿著嘴，朝玉珩柔和一笑；那邊，玉珩看著她，清冷的臉上亦是雲破初開一般，勾起嘴角，露出一絲暖人心肺的笑意。

兩人之間，活脫脫是一副郎有情、妾有意的眼波傳情。

「哐」！佟大娘子站在側首，離季雲流不遠。因隔著距離，玉珩這一笑，竟是同佟大娘子展顏而笑一樣，即刻整個人站在那裡，愣住了。

七皇子……會是對她有意嗎？

第三十七章

那頭的張元詡已經快要跑到湖泊這一頭了。可快靠近時，被他來不及注意的一人絆了腳，往前一摔，直直摔倒進湖泊裡。

這一摔，讓一旁的小廝手忙腳亂。

寧慕畫絆了人，依舊風度翩翩，站在岸邊看著眾多小廝，疑惑道：「張二少爺掉湖了，怎麼不下水去救？」

那個「救」字咬得特別重，小廝立刻所知是何用意，立刻都跳水去救。

莊若嫻看見打算游水而來的張元詡，一把拽開前面的丫鬟，幾步過去，撲通一聲跪在地上。

「母親，我與詡郎是——」

莊二夫人捂著胸口，聽著後面自家女兒要說出來的事，簡直承受不住這樣的荒唐，一陣刺骨寒冷鑽入心臟，她覺得此刻就此暴死了都比要面對現實好！

「我、我……嗚……」文瑞縣主手快，一把摀上莊若嫻的嘴，快速扯起她。「來人，四娘子今日身子不適，千萬照顧好她！」

於是，幾個丫鬟上來，又是一陣雞飛狗跳。

季雲流與季雲薇坐在亭中。倚著欄杆，季雲流看著那邊的動靜，輕輕一嘆。「世間之事，環環相扣，這莊四姑娘最終還是選擇跳進這個火坑。」

「果然是個偽君子！」季雲薇道：「那張二郎這般不顧娘子的名聲，當眾做出這樣的醜事來，簡直不要臉到極致！只有那莊四娘子一心被男女情事蒙蔽，才覺得他真心相待。但凡他有一點真心，也不該這樣不顧及莊四娘子的名聲。」

玉琳揣著聖旨，從二門一路被小廝引進園中，還未來得及去人群中找玉珩，頭一抬，就看見黑漆漆的人頭湧動，一群人全數擠在花園的湖泊處。

玉琳一把抓了旁邊引路的小廝，攏眉就問：「這是怎麼了？」

小廝把張二郎鬧百花宴的事，一五一十說了。

玉琳今日來這兒可是有大事的，哪裡去管張元詡死活，當下就讓小廝帶路去找玉珩。

他邁著歡快的步伐走到小亭中，看見玉珩，朗聲一笑。「七弟，你可得與二哥我去一趟廊橋，那邊有事等著你非去不可呢！」

玉珩凝視著他手中握著、繡騰龍的大黃聖旨，面上不顯露一絲半毫。「二哥這是要做什麼？」

「七弟，趁著這吉日，咱們得宣讀聖旨，成人美事，錯過豈不可惜？」事情籌備這麼久，玉琳終於得償所願，十分暢快，舉了舉手上的聖旨。「這親事，咱們那是說好的，再遲些，誤了時辰可不好，父皇若是怪罪下來，誰都擔待不起呀！」

見玉珩瞇起眼，玉琳再逼迫道：「七弟，大庭廣眾下，你該不會要抗旨吧？」

玉珩理了理袖口，笑了笑。「好，躲得過初一躲不過十五，二哥的這番心意，終是要領的，不是嗎？」

那頭，季雲薇正與季雲流低聲談話，看見外頭快步行來一個小丫鬟，進入亭中便道：「季六娘子，景王殿下邀您去湖泊的廊橋中，殿下要宣讀聖旨。」

「聖旨要讀，尋妳去做什麼？」季雲薇拉著她，奇怪地問丫鬟。「景王可有說這聖旨是要讓何人接的？」

丫鬟也只是奉命行事，問來問去，來來回回就一句。「景王殿下邀季六娘子去廊橋，宣讀聖旨。」

季雲流目光一瞥架在湖泊上的廊橋，應了一聲。「好，我且隨妳過去。」拍拍季雲薇的手，又向她一笑，季雲流寬慰道：「四姊莫要擔心，真的沒事，放心。」

長公主府中的小廝、丫鬟眾多，很快在他們的稟告下，眾人全數集中在湖邊，低頭探耳，打探這不明的情況。

眾人那邊交頭接耳時，季雲流從右側被丫鬟迎至廊橋，玉珩則被玉琳從左側拉至廊橋上。

玉琳見人站齊，滿目的壯觀人頭，站在廊橋上，朗聲滿意地道：「聖上有旨讓本王宣讀，眾人且一道恭聽迎福！」

眾人微微一愣，而後全數下跪在周圍，心中紛紛猜測。這二皇子要宣讀的聖旨，難不成事關橋上的兩人？

季雲流與玉珩在廊橋的左右兩側相跪。垂首下跪前，兩人相互瞟一眼，眸中星光熠熠，兩顆心湍湍急急地過了千山萬壑，再垂眼時，分別用睫毛掩蓋下眼中那團火焰。

玉琳乾淨俐落地打開聖旨，如同握著勝利的旗幟，站在廊橋上，英姿颯爽。「茲聞季府六娘子季雲流溫良賢淑，端莊大方，品貌出眾，朕與皇后躬聞之甚悅，今七皇子玉珩已年十五，適婚娶之時，擇賢女與配。值季雲流待字閨中，與七皇子堪稱天造地設，為成佳人之美，特將季雲流許配七皇子為王妃。婚期擇定時日為己未年甲戌月戊寅……欽此！」

玉琳聲音高朗，每個字都讓眾人聽了個清楚明白。

這樣的聖旨一出，如同晴空萬里中閃下了個滾滾天雷，炸得在場眾人全都動魄驚心。

這是……什麼情況?!

那季府六娘子季雲流是何方神聖？見所未見、聞所未聞之人，怎麼就被皇上賜婚給了當今的七皇子？

且竟還在這樣一個賞花宴中，讓當今二皇子宣讀聖旨！

所有人跪在地上，暈暈騰騰，想不明白。

最先謝旨的自然是七皇子玉珩。他恭敬地單膝跪在地上，垂著手、垂著頭，朗聲開口。

「兒臣玉珩謝恩。」

季雲流跪在右側，伸出雙手欲接聖旨，但不能抬首。「民女季雲流，領旨謝恩。」

玉琳收攏聖旨，抬眼一望前頭那些人的反應，很是滿意，手一伸，把合攏的聖旨放入季雲流手中，接著把她扶起來，而後左側一扶，把玉珩亦扶起來。

這麼一會兒領旨謝恩的工夫，眾人已經嘩啦啦再站起來。

玉琳看著底下，微微一笑，當著眾人的面，隔著衣物，抓著季雲流的手肘就把她的手強行按到玉珩手掌中。

「如今你倆已被父皇賜婚，二哥的意思是，如此良緣，難得非常，必定要讓在場眾人做個見證，這才請了父皇讓二哥我在賞花宴上宣讀。這般算來，你倆可算是訂親之人，兩人日後必定要和和睦睦，百年好合哪！」

玉琳自顧說完，朝下頭朗聲道：「皇上有口諭，在場聽讀聖旨，做了見證之人，必要誠心實意祝福這對新人！」

底下的人全都懵了。傻眼！

玉珩見著玉琳這樣出格的舉動，目光閃了閃，隨即不忌諱男女之防，當著眾人抓住季雲流的手，垂下來，兩手在袖中相交，契合無比地握在一起。

他看著他的好二哥，輕笑一聲。「謝謝二哥的一番好意，玉珩必定會好好待我妻。」

眾人還沒在這複雜局面中反應過來，驀然又看見兩人交握的雙手，但底下無人敢出言說這樣不合禮數！

景王如今手握聖旨，宣讀的是皇上旨意，代表的就是大昭至高皇帝，一旦要說什麼、笑出來，全是要殺頭的！

謝飛昂站在橋下，看了周邊一眼，剛剛想帶頭拱手祝福，就聽見一旁的寧慕畫仰頭作揖道：「恭祝七殿下與季六娘子，和和睦睦，百年好合！」

寂靜無聲的人群中，寧慕畫這聲祝福十分突出，有人一目就望過去，有人不敢望，但這麼一出聲，眾人自然紛紛作揖或福身祝福。

「恭祝七殿下與季六娘子，和和睦睦，百年好合！」

最後，聲音整齊，每人說了三次。

玉琳非常滿意橋下眾人此刻聽到聖旨的表情與模樣。他要的就是這樣，就要讓這件婚事人盡皆知，讓玉珩當眾被人嘲笑。

「七弟，你瞧，這親事與眾同樂，是不是全完不一樣？」

「是，」玉珩笑得越發高興。「當眾被祝福的感覺，確實不一樣。」

季雲流被他握著手，另一隻手拿著聖旨，亦是朝玉琳嫣然一笑。「多謝景王殿下成人之美。」

玉琳看著兩人，恍然之間驚了一下，原先燦爛的笑容當即就有些勉強了。

此刻，他竟然有了一絲兩人確實很般配的念頭來。看著這樣金童玉女般發笑的模樣，這兩人……似乎還是……兩情相悅的？

玉琳心口強烈一跳，頭上一陣暈眩襲來，連連在心中「呸」了兩聲，才穩住心神。

一定是看錯了，一定是這季六長相太妍麗的緣故，才讓他因此產生玉珩是歡喜這樁親事的錯覺。

聖旨已經是晴天霹靂，七皇子這毫不忌諱當眾對季雲流握手、展顏謝恩，真心打碎了不少癡情小娘子一顆怦怦直跳的心。

王氏與陳氏聽了聖旨，站在原地晃悠幾下，都快站不穩。

「大嫂！」王氏激動之下，一手握上陳氏的。「妳、妳可聽見聖旨了……我……」她到現在還沒有反應過來。

陳氏抓著帕子。「聽見了、聽見了……」就算心中已有準備，但來臨之時，還是這般滿心激動。他們府中真的出了個王妃！

季雲薇聽了這樣的聖旨，不亞於王氏、陳氏的驚喜。這可是天大的好事情！

廊橋下的小娘子中，不認識季雲流的占多數，但佟大娘子與蘇三娘子可是實實在在與季雲流一道待過的，兩人傻愣愣地聽完聖旨，臉色煞白地對望著。

一個心道：為何會是那季雲流！

一個想：為何不是自己?!

楚道人站在樓閣中，遠遠看著廊橋上的玉琳宣讀聖旨，看著季雲流接了聖旨，又親眼看著玉珩拉著她的手下了廊橋，一拍窗櫺，道：「不對！那不是季府六娘子！」

這樣的面相怎麼會有那樣的八字，這八字與面相完全匹配不上！

楚道人講完之後，一時又看愣住了，好半晌，看見那季六娘子似乎抬首向這裡望來，站在園子中，遠遠亦看見他的模樣，才驀然回神，大聲驚道：「這個人絕對不是季府六娘子！至少不是景王給的八字上的季六！」

「師父，您說什麼……」一旁的道人亦被這兩句話給嚇懵了。「師父，這接了聖旨的就是她，就算我們認錯，其他人肯定不會認錯，她怎麼可能不是季府的六娘子。假接聖旨，這、這是要殺頭的！」

「不，不是假接聖旨……」楚道人只看出面相與八字不對，其中緣由又哪裡看得明白？他顫抖地站在那裡。「師父曾說，大道無形，生育天地；大道泛兮，其可左右；大道輪迴，永生不滅。因大道無始亦無終，因天道無終亦無滅，由此，人只剩夢中夢，身外身，天外魂……」

這樣的面相、這樣的八字，難道是……天道的意思？

小道士聽不懂自家師父的絮絮叨叨，只知道這人若不是季府六娘子，景王若知道他一手促成的親事是不能定凶吉的，該如何是好？

「師父……」小道士聲音都抖了！

拿人錢財，與人消災，拿了位高權重的景王那麼多銀兩，若被得知辦事不力，會不會被他剝皮抽筋？

「去叫長公主與景王殿下過來見我！」楚道人一片膽顫心寒。「快去，現在便去，找他們來！」

小道士哪裡敢怠慢，跑到樓閣下就吩咐丫鬟去找長公主，自己則提著道袍下襬飛跑起來，去廊橋那頭尋玉琳。

這頭，玉珩謝完玉琳，當眾拉了季雲流下廊橋。

不過到底顧及她名聲，沒有死拉不放。到了橋下，看著她，玉珩滿目溫柔。「結良緣，百花時。」放開手，又道一句。「晚上，等著我。」

季雲流笑著，低聲應道：「好。」拿著聖旨向他福了福身，離開湖旁，向季雲薇與陳氏、王氏那頭走去。

這一走，簡直跟皇后出遊一樣，把眾小娘子的目光全都吸引過去。眾人目光爍爍地看著她，眨也不眨。

許多貴女覺得自己手握一副好牌時，竟然出了這樣一件事，生生出來個聞所未聞的人，中途截了個胡，成為大贏家，眾人如何心甘情願？一些小娘子想想，還是覺得一朵鮮花插在牛糞上。

陳氏看見季雲流向自己等人走來，快步迎過去，滿心激動還未平復，連連握上她的手，與她四手交握聖旨。

「好孩子，咱們得迎聖旨回府！」

玉琳可以隨心所欲宣讀聖旨，皇帝日後就算怪罪起來，總不會因為這宣讀聖旨的罪責就給他安上個大罪名，但她們可不能率性而為，領完聖旨還繼續待在這裡吃吃喝喝、賞花賞景，得回去放香案上供著。

季雲流手捧聖旨，應了一聲，而後，季雲薇與文瑞縣主也來道賀。

陳氏乘機說出要告辭，文瑞縣主知其中緣由，只好道：「招呼不周。」

這時，小道人腳步如飛，親自奔到柳樹下、被眾人包圍著的玉琳面前。

「景王殿下！」

玉琳一見跑得滿頭大汗的小道人，心中莫名一跳，撥開前面這群想攀高枝的人，大步向小道人走去。

「何事？這麼匆匆忙忙，可是楚道人讓你來尋我的？」

小道士拚命點頭，作揖都來不及。「景王殿下，家師讓您去一趟樓閣，有要事相談。」

這副模樣讓玉琳不再猶豫，大步流星跟在他後頭，讓他帶路往樓閣走去。

第三十八章

長公主亦被丫鬟稟告楚道人有請的話，收了笑容，就快步往樓閣走。玉琳與她在門口相遇，兩人頗凝重地對望一眼，一前一後上了樓。

這時候，在樓閣上的楚道人已經替玉琳起了一卦。

長公主上樓，跨進臨窗的廂房，看見楚道人盤腿而坐，開口問：「你卜了一支什麼卦？給誰卜的卦？」

楚道人看向長公主身後的玉琳。「這卦是為景王殿下起的，是否卦，九四，意思是，順應天命才不會有天禍。」

「順應天命？」玉琳一聽這卦就跳起來。「楚道人，什麼叫順應天命？如何順應天命？」

楚道人隨著卦意，實話實說。「有命無咎，這就是叫殿下不要犯錯才會有命，殿下……」

玉琳拍了下桌子，大怒道：「二十五年前，大哥出生，紫霞山中的道人說大哥是日後的真龍之命，於是一出生，大哥便被立為皇太孫。這麼多年了，太子只管頂著一個名頭，遊手好閒，而我為大哥費心費神，盡心盡力輔佐他，難不成還叫不順應天命?!」

「景王殿下，這是卦意。」楚道人滿目疲憊，伸手指向窗外，指著湖泊旁正在談話的玉珩，似乎不相信，又似乎認命。「我今日見了七殿下的面相，覺得他的面相亦是奇怪，與八字不合。我作了場小法，見到他身上的紫氣，且紫氣成環繞之勢，有護體之意。道法云，紫氣東來，有帝王之勢，我怕七皇子這命格……有變！」

「什麼！」玉琳被這不上不下的話說得都急出冷汗來。「他命格有變……什麼叫他命格有變？」

「七殿下之前的面相貴極但有折損，如今似乎要彌補這折損之勢。他的八字本在弱冠之年有大劫，而如今……這面相卻不似有劫難之相……」楚道人把自己所知的全數告知。「還有那季府六娘子，那樣的極貴面相，一定不是景王殿下您帶來的那生辰八字的主人！」

「這是什麼意思……」玉琳腦子裡轟然鳴響，整個人都要昏倒。「你的意思是，玉珩命格有變，有帝王之勢；季六面相貴極，難不成還是旺夫之相？」

楚道人莊重頷首。「正是此意。」

玉琳一手扶著牆，立時一股寒氣從腿彎處升起來，跟得了痎瘧一樣，全身都在顫抖。

王八蛋！他身邊跟著的怎麼全是一群懵傻不知、辦事不力的混帳蠢材！

他辦事穩妥迅速，一件極不可能的親事讓他促成得毫無破綻，但自己就算能力非凡、賽如神仙，也抵不過身邊全是一群成事不足，敗事有餘、蠢笨如豬的混蛋啊！

閻王毀在小鬼手上，真是老天瞎了一雙眼！

一旁的小廝看景王臉色陰晴不定，幾步過去扶他，還沒走到，便被玉琳一腳踹翻在地。

玉琳的怒氣燒到頭頂，噴出了眼眶。他頭腦發昏、汗水直冒，但這裡是長公主府，他放肆不得，更不可能拔出一劍就捅這個神棍！

出了樓閣，他咬牙切齒吩咐一旁侍從。「給我召集死士，今日那個季六不能給我再回到季府！」

看著園子那頭似乎也打算離去的季府女眷，玉琳又開口吩咐。「讓一個人過去，就說長公主有東西賞賜季六娘子，讓她且在這裡再留一留，讓季府其他女眷先回去，去季府傳達聖旨。」

侍從不敢抬首，也不敢詢問其他，應了一聲，去尋長公主府的丫鬟跟季府女眷稟告。

藍天白雲，陽光明媚，玉琳抬首看著蔚藍天空，半晌後，煩悶不堪的心情平復了。

如今陰差陽錯地讓父皇給玉珩兩人賜婚，這聖旨已經從他口中宣讀，自古皇帝一言九鼎，退親是不可能了。

為今之計，玉珩是暫時動不得，紫霞山出事才不久，他要是再有個三長兩短，自己難脫關係，那麼，就要萬無一失地把旺夫的季六給除了！

想要除季雲流這事做到萬無一失，不引禍水上身，還得要樓閣上的神棍出馬。

玉琳前後想明白，腦中一片清明，拿定主意，直接站在樹影下的陰暗處，等著長公主出樓後，再上去找楚道人。

長公主站在樓閣上，看著那頭站在不遠處的玉珩，想著之前楚道人的卦意和話，低低發問：「七哥兒的面相，真與八字不匹配了？」

諸皇子出生後，皇帝讓人帶著八字皆讓紫霞觀的道士批過命，當時批玉珩時，風道人還在世，得出過「貴極必折」的命格，批語便是「玉珩活不過弱冠之年」。

正是有了這樣的批語，皇帝一向寵愛這個么子，只因再寵，他亦活不過二十。

如今這命格有變，玉珩有帝王之勢，那命數呢？太子的儲君之位呢？

「回稟長公主，」楚道人道：「七皇子的命格確實有變，但即便有變，也不可能撼動太子的儲君之位。他的紫氣雖有護體之意，可紫氣要助月才為明……」

「你的意思是……」長公主冷冷看著楚道人。「七哥兒就算如今命格有變，無人相助他，還是成不了帝王？」

「正是！」楚道人言詞清楚地道：「太子殿下得助已久，七殿下命格有變只在一時，無人相助，難以長久，太子殿下就是正統大業。」

長公主一言不發，看著窗外。那窗外，朗朗晴空。

她瞥了一眼玉珩身邊圍繞的幾個人，再看看被指婚的季雲流。那樣的妻族助力，可以說是毫無用處。

是了，玉珩要人沒人，要銀子沒銀子，而命並非只有天定，太子與景王在朝中已握大片江山，這儲君之位輪來輪去，也只會是他們其中一個！

漸漸地，長華長公主的目光趨於堅定。

玉珩不知樓閣這邊的狀況，寧石大步從外頭過來，低聲向他稟告自己打探來的消息。

「七爺，詹事府的少詹事、大學士和幾個官僚在城北胡同中的一座宅子裡，裡頭還有眾多進京趕考的殷實人家士子，全都聚在一起。」

「他們進宅子有多久了？」玉珩眼一瞇，立即知道這話是何意思。

科舉在即，這麼多人圍在一座宅子裡，最大的可能就是詹事府收受賄賂，在洩漏科舉試題！

玉琳這個掩護做得確實好，趁著大多數朝中眾人在長公主府參加賞花宴，一邊這頭宣讀聖旨引人注目，一邊那頭卻在賣試題，籌集銀子。

「小溫快馬加鞭趕來稟告時，他們才進宅子大門，約莫才一刻鐘。」寧石一五一十說明。「小的已經備好快馬，在長公主府外——」

「立刻去通知大理寺，再去通知刑部侍郎，帶上雙方人馬，與我一道去一趟那宅子，且去看看這麼多朝廷官員圍攏在一起，到底是何事！」玉珩不再停留。這次定要來個人贓俱獲！

而季雲流捧著聖旨，跟著陳氏等人往外走。

這時，一個丫鬟匆匆而來。「季六娘子，請等等。」

丫鬟一面低聲留人，一面福身，恭敬地把長公主有賞的事情給說了。

文瑞縣主與她們相隔不遠，見自家府中的丫鬟過來稟告，快步而來，打聽一下所謂何事？

聽見是自家母親留人，便向季雲流道：「我亦想與妳談談話的，如今母親留妳，妳就在這裡待一待，我待會兒讓人送妳回府便是。」

季雲薇伸手抓住季雲流的手。「既然如此，我就與妳一道留下吧。」

文瑞縣主歡喜地道：「甚好，咱們三人正好能聊聊體己話！」

季雲流細細看著季雲薇的額中氣色。今日，她確實鴻運當頭，有喜事之意，黑氣雖有，卻被紅氣包裹，再加上眼角有桃花相，今日應是喜事大於厄運。

「好，那四姊與我一道留下。」季雲流笑開。

陳氏與王氏一道離去，留了兩姊妹來時的馬車等候。

聖旨宣讀完畢，玉珩先離開，雖然賞花宴還未結束，許多女眷卻紛紛說自己身子不適，開口告辭。

文瑞縣主之前迎完客人，如今又送客，空閒中，看著季雲流一笑。「妳呀，日後可就是京城眾女子口中談論的對象了。」

季雲流一笑。她今日心思不在此，與玉珩的事，被人在背後嚼舌根與她有什麼關係，樓閣中的道人才是她想了解的。

不過，要問道人，也得找個名頭……

「縣主，我適才看見湖對岸有個道人相迎景王殿下。」她心中存了探探虛實的心思，問的話自然也就讓人信服。「原來府中有道人？縣主能否請這道人為我卜上一卦？皇上賜婚十分突然，我心中亦有一絲惶恐，怕日後進入皇家，與七皇子不同心……」

文瑞縣主不知季雲流言語裡的彎彎繞繞，以為她真是想卜卦，為難地解釋。「我不瞞妳，府中確實是有一道人，但這楚道人自視甚高，除非親自相邀，不然不願見人。這卜卦，今日恐怕是不成。明日我請示過母親後，若他肯為妳卜卦，我再請妳過府，如何？」

「原來如此。」季雲流從善如流。「多謝縣主。」

「妳放心，」文瑞縣主見她心中約莫真是惶恐皇家婚事，又寬慰道：「皇上給七皇子賜婚，你們的八字必定是經過相合的，定是天作之合才會給你們賜婚，所以定不會與七皇子不同心。妳那樣的性子，七皇子日後必定也是會喜愛的。」

一語提醒穿越人，別說在古代，就連現代很多長輩給子女相親，都是要給雙方合八字的，她竟把這事給忘記了！

「這八字是送何人過目的？」季雲流難得有了一絲懼意。原主的八字自己曾經看過，若道行不深的也罷，但若是有真本事的，必定能從中瞧出原主命犯流水之災，早已絕命，從而推斷出自己是個假貨！

文瑞縣主不作他想，只猜測道：「應是紫霞山的秦羽人。」
季雲流想到紫霞山的風水與觀星臺，第一次竟有了惶惶然的憂心感。
從紫霞山的選址與觀星臺就能看出，這秦羽人的玄學道法在自己之上。秦羽人尊道重道，該不會把自己當成什麼妖魔鬼怪，要來降妖除魔了吧？
道士若遇上神棍……哎喲，真是個悲劇故事！
不過照他給自己與玉珩的八字批上良緣祝詞，沒有壞人好事來看，這秦羽人即便不是友人，也應該算不上敵人。
季雲流看著紫霞觀所在的方位，整了整思路。自己那麼心地善良之人，怎麼看都不該是妖魔鬼怪才是！
玉琳親眼看著長公主下了樓閣，提著衣袍下襬，又蹬上了樓閣。
他一把拉出侍從腰間的長劍，懸在楚道人的脖子上。「當初可是你批的八字，說玉珩與季六不合的，就憑這一條，本王如今就能把你就地正法！」
世間之事，真真是萬般皆下品，唯有性命真。
楚道人起先還要惺惺作態，給自己撐一下臉面，講兩句二皇子要順應天命的話語，後見脖子真流出血來，臉色刷白，再也維持不住道貌凜然，直接撲通跪地道：「景王殿下請饒命！」

玉琳耍橫慣了，從小猶如螃蟹，橫著膀子就能大步往前走，有太子在前面頂著，除了皇帝，誰敢給他臉色看？

他盯著楚道人。「本王要季六今日不能活著回到季府，讓她當場橫死！」

「當場橫死？」楚道人大驚。「這、這……若是讓她慢慢而死，倒是只要畫兩張符，我再作兩場法事，讓她運道極盡……」

「本王等不了！」玉琳向來心胸狹窄，不僅有仇必報，更不會聽信神棍的幾年騙局。死了這個季雲流，他才會相信楚道人，讓他作法借玉珩運道，讓紫氣加身的玉珩運道極盡！

楚道人似乎看出玉琳所想，急吼吼地給自己找活路。「殿下，七殿下的運道借不得。他紫氣加身，我們若是去借七殿下的運道，反而會被他的紫氣反噬而死！」

身帶紫氣之人極為尊貴，若在亂世，早已成一代帝王；只是如今大昭局勢穩定，七皇子貴極有折損。但即便如此，貴人之相亦是不容旁門左道加害。

本來借運就是違背天道，若從貧民身上借運也罷，從貴人身上借運，他當場被反噬的可能很大！

「那更要弄死那季六！」玉琳不容置疑。「今日就要弄死她，她若不死，就是你死！」

他使了一個眼神，旁邊的侍衛架起楚道人就往外走。

楚道人脖子的血一路往下流，腳不著地，只好匆匆喊一旁的徒弟。「徒兒，把我所需的東西帶過來！」

出了長公主府，候在一旁的侍從過來低聲向玉琳稟告。「殿下，屬下已經召集二十名死士，也把季府女眷的線路給摸清楚了。此刻死士全數守在官道上，只等著殿下吩咐。」

「好！」這才是他滿意的做事效率。

官道上行凶，景王這膽子真是忒大了！

楚道人垂著頭，還沒把心中大逆不道的話說出來，便聽見玉琳不容置疑的聲音。「你，負責把季六的馬車引出官道，再讓我的人馬去動手。」

「我……我、我該如何引？」楚道人猛然抬首，睜大眼睛，滿臉不置信。「二殿下，小的只會道法，不會奇門遁甲之術，這引人的法子——」

「拖拉硬拽！你給我使出你的看家本事來，若不行，就與她們一道見閻王吧！」景王甩下袖子就跨上馬車，揚長而去。

玉琳走了，留下被侍從包圍的楚道人在風中瑟瑟發抖。

拖拉硬拽……這種事說起來簡單，但是唐僧又不是傻子，哪裡會對白骨精心甘情願地投懷送抱？

季雲流與季雲薇因小丫鬟的話而留下來，可女眷們紛紛送走後，長公主卻還未召見。

三人在亭中見天色不早，文瑞縣主便道：「我去詢問一下母親。」

季雲流見縣主離去，伸手握住季雲薇的手，認真道：「四姊，待會兒回府的路上，妳一定不要離開我身邊。」

今日出門時掐指算過，長公主府之行是有喜有驚，但從「小安」的卦象看，應是喜大於驚。

一人命中若是有災，避災只在一時，躲得了初一躲不了十五，只有迎上災禍去化解它，才會有後福。這也是她今日明知季雲薇有危險，還是讓她一道留下的緣故。

季雲薇不明所以，但見她神色肅穆，雙眸如寒星般全無笑意，不自覺地應聲。

文瑞縣主去了一會兒便回來，還帶著幾個丫鬟，各個手中捧著箱篋。她讓丫鬟放下東西後，歉然道：「我母親突然身子不適，已進去歇息了，她說本想留妳談談體己話……這些都是她讓我送來給妳道賀的。母親還說，改日定要請妳過府再敘。」

「既然長公主身子不適，我們便不打擾了。」季雲流同文瑞縣主搭話後，便要起身告辭。

但等在門外的卻不是季府阿三的馬車，而是長公主府的一個車夫在駕車。

那車夫行了禮，恭敬道：「長公主吩咐小的送兩位季娘子回府，兩位小娘子請上車。」

文瑞縣主倒是記得這車夫，確實是自家府中的，聽見這話，便扶著季雲薇的手笑道：「既然如此，就讓我府中的馬車送妳們回府吧。」

於是在長公主府門前，季雲流福身謝過文瑞縣主，讓九娘扶著上了馬車。

第三十九章

待放下簾子，季雲流立刻從荷包中取出一張畫符的黃紙，又取出小羅盤。「四姊，等會兒無論妳見到何事都不要驚慌，回府之後，我再同妳解釋。」

季雲薇從未見過如此的季雲流，她此刻這般神態清峻、冷爍爍的模樣，實在無法與平常那個總是眉眼彎彎的人聯想在一起。

「六妹……」季雲薇心中震顫，聲音都帶著一絲顫抖。「我們、我們回府會發生何事？」

「有人欲對我們不利，四姊等會兒自個兒要小心一些，最好待在馬車內，不要出來。」季雲流來不及多說，時間緊迫，拿著羅盤開始尋方位卜卦。

果然，回去的路上，九宮八卦得出一支「屯卦」，下震上坎相疊，震為雷，喻動，坎為雨，喻險；雷雨交加，險象叢生。

季雲流塞回羅盤，拿著黃紙想替季雲薇作法驅凶，忽聽丫鬟芃芃在外頭喊道：「下雨了！」

「下雨了？」季雲薇掀開簾子往外頭瞧去。「今日陽光如此明媚，怎麼就下雨了呢？」

車外不只是下雨，風勢亦大，大風大雨，竟然有夏日的暴雨之勢。

季雲流不再猶豫，豎起道指默唸金光神咒。

「這天氣好生怪異……」季雲薇正奇怪，見外頭一路行走的九娘與芃芃都快要化作落湯雞，連忙道：「妳們上來，上來！」

出門還未想過會下大雨，雨具自然是一點準備都沒有。

季雲薇這邊說話，那邊車夫見了風大雨大，卻不停留，反而「駕」一聲，揮動馬鞭，讓馬帶著馬車往前衝去。

「喂！」芃芃見馬車往前直衝，立刻撲過去想抓住它，可車夫經驗老到，亦是駕車能手，就是算好在拐彎處加速。

這一拐彎，讓芃芃生生撲了空，滾在地上裹了一身泥。

「你做什麼！你要帶著我們四娘子和六娘子去哪裡！」

雨淅瀝瀝地下，她力竭的聲音淹沒在雨聲中，再抬首去尋跟在一旁的九娘，卻見她連人影都不見了。

季雲薇見車夫拐了個彎，從官道上入了小道，亦是非常不解，放下窗簾就打算去掀門簾。

轉回首，看見季雲流卻是雙目緊閉，口中不知道默唸著什麼，正「舞動」著手指。

「六妹？」眼前幻相紛呈，季雲薇不敢打擾。如今這事情似乎一環套一環，步步讓人驚心，她都不知道該要做些什麼？

幽香撲面，在季雲薇訝異的目光下，季雲流一把將手上的黃紙拍上她的額頭。

季雲薇只覺得一股清涼從額頭流入心間，抬眼再看，只見季雲流手上的黃紙已經失了上頭的道文，只剩下空空一張黃紙。

她心間顫動，連帶身體也微微顫抖。「這是……」是道法之術？

兩字才出口，馬車突然似撞上硬物，強烈地晃蕩一下，眼看就要翻倒。

「危險！」季雲流拉起季雲薇的手，猛然一拽，讓兩人從車門中滾出去。

駿馬仰頭嘶叫，前蹄騰空而起，馬車被甩得很遠，轟地砸在林中地上，從斜坡上滾滾而下，瞬息不見了。

馬得了自由，很快狂奔而去。

季雲薇與季雲流若不是早一步滾出車外，此刻只怕與馬車相似，已經粉身碎骨。

兩人都不會武功，加上季雲流前些日子受了腿傷，跳車一滾，也是滾得極為狼狽，猶如喪家之犬。

只是，她性子潑皮，永遠不知道丟人為何物，滾了一身爛泥後，起身冒著雨，單手攏了額前頭髮在後，站在雨中，如王者一樣地開口。「到底是何方妖孽，在這裡借用道法之術胡作非為！本大仙限你在瞬息內報上名來，若躲在暗處，讓本大仙找出來，定要將你大卸八塊！」

雨水打濕了季雲流一身衣物，她站在暴雨中，頂著一頭如鬼一樣的黑髮，卻是英姿颯爽、威風凜凜，看得季雲薇不敢相信這是她家六妹。

暴雨之中，自然無人回應，風越颳越大，雨水打在臉上還十分疼痛。

「好，你若執意要違背天道，逆天而行，本大仙就要替天行道，剷除你這個師門敗類！」季雲流冷笑一聲，抓起一旁的枯樹枝就開始畫道符。

季雲薇嚇得站在一旁，上前也不是，退後亦不是，只好左右觀察這是何處，等會兒兩人該如何出去？

她們所站之地是一處斜坡，官道在下，再上去是懸崖，若是摔倒，可就要像馬車一樣滾落下去了。

季雲流雖有一身道術，奈何這裡還有二十個死士候命，他們聽見季雲流的喊聲，踏葉飛花，全數從隱匿處飛身而出，將兩人團團圍住。

二十幾個人無聲無息，只見為首的一個手勢，蜂擁而上。

「六妹！」險狀一樁接著一樁，季雲薇被這麼多的刺客嚇得幾乎要魂飛魄散。

她幾步上前就要擋在季雲流面前，而季雲流看著團團而來的黑衣人，亦是心中大亂。

請了道士又找刺客，這是讓人死得乾乾脆脆、清清爽爽的節奏啊！

刺客同季雲薇一道飛奔而來，季雲流手上的道指快得成了一道閃電，左腳踏離位，右足踏坤位；左腳轉震位，右足轉兌位……這七星步罡踏斗被踏出了前所未有的速度。

「金光速現，覆護吾身……吾奉太上老君，急急如律令！」季雲流口中快速唸完最後一句，地上金光圓滿，圍繞周圍；狂風大雨之下，一時沙飛石揚，一丈之內景物莫辨，加上地上閃出的金光，刺得讓人睜不開眼。

「趕快走！」她拉起季雲薇，往山下的官道狂奔。

這道法只是借助人、物的氣場與周圍環境，一時為之而已，讓人暴斃是絕無可能的，危難之時還是要三十六計、走為上策！

兩人一邊往山下跑，季雲流一邊從荷包中抓出道符往後扔。

道符在她的口咒下，憑空燃出火焰，化成火球一樣的東西向後襲擊而去，像變戲法一樣。

「這是何物？」幾個追逐過來的刺客躲過一個火焰球，恍然驚覺。這季六娘子到底是人是鬼?!

「道士憑空燃燒道符不足為奇，這些火焰範圍小，小心一些，不必懼怕。」為首刺客甚為理智，握著長劍，接住一張道符仔細看了一下。「她若是妖魔鬼怪，又何必這樣驚慌逃跑？趕緊給我追，倒要看看她這樣的道符到底帶了多少！」

本著飛沙走石迷人眼的空隙，季雲流與季雲薇得了一絲先機，往下坡路，如風一樣地狂奔。

道法驅使下的狂風暴雨仍不停歇，但這只是一時的，出了道法範圍，便能重見陽光。季雲流知曉這現象，因此一直往官道方向奔走。

「四姊！」生死在即，這人還能出聲說話。

「六妹……」季雲薇強自鎮定心神，沒有被這樣的仗勢嚇暈過去，但她覺得自己腿都軟了，再如此下去，定是要拖季雲流後腿的。

「四姊，我們得使出一些保命本事來！」

「什麼……」季雲薇還未問完，聽見一旁的季雲流仰著脖子，破口大喊：「救命啊！來人啊……救人一命，勝造七級浮屠啊！」

那聲音聲振屋瓦、響徹雲霄，季雲薇在一旁，耳朵都要被喊聾了，心神被喊得更傻了，但如今情況，喊「救命」真是唯一的保命本事了。

「救命……有刺客……救命啊！」

危難之際、生死關頭，兩人顧不得任何禮節名聲，口中大喊、拔足狂奔，腳下是此生前所未有的速度。

陣法外頭，天空晴朗，太陽要西斜，官道上行人稀少，隱約可聞聲聲的救命喊聲。

「師父，有人在喊救命！」道童小米兒耳朵靈敏，一拉秦羽人的衣袍，抬首就道：「真的有人，是姑娘的聲音！」

秦羽人站在官道上，往山上的樹林裡瞥了一眼，拉著小米兒的手，大為吃驚。「咦？老夫三年未下山，京城裡竟然多了這樣多的道人？」

林中分明有陣法，還是一個天風銀雨陣，正是由天、地、風、雨、日、月、雲、雪、霜九種變化而來，互為輔助，若是道法高深之人開啟此陣，一旦人或動物捲入其中，就要命喪黃泉！

這道人在此地使用這樣的陣法，真是視性命如草芥了。

「相遇乃是有緣分，老夫就來相助一把吧！」秦羽人放開小米兒的手，從包袱裡拿出羅盤，對準山上，開始擇方位。

小米兒見師父如此，簡直無法言語。

誰能相信，一個擇風水位的道人，竟然是東西南北左右不分的路癡！

他們一路從紫霞山步行下山，在秦羽人豪氣雲天地帶路下，幾天的路程竟足足走了七日才到達京城，這事要說出去，都會辱沒了紫霞山的百年名聲。

「在上面！」秦羽人得了方位，瞬間從迷茫的路癡模樣恢復成道骨仙風的高人，拉起小米兒的手往東向的山奔走，邊走邊抓出黃紙唸咒語。

「元始安鎮，普告萬靈……皈依大道，元亨利貞……」

黃紙如變戲法一樣地從秦羽人手上飛出去，在前頭環繞。

秦羽人也不停留，口中繼續默唸咒語，踩著罡步踏斗，手上快速掐著手訣，往前頭而去。

師父在作法，小米兒不敢打擾，亦步亦趨跟在一旁。他正仔細尋找前頭聲音來源，突然一個身影一閃而過，如鬼魅一樣，無聲無息。

小米兒的頭髮被這一躥而過的風勢撩飛起來，他只是個八歲孩童，如此匪夷所思的事情讓他渾身抖了兩下，手上的包袱抱得更緊了。

他記得師父唸的這個法是驅邪的，不是招魂的，大白天不會出現鬼了吧？

這一閃而過的人正是九娘。

她之前見了下雨這奇怪之處，再見馬車狂奔，知道情況有變，便停了腳步，往晴空朗朗的地方放了一個煙火彈求救後，這才又一路狂奔來救季雲流。

刺客本以為季雲流與季雲薇已經是被抓進米缸的兩隻老鼠，哪裡知道還能讓兩人脫逃，且季雲流這樣邊跑邊放道符的行徑，讓她們一路跑出甚遠。

「趕緊給我抓住她們！不能讓她們離開這個陣法！」為首刺客當下覺得，時間越拖長情況越會有變，大喝一聲，對準前面的季雲流用力刺過去。

那劍如流星，來勢極快，挾風帶雨席捲而來，若中此劍，定要後心穿透前胸！

「六妹！」季雲薇眼見長劍飛來，沒有任何思考，本能地一推，打算推開身邊的季雲流，讓她脫身。

「四姊，小心！」季雲流亦是出於本能，把季雲薇往旁一推，讓她遠離飛劍的範圍。

兩人使出全身力氣，相互推開對方。

那頭眾多刺客紛紛學著為首刺客，把手上利劍往前刺去，瞬間，十幾把飛劍順風而來。

季雲薇本就已經被一件件驚心動魄之事嚇得腿軟，這一推，終是她被季雲流給推開了身。

她踉蹌一步，站立不穩，踩著泥地，腳一滑，直接摔在地上。

這不是平地，是斜坡，往下一摔，季雲薇就往下滾去。

「四姊！」千鈞一髮，季雲流躲過那刺來的一劍，伸手去拉地上的季雲薇。

可是，後頭接二連三飛來長劍，一把又一把，每把都氣勢洶洶，帶著風聲呼呼，旋飛而來，讓人無法躲閃。

季雲薇撲在地上，來不及給要探手而來的季雲流伸手，眼見那些飛劍過來，下意識又往下滾。這一滾，直接讓她順勢而下，越滾越索利，越滾越快速。

「四姊！」很快地，季雲薇從山上直滾而下，幾個翻滾後，整個人便沒了影。

季雲薇這一滾，猶如風雨中的一道大雷，震碎了季雲流心神。

「四——」她的呼喊聲驟然停在喉嚨裡，紅了眼眶。

她明知道季雲薇今日會有危險，明知她今日是鴻運大於黑氣，但親眼見到這人從自己眼前沒了身影，還是止不住發怒的心。

雨越急，風越大，風雨呼嘯中，她不躲不避，一把抓住刺客刺來的那一劍。

她手上滴著鮮紅的血，轉首，對著跟在身後而來的刺客怒目而視。「太上老君煉丹爐裡的齊天大聖！老娘這次真的是生氣了，我要大開殺戒了！」

玉珩亦是在官道上策馬奔馳。

他等了兩世的絕世好時機，此次定要抓住把柄，一舉滅了輔佐太子的詹事府。

光天化日下，遠處突有一道紅色煙霧騰空而起，升到半空，爆裂開來。

玉珩一看這信號，心中一震。這個信號是他手下侍從獨有的。

「七爺！」果然在片刻之後，寧石從後頭駕馬而來。「七爺，這是九娘的信號彈！」

這是季雲流有危險！玉琳竟然要在今日對季雲流下狠手！

玉珩臉色驟變，身子震了震，再也顧不得什麼詹事府，什麼科舉試題洩漏，立刻調轉馬頭，往來時路上奔去。

「全部隨我一道過來！」

第四十章

此刻的季雲流握著長劍，白光忽然從她身上大閃而出，盤旋不盡。她左手握劍，右手豎起道指，口中低唸咒語，手指似在臨摹狂草。不一會兒，竟然畫出一個憑空虛有的藍色太極圖案。

刺客被這一幕怔住了，見一把把飛劍從太極圖上撞擊而下，更是停了腳步，猶豫不前。這是、是妖法嗎?!

秦羽人揮動著道指往這頭走來。在陣法的狂風大雨中，小米兒沒有見到季雲薇滾下去的動靜，但見這被自家師父減少的風雨，又有變凶猛的趨勢，猛然叫道：「師父，發生何事了？似乎又有人在作法！」

「這個人法力高強……」秦羽人放下手，看見那越來越大的太極八卦，心中暗道糟糕。他來不及說話，拔腳狂奔，一頭扎進暴風陣法中，抓出黃紙，往前頭貼去。

「女娃娃、女娃娃！使不得！用道法殺人要受天譴，要被祖師爺逐出師門！咱們有話好好說，好好說啊！」

黃紙如有眼的箭矢，風馳電掣，很快往那個太極八卦上飛馳而去。

未幾，刺客們只見兩件同畫本小說一樣的法寶，半空相撞在一起，「轟隆隆」一聲，發出了巨響，又刺出滿天白光，兩敗俱傷後，全數化為灰燼。

這樣一聲巨響，讓天空中的風、雨勢都變小，漸漸歸於平靜，沒了任何陣法。

很快地，太陽從樹葉上投下來，似乎適才的大風大雨、八卦太極，都是一場如夢境般的虛幻。

季雲流被破了陣法，臉色微白，身體晃一下，回首看去，只見一個身穿白衣、童顏鶴髮的老道人火燒火燎地向自己奔過來。

秦羽人見她幾步退後，臉上露出一絲敵意，連忙揮手，和藹道：「小姑娘莫怕，看妳招式，咱們師出同門，我乃是妳……呃，師兄，不對，按年紀應該是師伯……」再瞧一眼自己的徒弟。「也許師公也是有可能的。」

都這個時候了，能不能先不考慮這種輩分上的小事？

「師兄，來得正好，我正被人追殺！」季雲流握著長劍，危機時刻繼續沒臉沒皮，睜著眼睛亂攀交情。「請師兄幫幫我，我一個弱質女流，手無縛雞之力，祖師爺定不會讓我死在這裡的……」

話未說完，後面的刺客揮劍迎上來。

他們之前被太極八卦的陣勢給嚇住了，如今看見陣法全數退去，還聽見老道人口口聲聲說不可用道法殺人，他們心中便有底氣了。

「又開始了！」季雲流眼見刺客奔來，拿著長劍又是一陣狂奔，一邊跑，一邊朝秦羽人惡狠狠地道：「老娘要是死了，做鬼也要找你！」

「女娃娃！」秦羽人提起腳，想解釋一下自己這麼做的好意，但見後面那麼多凶神惡煞，亦是一陣往外跑。

他邊跑還邊吐出舌頭。「壯士，你們放下屠刀，你們……唉呀！小米兒，趕緊跑，趕緊的！」

三個神棍，一老一小一女被二十多名刺客追殺，在山林間一陣狂奔，這樣的畫面，竟然帶著一絲詭異的滑稽。

九娘從後頭潛身而來時，看見的就是一群人追著三個人的光景。

她適才準備動手時，也看見季雲流手上畫出的巨型八卦圖樣，同樣被這個景象給嚇得愣神，以至於看見他們三個往前逃才追上去，揮劍而上，一劍刺死了一個刺客。

九娘亦是高手，手法乾淨俐落。一旁的刺客看見自己的同伴倒地，紛紛向九娘迎過去。

前頭奔跑的季雲流揮著長劍，直指秦羽人。「師兄！拿出你的道符，拖一拖！」

她口上喊著師兄，語氣全然無客氣之意。長劍在秦羽人的面前晃蕩著，似乎只要他不答應，就能一劍揮下他下巴的那撮白鬍子。

「師妹、師姪、師孫，」秦羽人口頭占盡便宜。「妳師兄我下山，以為京城和泰安詳，道符之類的真是沒有帶……咱包袱裡只有雞腿，咱們不如……」

刺客越來越近，向跑得最慢的小米兒劈掌而來，秦羽人話未說完，霍然轉身，迅速無比地掐了一個咒訣，道指一點，那一掌劈來的刺客竟然靜止不動了！

季雲流的速度亦是很快，見秦羽人掐了咒訣後，立刻轉身，隨著他的道指一點，手中長劍立刻毫不手軟地捅出去。

一劍穿心，如捅西瓜！

接著，她拔劍踹腳，一氣呵成地把刺客踹在地上，乾脆索利，半點都沒手抖。

「師兄，適才的靜身法，師兄能否教授師妹我？」季雲流見這道法，漆黑雙眸中瞬間華彩流動，如見新大陸。

道術一代傳一代，很多東西會因言語之類的原因而消逝，進了這個以道為尊的世界裡，果然能看見失傳的道法之術。

刺客被秦羽人與季雲流這麼一個配合的舉動，又驚嚇在原地，止步不前。

他們是死士，見過會武的、不會武的……形形色色中，卻從未見過道人的法術。

「頭兒？」刺客們紛紛對望一眼，心中忐忑，詢問首領下一步打算。

秦羽人站在樹影下，一身白衣，如神仙降臨，來不及回答季雲流那無賴話語，只向前頭的刺客露出高深莫測、道骨仙風的神情。「作惡多端之人必遭天譴，你們若放下屠刀，就此離開，且還有回頭路可走……」

「上！」為首的不等秦羽人說完，揮手讓眾手下再上。

他就不相信這道人的手指比他們一群人的劍還要快。

季雲流見眾人再次襲來，沒完沒了，大叫一聲，提劍迎上。「師兄，你在這裡跟他們講什麼鬼道理，沒見再講下去要死人了？」

「修道之人不可殺生……」秦羽人見那頭的刺客再次奔過來，口中慢條斯理，手中掐訣卻快得讓人看不清。「不可殺生！」

水藍色的小型八卦圖在他手指之間憑空出現，晶瑩剔透的八卦從他指尖飛旋而出，緊接著從旁擴散開來……

「臨、兵、鬥、者……常當視之，無所不辟……」

小米兒見得如此陣法，扔下手上包袱，幾步跑過來，開始踩步，幫秦羽人一起布陣。他年紀小小，在道法上卻很有天分，左腳踏離位，右足踏坤位，七星步伐被踩得十分工整。

季雲流高喊一聲。「九娘！」

「姑娘！」九娘被後頭刺客包圍，不得而出。

「罷了，死就死吧！」季雲流別無他法。

這邊兩人作法需要拖延，她適才使出禁法道術，法力已經不剩，此刻道符空空、法力空空，只有衝上去拚命為身後的兩人拖延時間了。

刺客的攻勢不變，後頭的刺客更拾起之前擲出去的長劍，聯袂過來加入群鬥，正值萬分凶險時，此刻，官道上忽然傳來陣陣馬蹄聲。

長公主府是建在這雁明山的山腰間，玉珩之前本已從雁明山下去，見了九娘的煙火信號彈，自然是策馬奔騰。

只是一盞茶工夫，他已經駕馬來到這山腰。

眾人聽見馬蹄聲，抬頭望去，只見官道上灰塵漫天，隱約可見有數騎向這邊飛馳而來。

瞬息工夫，在為首刺客還未開口下令時，狂奔之馬已臨眾人面前。

馬上的少年郎一身紫袍，身長玉立，他雙腿一夾馬腹，自馬上一躍而起，長劍隨身呼嘯而來。

玉珩怒道：「給我殺無赦！」

季雲流在刺客之中，輕輕一瞥來人，恍然間，種種委屈浮上心頭，聲音都要啞了。「七爺……救命啊！」

頭一回覺得有人疼、有人愛，不用單槍匹馬、孤零零往前衝的感覺，真是太、美、好！

玉珩帶來的人馬加入打鬥，局勢立刻扭轉。

玉珩邊打邊移，幾步到了季雲流身旁，但也來不及多說什麼，他見人安然無恙，放下一顆惴惴不安的心。「莫怕，有我！」

這句似諾非諾的四個字，莫名讓人心神安定起來。

一個拖延的工夫，秦羽人與小米兒的道法已經成形。

他們所啟的是八卦陣，能把人圍困、不得而出。這兩人威力自然不大，所用範圍只有方圓一里不到。

但幾個呼吸之間，刺客與玉珩所帶的人馬統統被困在八卦陣的虛實中，眾人似乎看不見自己眼前打鬥的人是誰、身在何處，所見的只有重重樹影的樹林。

眾人齊齊在原地打轉，心頭懼怕無比。

「雲流！」玉珩看著眼前景象，隨即凝神高喊。

他明明在她身邊不遠處，片刻便不見了人影，讓他亦是驚駭至極。

「七爺！」眾人不知這八卦陣的玄妙處，季雲流卻知曉其中的機關所在，腳下旋轉幾步，道指一點，在陣法中開了一個口，幾步奔過來，撲進玉珩的懷中。

玉珩擔心過度，直接伸出雙手接住她。

兩人相擁片刻後，他拂開她臉上被雨水打濕的頭髮，滿目心疼。「我來晚了，妳可有受傷？為何全身都濕透了？」

「二皇子派了刺客又請道士，風雨交加地來追殺我，我要被這個陣勢嚇死了……」季雲流一把眼淚、一把鼻涕，撲在玉珩胸口嗚嗚咽咽，當場控訴，傷心委屈可憐到沒有適才「老娘要大開殺戒」的勇猛形象。

玉珩感受到她冰涼的額頭，再見她原本粉嫩的容顏如今如霜如雪，心中軟成一片，受欺受打都如同身受一般，疼得自己都揪心了，恨不得現在就一劍捅死玉琳，再把他棄屍荒野，連個墳墓與碑都不准他立！

玉珩執起細白的手，剛想要安慰一番，卻摸到了滿手的血。那血色帶黑，分明是中毒之兆。

他看著那傷口，怒氣從心口湧上頭頂，肺都要氣炸了。「我定要玉琳十倍、百倍償還！」玉珩也不多停留，帶著季雲流就要往陣法外面走。「妳中毒頗久，得找御醫幫妳解毒，解毒之事拖延不得！」

季雲流之前一門心思在保命上，還真未發現什麼中毒跡象，如今被玉珩這麼一說，才感覺自己有點頭暈眼花。

「七爺，這些毒應該不是什麼見血封喉的吧？」不會被刺客行刺沒死成，卻被自己剛才的「假會」給弄死了吧？這劍傷分明就是自己剛才一怒接劍所造成的啊！

「妳不會有事。」玉珩篤定開口，脫下自己的外袍蓋在她身上，拉著她，轉首瞧了瞧這詭異的陣法。「我們得出去。」

季雲流當然也不想穿越過來，交了一個男朋友沒多久就客死異鄉，直接領頭帶路往陣法外走。

其間，她又把季雲薇方才與自己一道，但是被刺客追殺、滾下山去的事給說了。

季雲薇今日有此一難，也是天定，此難會給她帶來後福，如今再跟玉珩提起尋人之事，急切心情是有，擔心倒也不是很多。

又拐過一處，看見一個在陣法裡無頭亂竄的刺客，玉珩想都沒想，直接把刺客當成玉琳，森寒劍氣席捲過去，幾招之間就了結了他。

那英姿颯爽、果敢勇猛的姿勢，差點就讓季雲流在一旁驚聲尖叫：老公，你好帥！

不過一會兒，兩人便走出這八卦陣法。

秦羽人似早知道季雲流能出來，正在外頭等著他們。

因為之前他匆忙進暴雨陣中阻止季雲流的禁術，頭髮與鬍子亦被打濕，掛在臉上。在紫霞山中德高望重了一輩子的高人，怎可以用如此狼狽不堪的面目示人？秦羽人施完道法後，頭一件事便是拿出隨身攜帶的木梳，開始梳理鬢髮。

玉珩拉著季雲流出來時，他已恢復昔日在紫霞山中的卓然風采，看見玉珩，作了一揖，溫聲笑道：「七殿下有禮。」

玉珩之前一瞥，覺得這人是秦羽人，但適才情況危急，也來不及細看，如今見到真是紫霞山的秦羽人，連忙回禮。

「晚輩見過秦羽人。秦羽人何時下山，為何不讓宮中侍衛去接您？」

「貧道見天色不錯，下山來一瞧京中繁華，七殿下厚愛，老夫愧受。」外人面前，秦羽人從來笑容如春風，高深莫測。「貧道與徒兒行至此處，聽見小姑娘喊救命，才出手相助一把。」

玉珩作揖說多謝。

秦羽人再一微笑。「七殿下不必介懷。」

季雲流站在玉珩一旁，目光深深地看著裝腔作勢的秦羽人，眸中燎出了火花，目中分明有話。

師兄，有本事，你給七皇子看看適才說包袱裡帶雞腿的猥瑣模樣！

秦羽人站在兩人對面，微微一笑，神態若常，用眼神回她：不如師妹給七皇子瞧瞧適才「老娘大開殺戒」的母夜叉風範？

風過樹林，滿身暖意。

不愧是同門出來的高手神棍，真是惺惺相惜，一點就通，全然不用說出口。

此地不宜久留，玉珩擔心季雲流傷勢，一把抱起她橫坐於馬上，自己拉著馬韁，朝秦羽人道：「煩勞秦羽人再用陣法困上刺客片刻，待會兒自有人來逮捕。季六娘子被刺客淬毒的劍所傷，晚輩需要即刻送六娘子回去讓御醫解毒。」

秦羽人聽見季六娘子幾字，目光從玉珩面上再移到季雲流身上，緩緩一笑。「前幾日，皇上派人送了兩位的八字來紫霞山給貧道相合，光從八字上便能看出兩位的匹配。今日一見，更覺七殿下與季六娘子是一對郎才女貌的璧人。」

親口聽見紫霞山的高人說自己與季雲流是郎才女貌的璧人，玉珩心中高興，又謙遜地作揖道謝。

第四十一章

季雲薇從斜坡上一路滾下來，竟然無人瞧見。

山中有碎石，一個弱柳扶風的女子在荒郊野外滾下山，幾番之後，「砰」一聲撞到頭部，季雲薇就毫無知覺地暈過去，一路滾到底。

陽光明媚之日，正是出遊踏青的好時機，君子念帶著小廝，頭一次出門觀景。

他從江南來到京城，剛開始以為是水土不服，整個人上吐下瀉，後來幾經大夫治療，一直不見好轉。家中小廝還以為他中邪，跑到東仁大街去求道符，幸虧在店鋪前頭遇見高人，由她指點，說是小廝帶了歲煞衝撞主人的緣故，才導致君子念身體欠安。

若不是遇見那位高人，恐怕他此刻躺的不是草地，而是棺材了！

小廝見自家少爺愜意地躺在草地上，笑道：「九少爺，小的去給你端瓜果蜜餞來。」

陽光如瀑，蟲聲唧唧，周圍野花的甜香幽雅，君子念不睜眼，閉目「嗯」了一聲，繼續躺著不動。

小廝爬上停在一旁的馬車，掀開簾子，鑽進其中。

正在此刻，忽然之間，山上那頭驀然滾來一個東西。

那東西似流星飛速而來，待君子念聽到動靜睜開眼睛時，那東西直接撞進他胸口。

他毫無防備，被這重物迅速一帶，在斜坡上亦是一道往下滾出去。

「顧賀！」君子念完全摸不著頭腦，抱著滾下來的東西，情急之下只能喊著小廝。

小廝聽見聲音，丟下手中瓜果，連腳帶手地爬出去。

可是待他出了馬車，卻見適才自家少爺躺的地方已經空空如也，什麼都沒有了。

「少爺！」顧賀只覺得大白天來了一隻妖怪，把自家少爺給帶走了，當下跪在地上哭道：「天道，我家少爺……我家少爺去哪裡了？」

這頭的君子念抱著柔軟又幽香繚繞的東西一路滾。途中，他總算看清楚，懷中從天而降的居然是個姑娘！

這個姑娘是誰？從哪裡來？

君子念也來不及多想，君子有責保護弱小，他下意識將手收攏，將人裹得更緊一些，讓她能少受些傷害。

兩人如同滾石，不一會兒居然滾到山底，「撲通」一聲，直接摔進河裡。

君子念適才看見這河道，想過法子要阻止兩人掉河，可是懷中女子適才的衝勢實在太大，他的位置又與河相隔太近，怎麼都不能讓兩人停下來。

如今一落河，他當即抱著人往岸上游去。

問題是，幾經波折，這樣死活的折騰，這姑娘居然還是一動不動，沒睜開雙眼？

難道出了人命，山上滾下來的是一具死屍不成？

上了岸，他伸出手，執起少女的手腕摸了一下脈搏，感覺到跳動，才放下一顆不安的心。還好還好，她還活著。

看了看她身上的傷勢，忽見少女腦後竟有血流出，君子念不再猶豫，打橫抱起人，就往有炊煙的地方跑去。

這人還活著，那就耽擱不得，得盡快止血找人醫治。

雁明山下有人家。

君子念抱著懷中昏過去的人，跑得汗流浹背，終是到達一戶農家莊子前頭。

他高聲喊救命，農家村夫看見兩人整個濕漉漉，穿著打扮不俗，似非一般人家，但他還是放不下提著的心，不讓他們進屋。

「看你們打扮，兩人為何如此模樣來求助？你們帶的丫鬟、小廝呢？該不是什麼被官府通緝的大盜吧？」

「老人家，我自然不是什麼大盜，這、這……」君子念平時讀聖賢書、講大實話，剛要出口說這姑娘是從山間滾下來，與自己非親非故，只是順手相救，話到口中，驀然又收口。

「這什麼？」老農夫鍥而不捨地問，目光爍爍地盯著他，非要刨根問底。

君子念心頭急切，見老漢雙目緊逼，似乎當他是拐賣人口的販子一樣地盯著自己，頭一次吐了大謊話。「老人家，你莫要誤會，她是我娘子！我與她今日本趁著天色甚好，出來踏青，哪裡知道一不小心，從山間滾落，一起落入水中。我擔心至極，來不及等我家下人尋找我們，便匆匆抱著她來這裡求助。」

難以開口的謊言，在說出第一句話之後，居然就變得十分順口了。

君子念講到動情處，連自己都相信了這情況。

他擔心至極，面上痛楚，抱著懷中的季雲薇就要朝老漢跪下來。「求老人家行行好，救救我娘子。她頭部在滾落山崖的時候受傷，又渾身濕透，再不找大夫醫治，必定會命喪黃泉的！」

季雲薇一路滾下山間，從滾山到落河，均沒有什麼知覺，適才被君子念抱著，一路顛簸，此刻竟然幽幽轉醒過來。

她腦中空白一片，茫茫然的，一時之間什麼都想不起來，只隱隱約約聽見「她是我娘子」這幾個字，渾渾噩噩之間，又被君子念抱著的猛然一跪，嚇得睜開雙眼。

一張英俊又陌生的臉映入眼中，這人張張合合、正在說話的唇，像在唸詩詞歌賦，那眸眶上頭顫動的睫毛像一幅水墨畫。

這人是誰？為何抱著自己？他說……他是她的夫君？

來不及想明白什麼，昏昏沈沈之際，季雲薇又暈過去。

男兒膝下有黃金，老農夫見君子念為懷中之人如此，再也不懷疑兩人的身分，打開門，將人迎進來，而後又是去燒水，又是去請大夫，忙忙碌碌。

君子念將人安放在炕上，見到屋內有個睜著雙眼、偷偷瞧自己的四歲孩童，這才明白老農夫非要刨根究底的原因。

原來，這屋裡只有爺孫倆住著，防人之心不可無，老漢盤問徹底一點也是應該的。

「哥哥，爺爺讓我拿來給你們換的。」孩童探頭探腦了一會兒，見房中人朝自己笑得親切，手捧衣服，邁著小腿快速過來，放了衣服在炕上，又十分拘謹地跑出去。

君子念看著孩童離去，迅速道了聲謝。

孩童在門外探回頭來，輕聲道：「爺爺去請大夫了。」說完又跑了。

君子念心中感激，伸手接過炕上的衣物打開一看，原來下面一套是女眷的衣物。

這女眷的衣物是之前孩童他娘留下的，孩童的娘幾年前去大戶人家做奶娘，甚少回來，這才有備用衣服可供季雲薇換過。

君子念拿著衣物，看著閉眼躺在炕上的女子，驀然間，一張俊臉慢慢開始發燙，一瞬之間就紅透了。

適才情況危急，他從未多想，抱著一個女子滾下山、落下河，兩人渾身濕透，他一路抱著人奔到農家莊子前，又給對方冠上自己娘子的稱呼……此間種種，他從未覺得有任何不妥之處，現在事情塵埃落定，他細細思量，才發現自己救這個小娘子的同時，竟然是占盡她的便宜！

他三歲那年啟蒙識字，家中夫子便說他有讀書天賦，至此之後，父親就對他頗為嚴格。年到十七，從未有女眷近過身，平日見到的姑娘全是家中姊妹與嫂子，如今憶起炕上的少女適才溫軟地偎在自己懷中，兩人濕漉漉地擁抱著的情景，簡直讓他臊到難以自持，頭頂都冒煙了。

君子不欺暗室，他真的是迫不得已。

君子念紅著面頰，緩慢走到炕前，抓著衣物。「這位小娘子，我……在下此番相救，與小娘子……與妳有了不得已的肌膚之親，在下、在下救人心切，沒有要欺妳的意思……妳、妳……」

炕上的人玉顏如雪，唇亦如雪，冰清玉潤，不知道是不是今晚的風太暖人，還是桌角映過來的燈光太溫柔，躺在火光映照下的季雲薇，如同跌落凡塵的天宮仙子般，純潔無瑕。

君子念堂堂男兒郎，頂著渾身濕透的身體，看著如此光景，卻覺自己渾身燥熱，如同到了夏季一般，臉上火紅火紅地燒起來，吐出的話語沒有任何思考。「妳若尚未訂親，我定……此次過後，我定會讓人上門提親！」

動情之人總易衝動，君子念許出諾言，手上猛地拽下腰間的玉珮，伸手抓住炕上少女的手。

正欲把玉珮按進她手掌中，卻被這樣一雙冰冷的手給驚醒了暈暈騰騰的頭腦。

這般美麗的小娘子，家中怎麼會沒有給她定過親事！

京城達官貴人眾多，哪裡還輪得到他上門去提親？他在京城中，什麼都不是，只是個進京趕考的學子而已，若此刻不管不顧地把玉珮交給她，日後肯定要壞了她的名聲。

思及此處，君子念猛然退開幾步，垂目，慢慢收回玉珮。「對不住，是在下唐突，在下思慮不周……小娘子放心，在下定不會把妳我之事傳出去，壞了妳名聲。」

聲音低低啞啞的，似乎洩漏了滿心的酸澀。

陳氏捧著聖旨回府，頭一件事就是讓人去衙門請回季府的三位老爺。宣讀聖旨這樣天大的隆恩喜事，她作不得主。

當闔家跪在地上，聽見季德正再次宣讀一遍聖旨，季府眾人表情是各色不一。

季三老爺第一個跳起來。「六姊兒是我的女兒，我不能讓她過繼！」

他前些日子就是被何氏迷了眼，竟然把這樣一個寶貝推出去，推給他大哥，簡直是瘋了，季雲流可是日後的皇子妃！

季雲妙搖搖晃晃地跪在地上，想著剛才聖旨上的內容，喃喃自語。「不可能，絕對不可能的，一定是哪兒弄錯了……皇上一定是賜錯婚了，怎麼可能是季雲流！」

怎麼可能是季雲流嫁給七皇子！

連宋之畫聽了這道聖旨，亦是跪在地上半天沒有反應過來。

季六姑娘本與她……本來還沒她好的，一個沒娘的嫡女，在莊子流放兩年，又被退了親，本來她還同情可憐這個六表妹，為何、為何才幾日之間就變為金鳳凰？為何得到這一切的不是自己？

所有人驚喜、憤怒不一，王氏看著搖搖欲墜的何氏，掩著嘴笑。

而季老夫人心中高興，連帶替季府中其他哥兒、姊兒的婚事都上心了。

她坐在正院內，想來想去。六姊兒被皇帝賜婚，四姊兒結交了文瑞縣主，與日後的七皇子妃情如親姊妹，這親事也不需要她操心……

這時，季老夫人想到了宋之晝。這也是個可憐的孩子。

正好陳氏去賞花宴與幾位夫人商討，相中了幾戶好兒郎，於是從袖中拿出一張紙來。

「阿娘您瞧，這幾個江南學子，可是都被各家夫人們虎視眈眈著呢！這些江南進京趕考的學子，家中雖頗有錢財，到底祖上沒有做官之人，配了表姑娘亦會是一段良緣。」

「嗯，好。」季老夫人細細看著紙條上的名字，排在最前頭的自然是條件最好的。「這個君子念，人品如何？」

「聽說是極好的，家中歷代從商，他是個極懂事的孩子，年十七了，據說房中連個伺候的丫頭都沒有。」陳氏說了自己聽到的。

季老夫人頷首。「這君子念與之晝那丫頭也是挺般配的，他若中了進士，只怕他要瞧不上宋家門第。叫之晝那丫頭來見我，我問問她的意思。」

季老夫人總講究速戰速決，讓人立刻召來宋之晝，其他體己的話相問兩句，直接進入正題，道：「畫姊兒，妳年十六，也該好好考慮一下終身大事了。」

宋之畫臉色發白又發紅地站著，手中揪著帕子。

果然要來了，老夫人果然要給她指親那些商賈人家了！

「外祖母這裡相中一家好兒郎，可外祖母不想強人所難，所以想問問妳的意思。」季老夫人是真心想幫自己這個苦命的外孫女找戶好人家。「這家兒郎姓君，名子念，年十七，是個讀書人，家中雖歷代從商，到底他今年上京考科舉了。若高中，讓妳舅舅相幫著，也能在京城衙門裡做個官，指不定，日後也能給妳掙個誥命回來……是一段極好的良緣。」

第四十二章

宋之晝聽完這話，臉色越發慘白。

他若是不高中呢？這個君子念如何能跟寧世子相比。

「外祖母，」宋之晝表情堅定。「之晝不嫁他！」

如此模樣，季老夫人已經看出她定是心有所屬才拒絕這樁婚事，低聲問道：「妳心中那人是誰？說出來讓外祖母知曉，若是門當戶對，外祖母願意幫妳。」

宋之晝驚覺季老夫人的洞察力，剛欲張口說出寧慕晝的名字，又停了嘴。

自己這樣一個外姓女子，季老夫人怎麼會誠心實意地幫助自己嫁入高門大戶？

「無、無人……」她異常堅定。

幾個月後，寧伯府的寧大娘子要添妝，她就算藉口是為寧大娘子添妝也罷，定要在那日與寧世子當眾來個肌膚之親，讓寧世子把自己抬進府中。

季老夫人幾番相問下，宋之晝還是咬著牙說自己誓死不嫁君子念。

待她出了正院，季老夫人朝陳氏嘆道：「妳也看出來了，之晝這孩子啊，心比天高。」

陳氏跟著嘆了口氣。

君子念這樣的少年，明明高攀的是宋之晝啊……

兩人正說著，二門的人急匆匆過來稟告，六娘子與四娘子在回府途中遇險了！頭一個回來稟告的是季雲薇的貼身丫鬟芃芃，她被七皇子的人從路旁帶回來，便嗚嗚咽咽地把天空詭異下雨、車夫如何帶著兩人往山上去的經過講了。

王氏嚇得魂魄都快飛出來，直哭著讓季老夫人去找季雲薇。

季老夫人自然能理解王氏的擔心，寬慰道：「二媳婦，妳莫急、莫急，來人說了，七皇子已派人去尋了，不會有事的。」

陳氏亦是拉著魂不守舍的王氏一陣安慰。

玉珩駕馬狂奔，不過半個時辰便到了季府。

「張御醫人呢？到了沒有？」他抱著人下馬，大步朝裡頭走，半點禮節都顧不得。「六娘子在回來的途中昏過去了，令張御醫盡快過來救治！」

「張御醫已在邀月院候著，七殿下這邊請！」季德正聽見人只是昏過去，不是歸西去見仙人，喘出一口氣，連忙在前頭帶路。

眼見自己跟不上玉珩的步伐，他忙喊道：「二福、二福，你腿腳索利些，趕緊給七殿下帶路！」

二門處，季老夫人與陳氏都在那邊等著，但見玉珩打橫抱著人，面上冷肅、一步不停，就算有心詢問也不敢上前，只在一旁福了福。

玉珩見季老夫人臉上擔憂，到底沒有不管不顧，停下來朝她道：「老夫人放心，季六娘子無大礙，只須解毒即可。」

「那就好、那就好！」季老夫人放下吊在嗓子眼的心，吩咐二福。「趕緊帶七殿下去尋張御醫！」

「七殿下！」王氏揪著帕子，朝玉珩一跪而下。她知道這樣半路攔截不合禮數，但也沒有法子。她適才瞧了瞧，沒有看見自家的四姊兒，一想到女兒有可能遇險，她的心痛到都快要無法呼吸。「我、我的四姊兒、四姊兒滾下山坡去，如今人、人還未找到嗎？」

「二夫人放心，」玉珩重活一世後又遇上季雲流，跟她在一起久了，也學了寬慰他人那種睜眼說瞎話的本事。「六娘子適才遇到紫霞山的秦羽人，他相救了六娘子後，六娘子心中急切，又請秦羽人為府上四娘子卜了一卦，那卦是大吉之卦。秦羽人說，季四娘子此次必能平安歸來。」

「真的？真的是大吉之卦？」王氏聽完，跪地磕頭連連道謝。七皇子乃皇家貴胄，定不會欺騙她。

秦羽人是得道高人，他說四姊兒沒事，就必定沒事！

良宵美景，君子念癡癡等在季雲薇身邊，等她清醒。

不過一會兒，老農夫在門外忽喊有人前來尋君子念。

君子念出門一看，不是顧賀又是誰？

「少爺！」顧賀看見君子念，上前抓住他胳膊，淚流滿面道：「少爺，小的總算找到您了，小的都嚇死了……」

「顧賀！」君子念同樣驚喜非常。「太好了，我正想著要通知你。」

既然人已經找到，自然是要回去。

老農夫見主僕相遇，連連去收拾好他們「夫妻」換下的衣物與首飾，那被君子念放在桌上的玉珮也一道放進包袱內，帶出去。

「真是太好了！君相公還是趕緊帶你媳婦兒一起回去報個平安吧，家中人必定要嚇壞了。」

媳婦兒？什麼情況？

顧賀雖被從天而降的「少奶奶」驚得錯愕無比，但他作為伺候主子多年的心腹奴才，也是玲瓏人物，他第一眼看清後，就知道這個「少奶奶」是誰家的小娘子了。

君子念帶季雲薇上車，顧賀在外頭用極低的聲音，把自己適才從山下尋他，打探到同樣滾下山的季府四娘子給說了。

「你是說，她是季府四娘子？」君子念喃喃一聲。「今日和季六娘子去長公主府中的賞花宴，皇上把季六娘子賜婚給了七皇子？」

「正是。」顧賀又說，把那些侍衛將這事捂得嚴實，看樣子是要隱瞞下來的猜測給說了。

「嗯。」君子念應了一聲，看著身邊的人，心中不喜只悲，一片寥落。「你且去駕車吧，咱們去季府。」

顧賀偷偷抬首瞧了自家少爺一眼，不敢再說什麼，駕著馬車往前頭官道上走了。

他伺候主子十來年，但見今日種種，就知少爺對季府的四娘子是上心了。只是季府如今在京城正當紅，就算主子日後中了進士，也不一定被季府相中，將四娘子配與他……

「少爺，咱們到了。」顧賀停下馬車，等了一會兒，才等到君子念掀開簾子下馬車。

君子念抬眼看著季府匾額，道：「你且去敲兩下門就走，只要告訴門房，季府四娘子在馬車內。」

而後，自己走到一處巷子中的陰影下等著。

顧賀明白主子的意思，提著衣襬，很快地上前去敲了敲季府的側門，叫了一遍「貴府四娘子在門外」便跑了。

君子念一直守在昏暗的巷子裡，親眼看著季府出來的婆子將季雲薇抱進去，這才從陰影中走出來，瞧一眼季府的匾額，聽著門內傳出諸如「四娘子吉人天相，天道庇佑」的話語，朝顧賀低聲道：「我們回去吧！」

火光下，他的背影拉得極長，很是落寞。

另一邊的巷子內，寧石見季府大門前來來回回的人全數走光，轉首向玉珩稟告。「七爺，送四娘子回來的，正是前些日子您讓小的去盯梢的江南趕考士子，君子念。」

「君子念？」玉珩眉目一挑，看著遠去的落寞背影。「這人不攜恩求報，放下人就走，倒是個真君子。」他放下車上的簾子。「繼續走吧，去季府西牆頭。」

之前他送季雲流回季府，帶著人直接進了邀月院，讓張御醫診治後，確認人無大礙，他才放心地從邀月院出來。

因顧及季雲流的名聲，他不得已要先離開季府，可未親眼見人醒過來，總是不放心。於是等到天色黑透後，讓寧石駕了馬車，打算再從西牆翻牆入內。反正，他翻季府的西牆都熟練了。

可這會兒正好讓他撞見君子念送季雲薇回來的場面。

景王府內，玉琳的大喝之聲震天響地，震得書房四壁都隱隱顫動。「一群蠢貨！一群成事不足的蠢貨！廢物！」

玉琳氣得連口水都喝不下，簡直要伏屍百萬、血流千里才能洩他的心頭之恨！

之前在紫霞山殺玉珩，大好機會卻失敗了；翁鴻說什麼配個農家山婦給他，最後竟然配出一個旺夫之女，玉珩命格還有變！好了，派出這麼多人，連長公主府的道人都出動了，這下殺個農家村婦總不會出問題了吧？

可偏偏，偏偏就是連殺農家村婦都失敗了！

玉琳如何不氣？他怒火中燒、寒氣四溢，冰火兩重天之下，氣得心如刀絞，直接想派出軍馬踏平季府與玉珩的臨華宮。

翁鴻站在一旁，不敢上前，亦不敢開口。他之前莫名其妙被宛如一陣風颳進來的景王甩了一巴掌，伴君如伴虎，半點不能錯，他這副身子骨哪裡禁得起這樣的折騰。

「翁鴻！你說，下一步我該如何？」翁鴻不說話，自有人讓他開口。進了景王府，這輩子可算是出不去了。

「二、二爺，」翁鴻勉強穩了穩心神。「如張禾稟告來看，這些死士如今都已經咬舌自盡，這行刺的事，皇上就算追究，也追究不到您身上了。只是長公主那裡……」見玉琳目光如炬地盯過來，翁鴻立刻一股腦兒地說完。「長公主定是知道二爺這次要刺殺季六的事，但長公主向來站在太子與二爺這邊，應是不會向皇上說的。」

「你的意思是，今日我就當什麼都沒發生過？」玉琳想了想翁鴻的話。長公主那裡，他知姑姑信命，只要她堅信太子日後是正統，必定不會跟自己翻臉。

如適才所說，只要長公主不說，皇帝也追究不了他的責任，只要打死不認即可。

「據說秦羽人下山來了，你可知道是為了何事？」

翁鴻心中苦啊，心道：我哪裡知道那個老不死的下山做什麼？

但他口上仍恭敬道：「能讓秦羽人下山的，必定不會是小事。這次他出手救了季六，足以說明季六確實如楚道人所說，有大福之相。二爺，王妃不是派了一個細作進季府嗎？咱們可以弄個春闈秘事壞了季六名聲即可，不必大張旗鼓地派人刺殺她。」

玉琳勉強被這句話說得順氣了。自己招攬這麼多人才，竟然只有自己的王妃最可靠！順氣之後，他召來屬下再問今日詹事府那些老頭湊銀子的事。「老董他們今日在城北的宅子內，籠絡了多少人？」

負責此事的嚴決上前，把名單交到景王手上。「殿下請過目。」上頭寫的是今日在宅子內的收入，以及給了試題的一些人名。這樣等同賣官的行徑，日後自然都是玉琳門生。

「殿下，」嚴決還有事情稟告。「今日酉時，大理寺帶人來城北的宅子中……」

「他們過去宅子？難不成是這次事情被人知曉了?!」玉琳心窩子都攪起來。真是一波未平一波又起。「老董他們怎麼應付過去的？」

董詹事乃是朝中正三品官員，就算大理寺的陳德育親自過去，他也是個從三品的，在董詹事面前放肆不得。

「大理寺卿未曾過去，只派了個從五品的大理寺正邵峰。董詹事自然沒有讓邵峰進入，說他是與友人在此地會客，若邵峰非要進去查探，就要上奏摺向皇上狀告大理寺正私闖民宅。」嚴決說明事情經過。「可能大理寺正亦只是奉命行事，聽見董詹事這麼說便走了。」

「這事定是讓玉珩抓到什麼線索了！」玉琳也不蠢，很快想到玉珩的所作所為，怒氣騰騰往上冒。「若不是今日他中途折回去救那個季六，恐怕人已經到城北宅子裡人贓俱獲了。

玉琳慶幸自己反而因此知曉一件事。「看來那季六，早就與玉珩勾搭在一起了。」

那麼這頂綠帽子，他是要讓玉珩戴定了！

季雲流躺在床上，昏昏沈沈的，只覺刺客在劍上淬的不是毒藥，而是那百聞不如一見的春藥。

她一直沈在夢中，身軀如同被火烤一樣，無法自拔，夢中所做之事，全是她在撩撥蹂躪玉珩。美男在榻，親親抱抱吻吻摸摸，讓人難以自禁、魂不守舍。季雲流夢得口水直流，魂魄飛入九霄雲外……

一睜眼，只見床幔重重，燭光火紅。

這是自己的房間，原來已經回來了。

轉首，看見了夢中的翩翩美少年就坐在繡墩上，靠在床頭，正在閉目休憩。

見了安靜無聲的玉珩，適才的春情蕩漾全數被季雲流拋之腦後。

她心中升起一股暖意，從頭暖到腳。這種把心拿出來，整顆浸泡在溫泉中的滋味，她從未嘗過，此刻，竟然覺得有了他，彷彿等於有了全世界。

季雲流心思一暖，伸出手，蓋住了玉珩垂在床上的手。

第四十三章

玉珩感覺自己的手被人握住，睜開眼，瞧見那雙桃花眼正笑盈盈地看著自己，不自覺跟著緩緩笑起來，反握住她的手，道：「可還有哪裡不舒服？要喝些水嗎？」

「嗯，我要水。」

喝了水，季雲流重新躺下，往床內縮了縮，見玉珩放下碗走回來，拍拍自己旁邊。「七爺，抱抱我。」

玉珩本是擔心她傷勢才靠在床邊，如今見她精神不差，也不拒絕，解了外袍、脫了鞋襪，躺進被中擁住她。

「三更還未到，妳且再睡會兒，若有肚子餓，小爐上還溫著燕窩粥。」

季雲流現在不餓，也睡不著，只想抱著美男，與他溫情脈脈。

「七爺，四姊找到了嗎？」

「嗯，」玉珩道：「人被送到府中了。我適才過來時，正好見到有人送季四娘子回府。」

「正好遇到？是誰送四姊回來的？」

「我見到時，是江南趕考的一個學子送季四娘子回來的。」玉珩抱著她。「這人倒是有趣，念念不捨地親自送人進府，卻不望季府回報什麼，默默將人送至門口，自己獨自走回去。」

「七爺的意思，這人經此救人之事，對四姊上心，動了情意？」季雲流手不停，嘴亦不停。「這人姓甚名誰，人品如何？家中是否婚配？就算他對四姊動心，也要問問四姊的意思……」

玉珩見她話如炮竹，聲聲不停，笑道：「送季四娘子回來的是江南蘇州人士，年十七，尚未婚配，如今暫住大喜胡同一處宅子中。若論人品，似乎也是不錯，今年春闈他若是能高中，倒是個人才，匹配四娘子亦是段良緣。」

季雲流聽明了其中之意。「七爺打算撮合四姊和那人？」

玉珩也不隱瞞。「君家乃江南第一首富，若季四娘子意有所屬，與他結為連理，便算是我四姊夫。我如今手中無多餘銀錢，君家正是我心中所想的錢庫。若四娘子對君子念無心，我本也打算趁他高中後，籠絡一番。如今他對季四娘子上心，正好才子佳人……」他驀然停了話語，眼皮一跳，聲音低啞道：「雲流！妳手在摸哪兒！」

這人從開始的第一句話就伸手探入自己衣襟，一路向下，如今都要摩挲到小腹處了。

真是個磨人的小妖精，要生生折磨死他！

「七爺，」季雲流的手一路從他小腹往上，微微仰頭，眼睛彎彎，嘴唇貼上他的下巴，一路輕吻向上。「好可惜哪，咱們還得等上一年多……」

這個放浪的媚態模樣，哪裡還有之前一本正經相問四娘子如何的神情？只彷彿有萬隻螞蟻在玉珩的身上徘徊，有千根羽毛在他心中輕撫。

見季雲流的唇已經蓋到自己嘴上，玉珩直接一個翻身，壓在她的身上，摟抱住她，雙目華燦燦，如閃爍在天空的星辰，聲音低啞，不似他平日的語調。「妳可知道床笫之事，也可以不用破妳之身就可讓我快活的？」

嘩啦！

季雲流臉上轟然被這句調戲炸開一朵紅雲，那抹荳蔻胭脂真是現抹現搽，讓她的臉紅得跟猴子屁股一樣。

玉珩伏於她身上，手指輕點她鼻尖，透出一絲忍俊不禁。

「明明在男女之事上臉皮極薄，還非要死鴨子嘴硬，好玩嗎？」

不愧是七皇子，心細如髮，自她第一次流鼻血非要說自己上火時，就知曉她嘴硬的本事。

季雲流張大嘴巴，愣住了。

撩男不成反被撩，少年郎，你的傲嬌與矜持呢？

玉珩見她躺在自己身下傻了，低低一笑，親她一口，起身移到一旁，披上外衣。「妳且先睡，我去外頭打套拳……」

季雲流捧著被子，看著他也是落荒而逃的背影，暖暖而笑。說起來，這人半夜出去「降火」，何嘗不是為自己著想？

情之所鍾，不能自已。

熱戀中的女人從來不帶腦，圓滑如她竟也無法倖免。

玉珩一邊打拳，一邊口中默唸《道德經》，待他平復下心中慾火，汗涔涔地回屋時，季雲流已閉目在床上睡著了。

玉珩伸手在她臉上摩挲一會兒，低聲一笑，親了口她的額頭，出了裡屋，拿起紅巧放置在外的披風，出了邀月院的西牆。

上了馬車，玉珩吩咐寧石。「等會兒你便派人去盯著君子念，他的一切日常起居，都給我一一稟報過來。」

今日詹事府洩漏試題，他未抓到把柄，如此一來，只能再從竇念柏身上下手了。

他選了君家做自己奪嫡之路的錢袋子，那麼玉琳也有可能會選這個竇家。竇念柏這次可是花了大錢的，且這樣喜好流連青樓的男人，想要抓住把柄也更容易一些。

細雨綿綿，從四更時分開始下，到了早上辰時，雨勢漸漸轉大，淅瀝瀝地下起來。

季雲流一夜睡到天亮，早上起來蹭了兩下被子，起床時聽見紅巧與夏汐哭哭啼啼了幾句「姑娘，您讓我們擔心死了」之類的話，才去梳洗用早膳。

用早點時，她瞧著外頭的天氣問夏汐。「四姊醒了嗎？」

夏汐如今真是一點都不敢怠慢。「回姑娘，四娘子此刻約莫還未醒。不過姑娘放心，四娘子送回來時，張御醫正好也在，幫四娘子診治後，說人無大礙，今早人會醒來的。」

「嗯，」季雲流頷首。「待會兒，我去四姊那裡看看她。」

喝過中藥，紅巧給她披了件外袍，從邀月院一路出去，直接去了季雲薇住的花莞院。

今早，正院就派人來說了，四娘子、六娘子近日無須去正院向老夫人請安，只須好好休養身體。

昨日刺客之事，礙於女子名聲，便被隱瞞下來。外頭眾人不知季府六娘子與四娘子遇險受傷，只知道皇上讓二皇子在長公主府當著眾人的面宣讀聖旨，給了季府大臉，今日上門替府中哥兒說親、替姊兒求親的媒人，當真迎面都能撞上。

前院一大早就熱熱鬧鬧，姑娘們所住的後院倒是在大雨之下，寂靜無聲。

季雲流穿過月洞門，就到了花莞院。

花莞院各色花草繁多，種了一株株嬌豔的花，如今正是盛開季節，花的芬芳飄滿整個院落。

「四姊可醒了？」季雲流在邊上的廂房換了外袍、鞋子，進了花莞院。

「還未醒來。今早張御醫又來瞧過了，說也許待會兒就能清醒。」芃芃端了茶水。「張御醫說，幸好姑娘的傷口流血止得早，救命藥也喝得早，不然待到他給姑娘包紮，恐怕就失血過多了。」

季雲流眨眨眼。「四姊昨日被人救回來時，傷口都包紮好，藥也餵過了？」

「是呢！」

兩人正說著，裡屋的小丫鬟端了一個托盤走來。「芃芃姊，四娘子的頭面有些被壓壞了，可要送去給玉翠樓修一修？」

「好，且讓人送到玉翠樓去吧。」這些頭面頗貴重，如今遇險壓壞，芃芃自然心疼。

她驀地一頓，伸手拾起托盤中一塊通透的玉珮。「這玉亦是從四娘子身旁的包袱中拿出來的？」

昨日救人的不知道是何人，心善至極，不僅救人，連衣物、頭面都如數歸還。

小丫鬟頷首。「正是一道從昨夜的包袱裡拿出來的。」

芃芃拿著玉珮看了看。這塊玉，明明就不是四娘子身上的。

「讓我也瞧一瞧。」季雲流伸出手，一笑。適才一瞥，她就瞧見托盤中的這塊玉，那玉上的篆體「念」字，可是很清楚哪。

芃芃以為這是長公主賞的玉珮，直接將玉放入季雲流掌中。

季雲流翻著玉珮，仔細瞧了瞧。

這是塊羊脂白玉，晶瑩潔白，質地極上乘，很是名貴，幾乎無瑕，光澤正如凝煉的油脂一般。

季雲流笑道：「這玉也無須拿到玉翠樓了，等四姊醒了，我交與她處理。」

這玉若是君子念的，那君家為江南首富確實名不虛傳。
不一會兒，裡屋就傳出「四娘子，您醒了」的聲音。
季雲流抓起玉，掀了簾子往內室走去。
季雲薇躺在床上看著重重床幔，一瞬間，竟然覺得不知自己身在何處？
她眨眨眼睛，憶起來的卻是一個書生少年的身影。
那人抱著她，朝人下跪，說她是他娘子……那是誰？
「四姊。」季雲流緩步走近，到了床邊，探進頭。「四姊，感覺如何？」
季雲薇看見滿眼關切的季雲流，想起了之前的刺客。「六妹……妳沒事吧？」
「我沒事，妳先躺著。」季雲流見她要起來，連忙扶住她。「妳傷了頭，這會兒不能妄動。」
芃芃端上一碗水，季雲薇飲下兩口後，頭一件事便問：「六妹，是誰送我回來的？」
季雲流拽著玉珮藏在袖底。
待會兒，二夫人應該收到消息會趕來，趁著二夫人來之前，要把君子念的無私奉獻形象給落實了。
季雲流唉聲道：「說起來，妹妹也不知道這救命恩人是誰，現在府中都傳遍了，說這人真是個好人，施恩不忘報。四姊昨日滾下去的時候多凶險，我都快要嚇死了！連張御醫都說，四姊若不是及時被救治，恐怕這次就是凶多吉少了！」

季雲薇坐在床上，側著頭，秀眉輕攏，抽絲剝繭地回想自己被救的情形。她面孔瑩白，長髮如雲覆在身後，連同為女子的季雲流都覺得，此刻這人纖弱起來，能讓自己為她掏心掏肺。

如此模樣讓君子念心動、淪陷了，也不奇怪。

只是這人竟還把持得住自己，沒有做出欺侮季雲薇名節的事，才真的是正人君子啊！

好吧，書生少年郎，就憑你這麼有人品的分上，姊姊幫你牽這條紅線！

季雲薇想了半晌，睜著雙眼，輕聲問：「那人……他沒留姓名？」

「沒有，他把四姊放在馬車裡，敲了咱們府中的門就走了，門房都未見到人。」季雲流不錯過她面上的表情。「現在府中的人都在猜，是不是這人長得奇醜無比，無法見人，才做了無名好人。」

季雲薇聽她語帶嘲弄之意，下意識輕聲辯駁道：「他不醜的……」她見過，她記得他是何模樣。說完，又脹紅了臉，不再開口。

哦！季雲流眨眨眼。這是……有戲！

她只當沒聽到季雲薇的反駁。「這無名好人真的是心地善良之輩，不攜恩圖報、不貪慕銀錢、不欺人名節……真真是有風範。我如今想想，只覺得這人要是個良家公子，可不就是同話本裡頭的，與四姊是天賜良緣嘛！」

「六妹，這話……」季雲薇心中一跳，咬緊嘴唇，紅透了臉。

她總是比旁人要想得多、想得更周全一些，不是季雲妙那種會想入非非、自我陶醉的人，只是少女春心，她亦是有。

她剛欲開口，見季雲流按著自己的手，再是手中一涼，被按入了一塊涼潤的白玉。

她抬起首，目光錯愕。「六妹，這是……」

季雲流道：「這是姊姊妳的玉珮，我適才拿來一觀，自然要還給姊姊。」

季雲薇的心跳一下快起來。「這、這不是我的玉珮，六妹。」

她若沒猜錯，這玉定是昨日相救之人留下的。這樣收人家的玉，就是私相授受！

玉被塞在季雲薇手中，她還未有動作，王氏急火火地快步走進來。「我的四姊兒，妳總算醒了！」

「阿娘……」季雲薇看著外頭疾步過來的王氏，眸中清輝閃爍，一陣陣後怕。

如果自己當時無人相救，死在那樣的山林裡，或者被豺狼虎豹叼走，或者被無恥之徒給侮辱了清白……娘親現在該是如何淒慘哀傷？

可那人救了她，為何不留下姓與名？若真的想與她不相來往，為何又獨獨留個玉珮？

季雲薇抓著玉珮。他這是要逼她落了個私相授受的名頭，讓她去道觀束髮一輩子嗎？

季雲流待了一陣子，便回邀月院吃午膳，小憩了會兒，再起來，就聽見夏汐說：「四娘子忽然病得厲害，張御醫說，四娘子大約被刺客嚇到，得了心病。」

季雲流嘆息一聲。天下唯有情字最斷人腸。

也罷，只要季雲薇對君子念有心，日後必能終成眷屬的。

第二日一早，大昭皇帝眼前擺了好幾份摺子。

自己還未拜堂的嬌妻遇襲，玉珩哪裡嚥得下這口惡氣？殺人償命，欠債還錢，於公於私，他都要把這樁行刺之事告到皇帝那頭去，就算不能抓住玉琳把柄，讓他再在父皇心中留根刺也好。

玉珩呈上去的摺子中，真是聲聲委屈、字字驚恐，看得皇帝都覺得這賊人真是太過歹毒，竟然要讓這對剛剛被賜親的有情人陰陽兩隔。

這也算是藐視大昭皇帝的皇權，皇帝亦不能忍！

另一份摺子自然是順天府寫的。順天府府尹在摺子上請罪，聲淚俱下地寫著是自己怠忽職守，讓京中發生這麼大的事，再解釋了那些刺客紀律嚴明，說人才綁住，個個都吞毒自盡，無法從刺客口中得到半分確切消息。

還有一份供詞則是秦羽人的。作為一個過路而被捲進去的道士，他清楚寫了自己如何遇到季府六娘子、如何幫助那小娘子脫險，又如何遇見七皇子救人，再誇了一遍兩人的郎才女貌、天作之合。

皇帝看完摺子與供紙，甩在御案上。

「給我查！把刺客在天子腳下行刺的事情給我查清楚！」一頓，再吩咐御前侍衛道：
「把此事全權交與太子，讓太子好好查清楚這案子！」

第四十四章

日子一天一天地過了。

季雲流養著手傷，大門不出，二門不邁，每日捧書在房中開小灶，吃著蘇瓔的小食糕點，才幾日工夫，人都胖了一些。

同在季府的季雲薇卻病得厲害，茶不思、飯不想，雖然頭上的傷勢一日一日好轉，人卻一日一日清瘦下去。

但這幾日病得厲害的不僅只有季府四娘子，連大喜胡同裡的君家九少也病得非同尋常。

君家九少不似女子一樣獨坐傷神，他用讀書麻痺自己，只要一讀書，才不會想任何事情。於是他天天讀，夜夜讀，吃飯讀，喝水讀……整個人都走火入魔了。

玉珩知曉季雲流傷勢無大礙後，每晚都會翻牆去見一見，但到底只是見一見。

自上次兩人險些在床上拖出火花後，玉珩與季雲流雙方倒是都規矩起來，只是說上幾句，或者一道在飯後逛逛園子而已。

謝飛昂這幾日夜夜歇宿在瓊王府中，拿著玉珩給的試題，沒日沒夜地翻找前人的文章，而後結合古人的經驗，撰寫自己的策論。

至於瓊王府的晚膳，自他們食過後，謝飛昂直接帶了府中的廚娘過府，每日親自掏錢給瓊王府買菜。唉，這日子過得……真是沒脾氣了。

後日便是春闈，謝飛昂在書房中聽著淅瀝雨聲，改完玉珩要求的策論中最後一字，伸了伸懶腰。

「真是……挑燈苦讀，終是寫完了！」

不容易啊，除了長公主的賞花宴，他可真是有十日未曾出過這王府了！這麼多文章寫下來，到最後，他真的是看到字都要吐出來。

玉珩伸手拿起紙，仔細看過上頭的文章。「你這文章，在殿試中若想得前三甲，還得看看我父皇的意思。」

上一世，這屆的狀元自是張元詡。他寫的文章曾讓皇帝驚才絕豔，下令貼於科舉放榜之地，讓天下眾士子臨摹評賞。

玉珩上輩子自是同那些學子一樣，一字不漏地背下過文章，如今一文一字，全數讓謝飛昂寫出來，充當成他的。

若皇帝的口味未變，這一世的狀元之文也許還是這篇！

「七爺，若這文還是不能入皇上眼中，那咱也沒辦法不是？這題目我雖能寫，但確實寫不出務實又華麗之文，日後若入了翰林院，我都害怕在同僚面前露出什麼馬腳。」謝飛昂心思通透縝密，他不知道七皇子到底是從何得來的科舉試題，竟然連殿試題目都一併給他寫了。

但七皇子不說，自己這些都不該去問，爛在肚子便好。

玉珩拿著宣紙，摺了摺，伸手又隨意地投在一旁香爐中。寫滿字跡的紙很快就在香爐中燃燒起來，火焰跳動一陣，紙張全部化作灰燼。片刻之後，上面的字跡連著紙一併不見蹤影，如同從未出現過在這世上一般，消失得乾乾淨淨。

玉珩燒完所有試題，抬首看著暗沈的天空。

君子念的喜事與詹事府出售試題的事，也要趁科舉之前了結了。

這幾日皆是小雨淅淅瀝瀝，雨下得久了，連空氣中都泛著一股濕意。

「七皇子送了請帖來？」大喜胡同的宅子內，君子念的管家睜大眼，看著紅帖，一臉不可置信。

「王管家，九少爺這幾日連入夜都挑燈讀書，再這麼下去，鐵打的身子都熬不住。咱們不如把帖子遞給九少爺，讓九少爺去赴七皇子的約吧！」顧賀道：「聽說這京城西郊的玉蘭樓，如今正是人間好春色，若不是勛貴人家是訂不到位的，不如讓九少爺去散心？」

君子念雖考科舉，但不同其他學子一樣走門路攀附權貴，本對玉珩的請帖無多少興致，可才打開手中紅帖一掃，便抬起頭急問：「七皇子說，明日之約是在玉蘭樓？」

「少爺……」顧賀被主子的神色給嚇住，見他似乎等不及，頷首道：「正是，七皇子約您明日未時二刻在玉蘭樓的百花廳。」

君子念的神色不知是喜是憂還是愁。「給我準備明日的馬車與衣物，我明日要去西郊玉蘭樓。」

玉珩送來的紅帖中只有寥寥幾字：此約不赴，君家白玉自還。

那隨身帶著的玉珮，他一直以為是放在農家莊子了，怎會在七皇子手中？

君府收到帖子，季雲流這兒也得到玉珩讓人傳來的口信：時機成熟，帶季四娘子明日赴約玉蘭樓。

翌日，雨勢依舊不停歇，季雲流請病況好轉、解下綳帶的季雲薇，一起去了玉蘭樓。

玉珩昨日已訂好包間，堂中的管事笑盈盈地領著兩位小娘子上了二樓的百花廳。

這裡的包間都是為給客人觀賞木蘭花所備，北面窗戶開得極大，屋簷延伸而出，飛翹寬闊，即便如今雨勢不小，臨窗而坐亦不會被雨水沾濕。

兩人在圓桌旁才坐定，跑堂上了茶水，樓下的君子念也到了。

他從下車到進入大堂中，全都無心賞景。

待顧賀報了名字，跑堂笑盈盈地相請君子念上樓。「這位客人，樓上客人已等待許久，請上樓。」

顧賀想跟著上樓，跑堂卻笑道：「這位小哥不如去樓下坐坐，小店特色的玉蘭花酥在京城也算一絕。」

這意思就是要君子念單獨赴約了。

君子念上樓，各個包間廂門大開，壓根兒不見人，跑堂也不說七皇子到底約在哪間，他只好一路往前。

他走到一間廂門緊閉的包間前，剛欲敲門，就聽見兩道輕柔女聲從隔壁傳來。

「四姊這幾天日漸消瘦，可是為何？」

「是嗎？大約是這幾日天氣潮濕之故吧。」

非禮勿視、非禮勿聽，他一個大男人如何可以在旁偷聽！

君子念邁開腳步就要往門外走。

「四姊每日茶不思、飯不想，不知道的人還以為四姊是在相思呢！」

「六妹，妳、妳莫要胡說！」

「我可沒有胡說，張御醫都說四姊得的是心病，這心病是不是四姊在相思前幾日的救命恩人？」

「六妹！」

「不然四姊告訴我，咱們季府近日上門給四姊提親的媒人如此多，四姊可中意了哪家好兒郎？」

話到此處，君子念猛然停下來。

季府、四姊、六妹……莫不是、莫不是雅間裡頭的是季府四娘子與六娘子？

君子念越想越亂，傻傻站在門前，進退不得。

百花廳中的季雲薇一聽季雲流這番話語，臉色越發紅了，那紅一直蔓延到耳根。「六妹，我、我的親事，全憑母親與父親作主……」

「四姊，」季雲流昨晚已經得到口信，這門口未時二刻會有人來，如今她將人叫出來，話匣子也打開了，若還不問個底朝天，讓有情人終成眷屬，日後也就甭出來見人了。「嫁娶可是一輩子的事，若遇到的人不是自己心中良人，妳真的能對著他一輩子？若他心中無妳，娶了妳之後，後宅抬幾個姨娘，妳真的可以忍受？」

季雲薇的臉色因這些話又由紅轉白，她垂下目，抓著帕子不語。

季雲流伸手蓋上那被握得關節發白的手。「四姊若是有意中人，為何不告訴祖母與二伯母，讓她們給四姊作主呢？」

外頭的君子念也因季雲流這番相問而提起了整顆心。

四娘子心中是否真的有意中人？

窗外的淅瀝雨聲引出季雲薇的無盡心事，她滿心劇痛，全身顫抖，張了幾次口，卻說不出一句話來。

只是眼淚從眶中滾出來，滴落在季雲流手背上。

「四姊，」季雲流從她露出的脖子中，看見了衣服底下的那塊白玉，嘆息道：「妳既然戴著白玉，說明四姊心中已認下那人。婚姻大事雖說要聽父母之言，但祖母與二伯母那麼疼妳，定不會拆散你們的。」

季雲薇恍惚的心神終於被一句戳心的話講到崩潰，她一站而起，全身顫了半晌，終於道：「我就算掛著這人的白玉又如何？他不留名、不留姓，救了我卻獨獨留塊玉……我、我寧願他不要留這麼一塊玉珮……」

滾滾熱淚從季雲薇的眼中流下，混到嘴裡，一片苦鹹。「我每夜的夢中都是他。他在危難之時救了我，單單一個救命之恩，我記在心裡，一輩子都不會忘記……可是他卻、卻如雁過一樣無痕無跡，他是覺得我的心意分文不值，還是、還是留個玉珮賠償我清白就可？我每每想起他，都害怕他是不是家中早已娶妻、訂親，或者有意中人……」

季雲薇心如刀割，面上青白無血色，抓出掛在衣襟內的白玉，吶吶道：「我、我想告訴阿娘與祖母，我心中不貞，偷偷戀慕陌生男子，名節盡毀……我想、想待四哥春闈之後，去道觀束髮了卻此生……」

我去，這下要是門口沒人，要出大事情了！

季雲流剛想站起來勸說，門霍然被一把推開，君子念就這樣出現在兩人眼前。

有情人總算終成眷屬、互知心意，季雲流對玉珩的安排那是非常滿意。

季雲薇表明了心意，男主角也出現了，她自然要先走。

可季雲薇臉皮極薄，心意被心上人聽了去，哪裡還願意久留，直帶著季雲流便走了。

君子念癡癡望著她離去的身影，便見一人迎面走來。

這人錦衣玉帶，面如冠玉，神若謫仙，真是翩翩佳公子。

「七殿下？」君子念不敢怠慢，連忙作揖。「在下、在下多謝七殿下的成人之美，此番心意，在下必定銘記在心，不敢忘卻七殿下的一番恩情。」

玉珩背著手，見君子念面上的神色，微微點頭。這人倒不是不知好歹之輩，很好。

他背手一笑。「玉蘭樓中的菜色在京城獨有，江南之地一般吃不到，君九少不如一道與我用個午膳吧！」

君子念怎敢推卻。「七殿下盛情，在下不敢推卻。」手一伸。「七殿下裡面請。」

兩人坐定，跑堂快速上菜。包間內只有兩人，玉珩也不擺皇家架子，自個兒挾菜自個兒吃，兩人都是從小錦衣玉食出來的人物，吃飯規矩極佳。

一頓飯下來，君子念的脾性也被玉珩摸出一個大概，感激之情是有，攀龍附鳳之心倒是真無意。

第四十五章

待菜盤子都撤下去，玉珩起身看著外頭細雨中的木蘭花，語聲平淡。「明日乃是三年一次的春闈科考第一日，九少可有把握，待一朝鯉躍龍門後，上季府提親？」

說起讀書，君子念不會妄自菲薄，神情毅然。「十年磨一劍，霜刃未曾試，在下不敢誇口定會高中，但必定全力以赴！」

「嗯。」玉珩聽出他語中自信，背手應聲。「國子監的學諭昨日給我出了兩道題，我想請教一下君九少爺。」

君子念作揖。「在下不敢當，若正好知曉，必定知無不言。」

玉珩眉毛一抬。「學諭出題乃是〈一葉落知天下秋〉，這題對我來講，意味頗難，還請君九少賜教一番。」

國子監學諭給皇子出題，自不要求講風花雪月之事，定是要講國家大事。

君子念在心中略一想，恭敬開口道：「見一葉落，而知歲之將暮；見一葉落，而知寒秋將至，這見微知著，當以小見大。天下之事也這般道理，功作小事，小到地方農作收成，各家農漢人頭稅收，可從此等小事看出國之安泰……」

玉珩站在廳中，側頭仔細聽著君子念侃侃而談，說得頭頭是道。

這人生在江南那種風花雪月、春思閨情之地，卻養出了君子如玉的端正，滿腹文采才華，確實難能可貴。

君子念說完自己的見解，一揖道：「七殿下見笑，在下所講之言，全是在下個人所想而已。」

「不，這份見解很獨到。」玉珩笑了笑。「君九少乃胸中有錦繡之人，日後必是國之大才。」

君子念作揖說不敢當。

賞景、品菜、論文章，時日不早，兩人前後坐馬車離去。

玉珩不僅對待自己的感情迅速果斷，幫人作媒亦是雷厲風行，快到閃瞎季雲流狗眼。待今日在玉蘭樓讓季雲薇與君子念表明心意後，回去立即請人去兩府中說親。

君家，玉珩請了皇后的嫡親大哥，莊國公府的大老爺，真的是給足君府面子。

不過片刻工夫，莊大老爺拿著君子念的生辰八字，笑盈盈地回來。「真是趕巧了，今日我去了君家，正好趕上君家從江南趕來的三老爺，可不就把八字給要過來了。」

而季府，玉珩更是讓碩王爺的正妃親自登門，向季老夫人提親。

「君家九少一表人才，與四娘子極般配，連皇后都說這是門極好的親事，所以特意把這好事落給我，讓我來貴府沾這個喜氣呢！」

相談幾句後，季老夫人也很爽快地將季雲薇的生辰八字送出去。

近日許多媒人上季府替季雲薇說媒，但如今皇后娘娘親自替君子念保媒，這面子確實拂不過去。

就這樣，君子念與季雲薇的八字不過第二日，就到了玉珩手中。

昨日還下雨的天，今日雖無出陽，倒也停了雨。

今日對天下所有考生來講，都是極重要之日，進入貢院，就意味著科舉的開始。這三日一場，一共三場，九天的吃喝拉撒睡全在長五尺、寬四尺、高八尺，進去就鎖房門的單間內進行。

這熏死就算了，沒熏死就繼續吊著命寫貢院科舉，對一些富家子弟來講，實為人生中一大嚴峻考驗。

今年季府有兩位哥兒參考，因而今日也是熱熱鬧鬧。

一行人帶著貢院內要求的衣服、棉被、乾糧等物，浩浩蕩蕩、歡歡喜喜送了府中的三哥兒、四哥兒去貢院門口。

待所有考生都搜了身入內，貢院大門一關、落鎖，就開始了正式的春闈。

鯉躍龍門，錦繡前程，全看這九日的工夫了。

第二日，卷紙就一張一張發下去，拿到卷紙的謝飛昂雖然心中早就有了準備，但看著與自己做過一模一樣的試題時，手上的顫抖還是怎麼都掩蓋不住。

七爺這是頂著洩漏科舉試題之重罪，給自己鋪造仕途之路啊！

同樣拿到試題而心口狂跳的還有君子念。他從未想過，七皇子昨日相問的那些國子監學諭題目，竟然是今年的春闈試題！

君子念只覺得，這小小的貢院單間都要當場倒塌了。

半晌，他才平復心緒、穩住手，提筆開始寫自己的肚中見解。

不管七皇子哪裡得來的試題，但本著洩漏科舉試題之罪相問自己，就是一種信任之意。他不是不知好歹之人，君以國士待我，我必以國士報之！再者，昨日七皇子只問了他試題，沒有指手畫腳給他任何答案，這策略全是他自己所說，就算知曉試題也不算作弊，只是早一日知曉而已。

貢院裡是春闈九天，這外頭也是風雨欲來。

寧石站在臨華宮書房內向玉珩稟告。「七爺，季四娘子與君九少爺的八字已經拿來。」

玉珩書寫的筆不停，隨意「嗯」了一聲。「秦羽人如今亦在宮中，你且把八字送到觀月樓，請秦羽人批示一下吧。」

寧石應聲，又稟告其他事情。「大喜胡同裡竇念柏的宅子旁，小的已經讓人去安排好了。」

筆停下來，玉珩抬首，目光停留在寧石臉上片刻，道：「這幾日春闈，趁竇念柏還未出貢院，最好就能得手，須萬無一失。拖了之後，只怕到時想要抓住玉琳洩漏試題的把柄便是更難。」

第一次錯過城北宅子當場抓捕，如今若再錯失這次，定是會打草驚蛇，讓玉琳收攏任何馬腳了。

「是。」寧石道：「小的之前探清楚竇念柏身旁的杜成性子如何了。竇念柏在京城醉仙樓訂席面吃酒，在遇仙閣中找女伎尋樂子，都是這個貼身小廝杜成安排的。如今竇念柏去了貢院，杜成得了幾日自由，定要出去尋歡的。今日沈三嬌才跟他打了照面，適才她便回稟說，五日之內，她必定能拿下這個杜成，讓他說出竇念柏是如何買賣科舉試題。」

玉珩微微眯了一下眼睛，應聲。「只可成功，不許失敗。」

寧石保證。「七爺放心，沈三嬌在對付男子方面，若無把握，從來不誇海口。」

午後，合八字的帖子送到秦羽人手中。

秦羽人自上次進京順手救了季雲流一把，後來就跟著順天府衙役去了順天府做供詞。那些刺客原本在陣法中，待陣法一退，見了順天府的人，還未動手，個個全都咬舌自盡了。秦羽人自也是沒辦法讓人起死回生，做了份供詞就被皇帝派的人請到宮中。

秦羽人提著筆，笑盈盈地把八字給批好。「季四娘子與君九少爺良緣天定、金童玉女，皆是大難之後有後福之人，日後必定是和和美美啦！」

寧石拿著紅帖道謝，馬不停蹄，讓上門說親的莊大老爺與碩王妃，又把合出來的八字送到季府與君家宅子。

君三老爺拿著八字，看著落款為「秦思齊」的紅帖，呆呆立了一會兒，深怕遺漏一般，仔細把上頭每個字都瞧了一遍又一遍。

確定這真的是出自紫霞山秦羽人的手筆後，他吩咐道：「念哥兒的婚事，咱們得迅速一些，確實是門好親事。立福，你等會兒就請個好官媒直接上季府，把庚帖與信物給換了，再讓官媒擇個黃道吉日，我這邊準備準備，過幾日，咱們把季府的納徵禮一遍給過了。」

所謂的換庚帖與信物，也只是口頭上的訂親。這親事，有名望的人家自然也不會不認帳，但到底有些心思不善的，如張二郎這樣還會想著退親，所以，等納徵一過，才真正意味著就等著娶新娘子了。

君子念如今人還在貢院裡，徹夜奮戰、無所牽掛；這頭，君三老爺先憂兒子之憂，再樂兒子之樂。未雨綢繆之下，他就連自家兒子婚後宴席要幾席、成親後住的宅子要選哪兒、日後孫女或孫兒出世後，他該是在京城還是在江南？都一併打點好了。

君家得了八字批語，季府自然也收到了。

碩王妃舌粲蓮花，把君家不說誇大百倍，誇大十倍總是有，講得王氏險些就以為自家姑娘才是高攀的那個人，君子念就是個天上有，地上無的天仙。

季老夫人聽碩王妃誇誇其談，裡頭彎彎繞繞的被她排除一半，落下另一半也是個真真好兒郎。之前她還想作主把這樣的兒郎配給宋之畫，也真是識人不清了。

八字是秦羽人親手抄錄的，這門親事兩家都樂見其成，官媒當著碩王妃的面，與王氏換了信物與庚帖，擇好納徵之日，親事就這樣定下了。

季府、君家在交換庚帖後的第四日，開始了納徵。

所謂有錢能使鬼推磨，這君三老爺不愧是商賈出來的，簡直如疾風迅雷一樣，什麼綢緞、布料、首飾、禮金，短短幾日內全數準備周全。

不僅是王氏看著那一擔擔東西發呆，就是身為吏部員外郎的季二老爺都被驚嚇到了。

這未來親家，手腳動作也忒快了些吧？君子念似乎還在貢院裡呢，這納徵擇吉就一併做好了？他連自家姑爺是個什麼模樣，高矮胖瘦美醜一概不知曉。

來來回回兩天，季雲薇的婚期都定好了，就選在她及笄後不久，月月紅爭相開放的十月。

季雲薇的親事一定下，這季府就全數傳遍了，也傳到表姑娘宋之畫的耳中。

她一聽季雲薇配給君子念，揪著帕子，睜大了眼。「瑤瑤，妳說的可是真的？與四妹訂親的真是君子念？」

「千真萬確，姑娘！」瑤瑤道：「這親事是碩王妃親自過府作的媒，如今二夫人把納徵都收了，連婚期都定好了。」

宋之畫腦中恍恍惚惚。「為何？為何碩王妃會替君子念過府說親？」

當初老夫人可是問過她的，如果她同意下來，這親事本來會是她坐在閨中，等碩王妃親自過府提親的。

為何每次不幸、落不到好事的全是她……

宋之畫想了許久，臉色由白轉青，一拽帕子。不行！她定要嫁得那風采如畫的寧慕畫！

春闈九天還未過，順天府就收到一起案子——一個小廝欲姦辱隔壁有夫之婦，那有夫之婦不肯受辱，一頭撞到柱子上，撞得頭破血流。

順天府一審，那撞頭的沈三嬌居然還說出小廝之所以如此膽大要欺辱自己，原來是家中將要出大官的緣故。

沈三嬌口齒清楚，直說這小廝的主子叫竇念柏，賄賂了這次春闈考官，得了春闈卷子，請了書生替他做了春闈的試題。

貢院都未開門，此次春闈試題除了主考官和皇帝，誰也不知道，這裡竟然有人說春闈考官出售試題？這還得了！

順天府立刻將此案轉交大理寺。大理寺辦案更神速，將小廝嚴刑逼供，小廝哪裡頂得住大理寺酷刑，真的一五一十全說了，將代替自家少爺寫試題的書生都招供了。

陳德育得了供詞，又拿著書生默寫出來的試題與答案，帶著自己的摺子親自去見皇帝。

御書房內，大昭皇帝拿著試題紙一掃，臉色越發難看，看完整個文章，重重一拍案桌。

「讓內閣的蘇紀熙來見我！」

皇帝也不自稱朕了，這火氣發得可不小。

趁太監去傳旨蘇紀熙時，陳德育口下不停，肅穆地說了自己曾經收到詹事府的董詹事，私下聚眾一群家中殷實學子的消息。

皇帝越發憤怒。「當初的事，你為何到現在才跟朕稟告！」

天子腳下，有人洩漏試題、買賣朝中官員，下一步，是不是有人就直接謀朝篡位了？這事對性子多疑的皇帝來說，完全不能忍。

陳德育哽咽控訴，什麼董詹事以權壓下官，如何都不讓自己的下屬進宅子查探；而自己也沒有真憑實據，怕只是空穴來風，不敢傷同僚和氣之類的。

陳德育跪在那兒告罪一會兒後，蘇紀熙便來了。

蘇紀熙近日被太子的事也是弄得心力交瘁。太子得了二皇子的二十萬兩，在東宮大興土木，非要弄個玉液殿出來，說什麼與金舞殿遙相呼應。

前幾日，皇帝下旨把長公主賞花宴後出了刺客的事交給太子查明真相，這來來回回之下，他鞍前馬後地替兩個皇子擦屁股，如今也不知是什麼事，得皇上如此急召。

蘇紀熙掀起衣襬剛剛跪在御書房中，大黃的摺子劈頭就向他砸過來。

「你看看，你看看你做的好事！」

陳德育站在一旁，垂目偷瞧蘇紀熙。

大家都是老狐狸，一個道行比一個高，鬥嘴皮、鬥手段，誰也不輸誰，只是看誰先掌握先機，站好隊伍。

蘇紀熙自然聽出皇帝口中的怒意，伸手抓起地上的摺子看自己被參奏了什麼大罪——映入眼中的竟然是今年的春闈試題！

「蘇大人，如今貢院尚在鎖門春闈，你出的試題卻滿京城亂飛，該如何向朕解釋這其中的荒唐滑稽處！」皇帝的聲音冷冷冰冰，不帶一絲感情，冷得蘇紀熙整個人都凍僵了。

「皇上，這、這、這……」蘇紀熙失了先機，被皇帝如此質問，絲毫沒有準備，也不知道後頭還有什麼證據在等著自己？為今之計，只能使出萬能的推諉大法，失聲道：「微臣、微臣也不知曉這是為何……為何春闈試題會洩漏出去了啊！」

「你不知曉？」皇帝冷森森的，目光能在他頭頂戳出一個洞來。「你若不知曉，還有誰會知曉！難不成是京城中的書生具有天眼，把你們出的卷子統統見到了！」

不知道是誰底下的蠢貨，買賣試題手腳斷不乾淨，出了這樣的事，還得他來被問罪。

蘇紀熙心中對詹事府簡直想千刀萬剮，恨不得一把火現在就燒個乾乾淨淨，但如今還是要在皇帝這裡脫罪才是重中之重。

他伏地磕頭。「皇上，微臣願與大理寺陳大人一併查明此事，給天下學子一個交代！」

皇帝瞇著眼，轉首向陳德育道：「那什麼竇念柏，出了貢院，你把他的卷子給我審查，與那書生所寫的是否一模一樣？還有這詹事府的董詹事，是否買賣科舉試題，一併給我查明了！」

陳德育得了皇上的指令，出了御書房，那叫一個心情舒爽。

皇帝經此一事，怒氣在心，出了御書房，本想回自己的寢殿，轉念一想，問一旁太監。

「今日皇后召了季府六娘子進宮小住？」

第四十六章

日光暖融融，皇后聽聞季雲流在長公主府外遭遇刺客，可不就一個擔心，待人傷好之後就接人入宮小住。

季雲流與玉珩一手促成季雲薇與君子念的親事，她又知這皇宮裡還住著秦羽人，聽到皇后傳旨，高高興興地收拾一番就滾到宮中了。

太監低首恭敬道：「正是，季六娘子在午後未時入宮。」

皇帝直接起駕去皇后的坤和宮。

進了坤和宮，季雲流向皇后請過安後，已經離去了。

皇帝坐在榻上，一面淨手，一面問：「七哥兒那媳婦呢？」

皇后察言觀色，見皇帝面色不善，親手接了他手中的面巾，轉交給一旁宮女。「皇上正好來晚一步，妾身見天色不早，便讓她回去歇著了。」

「嗯，她初來宮中，定也有不習慣之處，讓內務府好好看看，七哥兒的媳婦還缺什麼，少了就送過去。」

皇帝心情也平復不少。「明日過來請安時，叫七哥兒與他媳婦一道來見見朕。朕賜婚後這麼久，他們還沒過來向朕謝過恩呢！」

皇后道：「季六娘子那孩子也是個讓人心疼的，剛被賜婚便受傷，在床上躺了這麼久，皇上就莫要著急他們謝恩的事了。」

翌日一早，坤和宮的太監傳旨到怡和宮與玉珩所在的臨華宮，讓季雲流與玉珩一道去坤和宮請安謝龍恩。

說起來，若不是季雲流的手受傷，應是聖旨下來的第二日就該進宮謝恩的。

季雲流隨著領路的宮女到了坤和宮門口，玉珩不早不晚也到了。

兩人站在門口相視，心事全數隱在黑眸中，不用出口，各自明白對方心意。

為怕背後落人口舌，兩人極為規矩地相互行禮，接著一前一後地步入正殿。

坤和宮正殿，皇帝坐在首座的羅漢床上，另一側是皇后。佛手柑香氣裊裊，充滿整個大殿。

玉珩在前，季雲流在後，到了跟前，兩人在軟墊上跪下磕頭行禮。

皇帝如炬的雙眼緩緩在季雲流面上身上掠過去，見她如花容色，確實為難得一見的美人，微微頷首。「起來吧。」

玉珩先起一步，在皇上面前也不顧規矩，伸手輕輕扶了季雲流一把，讓她站在自己身邊。

皇帝見著，昨日朝中那些洩漏試題的煩惱一掃而去，哈哈笑道：「小七是個疼媳婦兒的，日後成了親，只怕要更黏糊了。」

皇后跟著笑道：「兩個孩子一直和和睦睦、黏黏糊糊的才好呢，這樣咱們才高興。」

皇帝心中高興，又是哈哈一笑。

季雲流站在那兒，目光輕輕瞥過一旁的玉珩。

是不想告訴你們，我們已經黏黏糊糊好久了！

都到跟前了，皇帝就問兩人當日在長公主府外被刺殺的經過。

季雲流在今早聽太監過來傳旨時，就想過這件事，便把當日經過全都說了。

她的重點是，那幾個刺客腿腳功夫了得，還有當日不知為何突然就颳風下雨，秦羽人來了之後，那些奇怪的現象又沒有了。

皇帝坐著聽完，目光閃了閃。「妳是說，當日原本你們府中女眷都要先回去，而長華卻留妳下來？」

「是，與民女一道留下來的還有民女的四姊。民女與四姊等了許久，文瑞縣主便去問了長公主，可文瑞縣主回來後，卻說讓民女與四姊留下的事，應該不是長公主吩咐的。」

補刀這事，季雲流做得很順手。

「民女出長公主府時已近酉時，本來府中有馬車等著，可出門後，車夫也是不認識的。那人說，是長公主要送民女與四姊回府，民女才沒有多加懷疑，與四姊坐上了馬車。」

這些話如一道閃電，讓皇帝、皇后豁然開朗。這個行刺果然早有預謀！

「皇上，」皇后適當地在一旁添油加醋。「這歹人手段實在太厲害。秦羽人當日說，刺客中是有道人相助的，如今聽來，這個幕後黑手還拿長公主當擋箭牌。這天家威嚴，當真一點都沒有放在眼中了！」

玉珩再次撩袍跪地，落下最後一步棋。「請父皇為孩兒作主。」

皇帝心中一動，目光深沈，凝視跪地的兩人頭頂，半晌後，道：「起來吧，這事，朕定會讓人查個水落石出的。」

能利用長公主，讓長公主府中的丫鬟傳信，還能把長公主府的車夫給換了，這幕後之人不是長公主，就是哪個與長公主走得近之人。

玉珩謝恩起身，又同適才一樣，伸手輕扶身旁的季雲流一把，待她真正立穩後，才鬆開手來。

皇帝終於笑開。「你們兩個呀……」許是秦羽人批的八字讓皇帝實在順心，他看著這對新人簡直越看越般配，張口再賞了兩人好些東西。

直到聽門外太監稟告，安妃帶著一眾妃嬪過來請安時，皇帝才揮手讓兩人離去。

臨走時，皇帝對玉珩道：「七哥兒，你媳婦兒前些日子受驚、受傷，如今在宮中人生地不熟的，你也多多陪陪她吧。」

玉珩目光閃了閃。這是皇帝親口下令讓自己能去怡和宮，給他日後動手動腳的好藉口了。

他恭敬地謝恩，帶著季雲流從正殿往宮外走。

此刻正值朝陽初昇時，適才得了皇帝親口說的「多多陪陪她」，玉珩立刻不矜持了。

「昨日入宮後，可曾去過御花園？」

「還沒呢，昨日從皇后娘娘那兒回來，我哪兒都沒去過。」季雲流展顏一笑，桃花眼中熠熠閃光。「七爺可是要帶我去御花園看看？」

「好。」

玉珩是主人，一邊走，一邊講著自己小時在御花園玩耍的事。

幼年光景難以忘懷，即便重活一世，這兒時的事情還是記得清清楚楚，沒有什麼遺漏。有時講到有趣的事，季雲流會跟著輕輕笑。

夾著笑意的聲音越發動聽，風吹來，把這些聲音吹進玉珩的耳中。他伸手，按在懷中的對戒上，跟著輕笑。

今日時光美好，等會兒把內務府做好的戒指給她戴了吧！

高牆盡頭就是皇家御花園，腳底是各色鵝卵石鋪路，園中奇石羅布，佳木蔥蘢，一眼望去，各種獨立亭臺、別致暖閣書房等建築都是玲瓏別致，疏密合度。

這皇家御花園也是參照陰陽學說中「天圓地方」理念所佈置的。

行到園子中間，踏上鵝卵石鋪成的臺階，玉珩伸出一隻手，遞向下頭的季雲流。「臺階高，小心一些。」

季雲流雖微微詫異他不管不顧的態度，到底也沒有太矜持，伸手把自己的手遞過去。

「謝謝七爺。」

在皇帝面前，玉珩都要伸手相扶她一把了，在眾宮女、太監面前算什麼？

玉珩完全不怕這些人去皇帝或皇后那頭嚼舌根，拉著季雲流的手，手下使了力氣就把人帶到自己邊上。

抓住後還不鬆開，又說：「走得累，我們可去隔岸的雨花軒坐一坐。」

前頭的兩人攜手走在湖上的九曲迴廊中，身後的太監、宮女見七皇子拽著人家小娘子不放手，亦不敢多說什麼，只當自己沒有看到般，垂首跟在後頭。

亭中，桌上早已擺好香茗、糕點、瓜果，兩人一路攜手過去，坐下略略吃喝了一些，說了會兒閒話，季雲流看著兩人交握的手，輕道：「七爺，今早皇上問的刺客之事，你有幾分把握能讓幕後黑手露出馬腳？」

「就算此次讓玉琳露了馬腳，亦不過是讓他在我父皇那兒得訓幾句而已，當不得什麼大罪。」玉珩攏攏她的手，自嘲一笑。「所以這事，咱們不要寄予太大希望。」

季雲流輕輕一怔。

皇帝也實在頗偏心了些，做皇家的孩子，還真是要做好被冷落的準備。

玉珩似乎看出她心中所想，緩緩解釋道：「太子出生時，便得到紫霞觀風道人的批命，說他是正統帝王之相，因此玉琳打著輔助太子名義的作為，都不會被降罪。」

季雲流不解。「皇上這麼相信天道命理，怎麼不請秦羽人直接在宮中做國師？」

玉珩又笑。「秦羽人曾說，人雖有命中注定一說，但未來之事不可全由命定，因而他不願做洩漏天機的國師。」

「喔。」季雲流抽了抽嘴，在心底嘖了一聲。照她以「同為師門」的這個身分看秦羽人，他大約就是在宮中不得自由、不能吃雞腿，推卸責任才說這話而已！

「妳莫要擔心，這路我走過一次，再走一次，倒也不覺得有多難走了。」玉珩伸出另一隻手，撫過她的額髮，看著她淺淺發笑。

季雲流抬眼看玉珩，他眸如星辰、面如冠玉，嘴角的笑意如暖風拂面而來。

皇位在他心中的那種執念，她確實無法理解。

天下之大，誰也說不準這個男人坐上了皇位，就能一保天下太平，是個聖明君主。

只是，這個若是他心中執著了兩輩子的夢想，她作為女友，於情於理都該傾囊相助。

「待我從宮中回了季府……真不需要我為七爺做些什麼？」季雲流將自己的另一隻手覆在玉珩的手上。「足下之路長且阻，七爺真的不需要一位上知天文、下懂地理，還會卜卦算命看風水的神棍——不對，是這樣一位謀士相助你嗎？」

這人故作發嗔的樣子顯得越發嬌媚，玉珩眼神灼熱，目光都移不開。

他只想此刻是四下無人時，擁她入懷，貼唇就吻上去。

「要，我需妳的相助。」玉珩的手指順著她耳後的髮絲往下，停在她的肩上，輕聲道：「我想妳寫道護身符給我母后，保她安康。我怕再過三年，她會身染惡疾，一病不起。」

皇后三年後的身染惡疾不是他隨口說說而已，上一世，皇后確實病來如山倒，最後便病逝了，御醫全束手無策。

「皇后娘娘三年後會身染惡疾？」季雲流睜大眼。「不會啊，皇后娘娘兩顴紅潤明亮，年過不惑而雙眉帶紫霞，是安康長壽面相呀！」

一語驚起玉珩心中的波浪，他斂了笑，面色凝重。「這是真的？」

季雲流感受到他搭在自己肩頭的手都顫了，知他並非開玩笑，緊握他在桌上的手。「七爺可記得，三年後皇后娘娘病重時，起先有何徵兆？是突然就病了，還是有緣由的身子一直不爽快？」

長公主府中有個道人，前陣子借了一家五口人的運道，讓一家全部命喪火場；前些日子，他又親眼見識秦羽人使出奇門遁甲之術……從前一世轉到這一世，很多事情都能想通，豁然開朗了。

玉珩似乎力氣散盡，一手搭在季雲流肩頭，一手被她握著，愣愣地看著遠方，仰臉看天際，一身寂然。

有句話叫做，想哭時，請以四十五度角看天空，而後悲傷逆流成河。

季雲流雖覺得在這個時候，自己還想起這麼一句諷刺的話實在太不妥，但也知玉珩如今的心境。

自己的母親原來不是病死，卻是被人害死的感覺，大概要讓他肝腸寸斷。

天地之間，亭內，一片無言的靜寂。

「七爺，」她抬起首，用極低的聲音輕輕道：「過去的已過去，天道若想要福澤一人，必會以禍儆之。七爺與皇后娘娘真正的福澤，從現下才開始呢。」

玉珩微眨一眼，轉回首，凝視著近在眼前的少女。

許久，他抬起放在她肩頭的手，搭上她的面頰，拇指輕摩挲著那細白的肌膚。

「雲流，」他適才想到母后可能是被人用邪法取了性命，就覺得喘不過氣，可見到她灑脫的笑容，心中忽然又活絡起來。「妳說得對，天道讓我經歷上一世的種種，應是天將降大任於我。我定會一步一步坐上那至高之位，再一寸一寸地報所有疼痛之仇。大事當前，且莫急，要緩緩為之……」

這樣的痛，那樣的恨，他記得清清楚楚，簡直入了五臟六腑，刻入骨髓。

這仇，他必報無疑！

站在遠處的宮女與太監聽不到七皇子與季六娘子的對話，只見七皇子摸了季六娘子的額頭，手順著髮絲搭在她的肩膀上；後又看見七皇子直接摸上季六娘子的臉，還在臉上徘徊不去。

宮女與太監在習習涼風的樹影底下站出了滿頭大汗。

天哪！不得了！

七皇子走火入魔，還未成親，就在御花園當眾對季六娘子動手動腳、摸摸揉揉，簡直羞死人了啊！

坐在亭中的玉珩待到心情平復、日後謀劃都想出大概了，終是收回手，兩人出了亭子，走回御花園。

但他這隻亂摸的手在「大庭廣眾」下收回去了，那隻交握的手卻不鬆開，一手伸進腰間的暗袋內，掏出兩枚一模一樣的戒指來。

抓起她的左手，玉珩把圈環小一些的戒指套進季雲流的無名指上。

金燦燦的戒指嚇了季雲流一跳。「七爺，這是……」

「這是對戒。」玉珩戴了她的，自己取了圈環大的，戴上自己右手的無名指。

「對戒？」季雲流有些懵。封建時期的皇子有這麼時尚，連對戒都知道？

「嗯，妳上次口中的對戒。」玉珩轉了轉她手上的，覺得自己那時測的大小果然正好，頗滿意地與她的手交握在一起。「妳說我手指好看，戴個對戒必定更好看，我便讓內務府打造了一對，戴著果然不錯。」

「那七爺怎麼知道要按無名指的大小來打造？」季雲流頗為奇怪。

「妳那時一直把玩我的無名指說這話，我便覺得對戒應該戴在這指上。」

微風暖暖，彷彿是繞在季雲流的心頭。

「七爺，你可知對戒的含義為何？」

玉珩側首。「一對戒指，是兩人亦為一對的意思？」

智商高的真是在哪個方面都占優勢。季雲流眨巴眨巴兩眼，含笑點頭，給了玉珩大大的讚賞。「還代表天長地久，至死不渝。」

玉珩聽了小小戒指的含義，心中歡喜，正想再說什麼，御花園的牆後傳來「哎呀」一聲，落下一個牌子來。

第四十七章

「誰？」玉珩拉起季雲流，讓她站在自己身後，一臉防備地望去。

遠處的太監、宮女見了七皇子帶著季六娘子匆匆起身跳開，紛紛奔過來，慌慌張張道：「殿下，發生何事？」

玉珩順著後頭的樹木一寸一寸往上移，聽見上頭傳來嘆息聲音，道：「欸，貧道在此參悟道法，不小心打擾了七殿下，實在有愧。」

眾人聽見這聲音，統統都垂了目，恭敬行禮，連玉珩也不列外。

秦羽人在宮中，除了後宮不去外，其他皆是通行自如，今日坐在樹上參悟道法，他們怎敢得罪？

只有季雲流聽到這話，看著落下來的牌子，臉都快抽了。

莊嚴肅穆、冥想靜坐的參悟，會把身上的通行牌子都掉下來嗎？

這分明就是探頭偷聽、偷瞧自己兩人，使得身體前傾，才讓腰中的牌子都掉了吧！

她抬起頭，看著掛在大樹上的秦羽人，目光中閃閃灼灼，透出了光彩，咧開嘴甜甜一笑，無聲喚了聲：師兄。

秦羽人見著咬牙切齒，恨不得喝下自己三大碗血的樹下少女，回她溫文一笑。

玉珩起身又吩咐左右。「既然秦羽人在參悟道法，爾等便都下去吧。」

眾宮女太監再次退出。

人都走了，身為惺惺相惜的「同門」，季雲流也不再隱瞞稱謂，微微走出兩步。「師兄，許久不見，何不下來與師妹聚一聚？」

秦羽人盤腿坐在樹杈中間。「師妹，樹上陰涼，正是冥想的好地方。貧道借天地靈氣，正在緊要關頭，不便下去與師妹一聚。」

我不下來，妳又奈我何？

兩人樹上樹下，各自相互微笑以對，神情溫和，半點破綻不露，似乎都等著對方露出馬腳，在玉珩面前失態。

玉珩不是蠢貨，一眼瞥過地上的宮中通行令牌，抬眼看樹上的秦羽人，轉念一想就明白了大概。

許是秦羽人不會踏樹而下，反而被季雲流取笑了。

玉珩彎腰拾起地上的牌子，伸手抓住季雲流的手，直接交到她手中。「且在這裡等我一會兒。」

輕柔說完，季雲流就看見玉珩邁開步子踏樹而上，如大鵬展翅般，瞬息之間就到了秦羽人所在的樹杈上。

玉珩到了樹上，恭敬作揖，態度謙和。「秦羽人，等會兒日頭西斜，樹上便會熾熱難耐，晚輩實在放心不下。為了不讓父皇怪罪，還請秦羽人讓晚輩有個脫罪的私心。」

話完，他拽住秦羽人的手臂，帶著他一躍而起，幾步沿著樹幹踏下來，很是瀟灑從容。

待兩人落地，玉珩又是長長一揖。「晚輩不懂禮數，請秦羽人切莫怪罪。」

這人重活一世，收了皇家驕傲脾性，說話留情面，又把責任全數攬在自個兒身上，真真是機智聰慧之人。

人都被帶下來了，且玉珩態度憨厚謙恭，秦羽人自然不會甩了頭髮，如潑婦一般站在樹下對他破口大罵。

秦羽人左手背在身後，右手捋了一把鬍鬚，沈穩笑道：「七殿下事事為貧道考慮，是貧道要多謝殿下的關心之情。」

玉珩張口想與秦羽人打上幾句官腔，季雲流含著淡淡笑意，態度自然地插嘴道：「師兄如此說，是否對七皇子的關心之情心存感激？」

秦羽人瞥過玉珩一眼，頷首回道：「師妹說得極是。」

玉珩站在一旁，目光帶著一絲不解。

不過，季雲流從來不做對他無意義之事，這般挑起話題，應是後續有話。

再一眼，就見季雲流十分索利又自然，把適才秦羽人的通行令牌塞進自己衣袖的暗袋中，動作猶如放置自己的繡帕一樣，合情合理，半點沒有手抖。

玉珩眉目一挑，緩緩收回目光，藏了嘴角的笑意，一言不發地站好，一切讓季雲流作主。

季雲流上前一步，道：「師兄，祖師爺曾教導，滴水之恩當湧泉相報，咱們對他人恩情也不能口頭說說就算了吧？」

秦羽人看她當著自己的面，毫不忌諱地把令牌當成自己所有物一樣，整個都塞進袖袋中，臉上露出笑容。「師妹記得這話是祖師爺說的嗎？」

「自然是記得啊。」季雲流大方微笑。「祖師爺教導，要鄙薄見利忘義者，忘恩負義是惡行！」

兩人各懷心事、裝腔作勢，一個是外貌道骨仙風，內心老頑童之人；一個是外貌弱柳扶風，內心極為刁滑偽詐。

誰都不願意做退讓之人，若對方裝死不動，那就逼他動！

季雲流直視著秦羽人，撇嘴委屈地道：「師兄難不成忘了祖師爺的教導，要做那見利忘義之人，嘴上記牢，心中卻背道而馳？」

大好時機，遇了難得一見的大神棍，這無賴，她是耍定了！

這番話說得厲害，若他拒絕，就是那不仁不義、見利忘義之人。秦羽人只好頷首。「師妹說得極是，師兄確實應該牢記祖師爺的教導。」

「師兄，」季雲流眼中閃出層層光彩。「七殿下正為皇后娘娘請一張平安符，如此孝心，天地可鑑，師兄可不正好為皇后娘娘寫張道符相報七殿下？」

小神棍！妳白拿我的通行令，如今還要我耗費道法請平安符?!

秦羽人心中咆哮，面上卻是微微含笑。「七殿下的一片孝心，見者稱讚，貧道自是要還他心願。」

「師兄沐浴淨心，三日之後，請出一道金光神咒的平安符可好？」

肉到嘴邊，不咬個最大口，怎麼對得起自己？

「皇后娘娘鳳體為重，自該請一道最誠心的道符。」

女娃娃面嫩心黑，這是活活要逼死妳同門師兄！

一旁的玉珩聽了這麼久，也聽出戰況是季雲流大勝。

這意思，還是季雲流畫不出金光神咒的平安符，讓秦羽人畫了個最高品階的平安符來了？

玉珩連忙對秦羽人作揖說多謝。

「七皇子不必多禮。」

「師兄，這是你該受的。」

兩人相互看對方，等了一會兒，靜默一下，立刻又哈哈笑起來，在玉珩面前一副同門惺惺相惜模樣。

這不要錢的買賣也做了，勝仗也打完了，季雲流自然就向玉珩說了此平安符需要被庇佑人的生辰八字。

玉珩當下就讓人拿了紙筆，寫了皇后的生辰八字出來。

秦羽人拿著燙手又糟心的生辰八字，目光瞥過季雲流放著通行令的衣袖一眼，作揖離去。

唉，等下要向皇上稟告，自己的令牌不小心掉湖裡去了，得再要一塊來呢！

得了大滿貫的季雲流則讓玉珩送回怡和宮。

她站在庭院的陽光下，攤開左手五指，盯著金燦燦的戒指，目不轉睛。

這土豪金一樣醜爆了的戒指，在欣賞過現代藝術美的她眼中，竟然也看出了別樣的風情，如何都捨不得摘下來。

情人眼裡出西施，這話真是半點沒說錯。

幾日光景一晃而過。

貢院的大門打開，在裡頭拚戰九日的各家學子一臉疲憊、滿身酸臭地從大門內晃出來。

九日前和九日後的貢院門口，那味道，完全不可同日而語。

玉珩今日亦出了宮，坐在謝家的馬車內靜靜等著。

他想等謝飛昂過來，能夠第一時間印證，春闈的試題與上一世是否全然一樣？

謝府的小廝、君家的長隨，還有季府小廝……個個伸長脖子尋找自家少爺的身影。

「少爺！」

「三爺、三爺……」

「四少爺、四少爺，我來了……」

莘莘學子搖搖晃晃地出來，個個被小廝架走。

人群中，只有謝飛昂一臉精神飽滿。

他自春闈前十日起，就一直窩在瓊王府與玉珩做科舉的試題，在貢院裡，他只是把肚中滾瓜爛熟的東西照默一遍而已，確實不用什麼苦思冥想，挑燈夜戰。

謝飛昂在貢院中，整日裡吃好喝好，有空就睡，睡完接著默寫，時不時還要把自己的字體寫得更漂亮些。

若不是後面恭桶的臭味難聞，在這小單間裡，謝飛昂簡直快活似神仙，都能坐著冥想參道了。

謝飛昂出了貢院，神清氣爽，不過相比起一旁要死不死、要活不活的眾學子，自己紅光滿面的模樣實在忒顯眼了些。

一個處理不當，也許還要拖上七爺。

想通這層，謝飛昂垂下頭，裝出一副步履蹣跚的模樣，直到自家小廝過來，便掛在小廝身上，閉眼裝死讓小廝抬回馬車上。

趙萬將自家少爺扛上馬車，放下簾子，謝飛昂立刻睜開雙眼，一臉嫌棄地開始脫衣服。

「這酸臭味，我自個兒都要被自個兒熏死了！」

「如何？」玉珩坐在他對面，似乎失去味覺，聞不到這一切酸臭味。

「七爺，」謝飛昂面上滿是從容鎮定。「你猜一猜？」

玉珩抬眼看他。「你在貢院九日，臉色與平常無異，再見你的手平穩不抖，一切都說明這場春闈，你不費半點功夫，看來試題一樣。」

謝飛昂撇撇嘴，本想尋樂一下玉珩，這麼快就被拆穿，這人真無趣。

「七爺，你這般……呃，這般如冰一樣的冷性子，季六娘子真的會中意嗎？」

玉珩臉色更冷地看了他一眼。

眼神如飛刀，但一刀沒有捅死謝三少爺。

他坐過來。「七爺，不是，咱這是肺腑之言，誓死諫進！我的意思是，對於姑娘家，咱們得拿出一些厚實臉皮，熱情如火才好呀。所謂烈女怕纏郎，咱們就該像火把一樣，融了人家小娘子……」

玉珩目光瞬也不瞬地看著他。

謝飛昂心裡一緊。「不是，我這是實話實說。天下女子全是一個性子的，大同小異。季六娘子就算比起一般女子非凡一些，總歸是個小娘子吧？七爺，你……」

四目對望，謝飛昂終於舉雙手投降。「好吧，我錯了，七爺，我不講了。」

玉珩撫上右手的無名指，轉了轉指上黃燦燦的戒指，張口道：「還有呢？該如何？」

謝飛昂一肚子的委屈噎在嘴中，咀嚼兩下後嚥下去，簡直生無可戀。

七爺，敢情你冷性子底下就是如火熱情，熱情中端著一股裝腔作勢啊！

馬車中，兩個大男人討論男女私下不正經的處事之道，馬車外，各種熱鬧一起上演。

君子念肚中有文墨，再加上考試前一日已經答過一遍試題，這貢院九日，他只是把曾答過的稍加修改，更添文采而已，倒也不費什麼力氣。

出了貢院，他這步子走得還算沈穩。

至於竇念柏，他也是有試題答案之人，遠遠看見臉色較蒼白的君子念，他呵呵一笑，跨步上去拽住人。

君子念猝不及防，一個踉蹌，重重往後退了一步，差點就後仰摔倒。

「竇念柏！」君子念瞥眼看見拽自己的人，怒從心起，撐著力氣警告一聲。「大庭廣眾，君子動口不動手！」

竇念柏十分滿意，哈哈一聲，笑道：「君九少爺，如何？看你一臉蒼白，這試題是否全數不會做？」

君、竇兩家皆是江南商賈之家，同行相輕賤，各自視對方為敵；再加上杭州的南山書院是江南最好、名聲最大的書院，兩人自然也都在南山書院就讀。竇念柏最見不慣的就是同為商賈之家的君子念自小就一副清高的模樣。

拽了這一把後，竇念柏放開手，拍了拍，猶如君子念身上滿身灰塵。「君九少，你從小到大一直與我比試，不如咱們比比這次春闈，你我榜上名次誰前誰後，如何？」

君子念毫不掩飾自己對竇念柏的嫌惡之情。「沒興趣。」

「哈哈，你不是怕了吧？」竇念柏在他身後哈哈大笑。「南山書院的學諭不是說你作文章十分有見地嗎？怎麼，這次居然連與我比試都沒興趣？」

「少爺、少爺……」顧賀遠遠看見君子念，從人縫中擠進來。「九少爺！」

小廝一來，君子念手一搭，不理竇念柏，揮手讓小廝帶自己回馬車上。

「大少爺！」竇念柏的小廝也統統衝過來。

架起竇念柏時，竇念柏眼一瞥。「杜成呢？去哪兒了？」

杜成、杜成……因為欺辱了隔壁的有夫之婦，被大理寺抓起來了，現在正在牢裡待著呢！

竇家的小廝張了張嘴想說，又把這話給嚥回去。他們在京中人生地不熟，而且只是當小廝的，哪有那麼大能耐，還能去大理寺疏通？

所以杜成被抓了，他們奔走了幾日，毫無頭緒，只好等著大少爺出貢院再說。

「杜成呢？死去哪兒了？」竇念柏忽然有了不好的預感，厲聲再問一遍。

「少爺，杜成因、因犯事……被抓進大理寺了。」

「大理寺？你確定是大理寺？」竇念柏雖好色，到底不傻，他清楚知曉順天府與大理寺的不同處，一個是尋常百姓衙門，一個是處理京中官員與宮闈的犯法之事。

他太詫異，因而沒控制好音量，雖不是大叫大嚷，到底讓前面的君子念聽個清楚。

他微微轉過頭，疑惑地瞧了竇念柏一眼，才轉回首去。

竇念柏身旁的小廝還未來得及說什麼，幾個大理寺丞從前頭直往幾人而來，站在竇念柏面前，個個面無表情。「你可是竇家大郎？大理寺卿陳大人有案子請竇大郎去大理寺，請你相助大理寺查證。」

竇念柏看著凶神惡煞的大理寺丞，不安地道：「什麼事要我、要我去大理寺？」

貢院門口容不得喧譁吵鬧，大理寺丞也不等竇念柏再問，直接封住他嘴，兩個人架起他，一群人疾步而行。

第四十八章

顧賀起先被這些陣勢嚇一跳，還以為這些人是朝自家少爺而來，如今一看，惡人有惡報，吁了口氣，對君子念嘿嘿一笑。「少爺，咱們得早些回去，休息好了，您還得準備婚事呢！」

「婚事？」君子念有些懵。「誰的婚事？要為誰準備婚事？」

「自然是九少爺您的啊！」顧賀笑得連眼睛都不見了。「老爺在少爺春闈時，替少爺作主，與季府四娘子合了八字，連納徵都過了，兩家婚期定在今年的十月十二呢！」

「我、我與季四娘子的？」君子念只覺得天旋地轉，險些都要聽傻了。

短短九日，他阿爹竟然連婚期都定下了，這不是在作夢吧？

「是啊，季府四娘子！」顧賀就知自家少爺會是這個反應，肯定道：「老爺讓少爺這兩日好好休息，過兩日去季府登門拜訪未來的岳丈與岳母。」

九日的春闈沒有把君子念弄暈，短短這樣的幾句話卻把他給聽暈了。他掛在顧賀身上，暈暈騰騰，找不到東南西北。「顧賀，快、快帶我回去！」

玉珩與謝飛昂坐在馬車內，微微掀開簾子，親眼看著竇念柏被大理寺丞架走，輕輕哼了一聲，放下簾子，令外頭駕車回去。
謝飛昂瞧著，心隨腦動。「七爺，那人可是有何不妥？」
玉珩道：「這人是江南商賈的竇家大郎，試題乃是從詹事府買來的。如今竇家大郎被洩出了秘密，我看詹事府如何應付洩漏試題之罪。」
玉珩輕描淡寫的一句，頓時讓謝飛昂驚了。
七皇子到底在朝中安插了什麼眼線、得了什麼天運？不僅知曉今年的春闈試題，竟然還知道竇家大郎的試題是買來的！
「那太子那頭……」謝飛昂輕聲再問：「詹事府乃輔佐太子的，如今卻洩了試題……皇上追究起來，該當如何？」
「那就看玉琳如何替太子狡辯過去了。」玉珩目光盯著自己手上的戒指。「也許玉琳自己辯不過去，就會拿太子當替罪羊。」
謝飛昂嘆一聲。「我翁翁曾說，太子一出生便被立為儲君，這樣一來，磨滅掉了太子力爭上游的心性，加劇了景王爭強好勝的心，矛盾日益加深，終要血流成河。」
玉珩沒有言語。
他上一世死在弱冠時，皇帝依舊坐在皇位，玉琤依舊是太子，雖朝中大多是二皇子黨，但實實在在沒有發生什麼血流成河之事。
恐怕玉琳打的主意，是把握住朝中重臣後，一個個同自家母親一樣，悄無聲息地除去，而不是讓自己在史冊上留下逼宮的名頭……

春闈過後，各家學子全睡得日夜顛倒。

而這一日，有人歡喜有人愁。

董詹事連夜親自從景王府後門進去，見了玉琳便跪地磕頭，苦苦央求玉琳保住自己。

玉琳這幾日事事不順，被各種事情煩得一團糟，全身都散發著「誰煩我，即刻拖誰出去杖斃」的氣勢。

他一腳踹在董詹事肩膀上，怒不可遏。「你哪裡尋來的蠢貨！買了試題，春闈都未結束，就把試題洩漏之罪給坐實了，這樣愚不可及！」

董詹事跪地請罪，說出竇家的種種富有。玉琳聽說竇家填補了自己當初給玉琤的二十萬兩，心中稍稍改觀一些。

「如今這案子落到我父皇那兒，想來個和稀泥的方式將事情結束定是不可能了。」玉琳沈吟，在書房中來來回回走了許久，看著依舊跪在地上的董詹事。「你先下去吧，若大理寺明日召你去問話，你只管咬定當日在城北的宅子內，你只是與同僚一道喝酒賞花。」

董詹事連連點頭，磕頭告罪離去。

玉琳坐在書房內，想著這次的脫身之計。

買賣試題一事，他有的是方法讓自己脫身。本來這事就沒有經他手，除非朝中那幾個經手人撕破臉，把自己給供出來，不然這事怎麼都算不到自己頭上，怎麼說還有個太子在自個兒前頭擋著。

玉琳喚來人，吩咐張禾。「你且派個人，讓他自稱是竇家的，去大理寺牢獄中探望一下竇家大郎。請他飲杯酒也好，吃碗飯也罷，畏罪自殺、死無對證這事，總該不需要我來教你吧？」

這些蛛絲馬跡若真的被人抓到證據，自然都要歸在太子身上，張禾心中十分明白，應聲退下。

君子念在家中好好睡了兩日，第三日起來便讓人沐浴更衣。他來不及與江南同趕考的學子相互商討試題，立刻讓人備了馬車，登門上季府拜訪日後的岳丈岳母，以表誠心。

季府四哥兒、季雲薇的嫡親哥哥季雲深睡了兩日後，亦是早早起床，等著見自己的四妹夫。

一屋子的人翹首以盼，君子念坐馬車到了季府大門處。

季雲深站在大門處相迎。他得知自家妹妹訂親的事亦是在春闈過後，驚駭程度並沒有比君子念少。這兩日，只要是有參考的學子，皆是睡死過去的，他就算想撐著身體替妹妹打探一下這君子念的品性到底如何，也沒什麼人能讓他問。

今日見了一表人才、儀表堂堂的君子念，他一顆惴惴不安的心頓時放下一大半。

「君九少。」季雲深站在門口，自我介紹。「我乃是雲薇的四哥，論年紀，我和君九少相差不了多少，九少喚我一聲雲深即可。」

「不敢不敢。」君子念連連作揖。「雲深兄喚我子念便好。」

季雲深也不是扭捏的人，隨即笑道：「子念兄，裡面請。」

兩人一道從大門進入。

君子念頭一次登門，禮物一箱一箱往季府裡送，比起納徵那日差不了多少。

他人未到，禮單與禮物箱篋先到。正院的季老夫人拿著下人送來的禮單，與王氏笑得嘴都合不攏。

這四姑爺家中，真是……太殷實！這人真是太知禮數、太懂事！

季老夫人知道，君子念過府的頭一件事就是來自己院中請安，為了讓孫女與他能在府中「偶然」見上一面，今早各院來請安的小娘子，都讓她們待到了黃嬤嬤低聲稟告君九少爺來時，才讓她們從正院離去。

小娘子們行著蓮花步，嫋嫋婷婷從正院一路說笑著出來。

季雲深與君子念乃是一同參加春闈的人，兩人自然一路討論這屆試題。

僅僅這麼一段路，季雲深已經知曉君子念肚中文墨，只怕這次的春闈名次，君子念定是榜首前幾的料。

當下，季雲深放下一半的不安之心，變成了佩服之至，連帶語氣都親和謙恭許多。

「子念兄，進了這門，便是祖母的上房了。」

一個拐彎，季府的眾小娘子同君子念就恰恰撞了一個照面。

因君子念與季雲薇已訂親，在府中相遇，倒也不算唐突。

大昭舉國通道，崇尚道法自然、應物變化，訂親過的男女遇到重要節日，只要稟告長輩，一道相邀出去遊玩，不受阻止。

於是，季雲深十分爽快地當著眾小娘子的面介紹君子念，尤其是季雲薇，他覺得兩人必定不識，於是看著她笑道：「諸位妹妹，這位是君家九少，子念兄。」

小娘子們雖隱隱約約猜到一些，到底不敢確定，此刻一聽這名字，都看著季雲薇提高聲音，長長「哦」了一聲。

季雲薇輕輕抬眼看向君子念，微微垂頭，露出羞澀之意，福身行了一禮。

其他小娘子也紛紛對來府的客人行禮。

君子念紅著耳根，深深瞧季雲薇一眼，沈穩大方地回禮。

他今日一早起來，從頭到腳沐浴好幾遍，再把顧賀準備的衣袍換了遍，連頭飾都是精心挑了半天，一根頭髮、一根頭髮地綰好束冠的。

此刻君子念一身月藍蜀錦滾銀絲雲紋衣袍，腰佩香囊與白玉珮，劍眉星目，站在季府中，少了一絲平日的書生氣，多了幾分世家子弟的英氣，更覺風流倜儻。

季五姑娘眼中閃過豔羨，正想說四姊的未婚夫長得可真好，卻瞥見一旁的宋之晝。

她無聲站在自己身旁，緊咬下唇，頭是低垂著，眼卻瞧著君子念不放。
怎麼，難不成還看上自己的四姊夫不成？先是寧伯府世子，後是少年書生，這表姑娘可真是愛權又愛財哪！

季五姑娘心中冷冷一笑，手肘猝不及防地撞了宋之畫一下。

宋之畫正全心都投在君子念身上，猛然被人一撞，一個趔趄，險些往前栽倒。

就這麼一刻，她腦中的念頭卻不是要穩住自己，而是腳步一旋，如翠竹底部被砍斷般，直直向前倒去，所倒的方向恰恰朝向君子念。

她也想知道，這個先與自己婚配不成的書生，會以怎樣的表情接住自己？

突如其來的情況讓眾小娘子都嚇一跳，紛紛伸手，一時間有些手忙腳亂。

君子念看著向自己倒過來的人，第一反應竟然是想一步跳開來，但動作更快，他左腿邁開一步，伸出手，準備扶著宋之畫。

但千鈞一髮之際，他又不自覺地往後退了一步。

於是，他的手只撫過宋之畫的寬袖，沒有真正扶住人。

宋之畫「啊」一聲地撲在地上。

眾人都伸了手，只是沒有一個人扶住她而已。

有人上前，有人退後，事情發生得匆忙，也快到讓人來不及看清是誰做錯，誰沒做對？

「宋姊姊！」季五姑娘第一個上前蹲身扶人，口中急切，心中暢快。「妳沒事吧？怎麼這麼不仔細，把自己摔倒了？」

「姑娘……」

眾丫鬟七手八腳地把宋之畫扶起來。

在外人面前丟了這麼大的臉，被人扶起的宋之畫眼淚蓄滿眼眶。「我先回屋了……」福了福身，她花容慘澹地往前頭走了。

其他小娘子亦是福身行禮，與季雲深與君子念分開。

臨華宮中的玉珩聽到寧石回稟，竇念柏在大理寺牢獄中一頭將自己撞死時，已是事發後的第二日。

玉珩聽了，將執在手中的筆給折斷了。

他如今羽翼未豐，在皇帝面前也不可露出有奪嫡之心。這麼一手好牌，依舊被玉琳抓了破綻，生生破解了。

上一世，五年的急功近利讓他死在刺殺之下；這一世，他斂了脾性。

「這期間，大理寺的陳德育可曾查出什麼沒有？」

寧石道：「竇念柏在牢中還未吐露什麼與案情有關的話便死了，不過他做的卷子是找人代寫的，這點證據確鑿。」

「詹事府那頭呢？」

「董詹事不承認當日在城北宅子中買賣試題，只怕試題洩漏這事，景王會隨便拖個詹事府中的官員出來在皇上面前交代。」

玉珩盯著手中斷掉的羊毫。「把竇念柏找人代寫試題這事捅出去，讓天下皆知。」

他目光閃了閃。玉琳逃得了初一，他倒是看看他能不能躲過十五！

「七爺，」席善雙手捧著一個匣子入書房稟告。「秦羽人派小道童親手轉交給小的，讓小的交給您。」

玉珩想到之前季雲流訛詐來的平安符，小心翼翼打開匣子往裡看。

裡頭正是一枚大紅的錦囊。

他不敢褻瀆神靈之力，沒打開那錦囊，直接合了匣子，把它放在書桌的抽屜中，落鎖。

「咱們得去觀月臺見一見秦羽人，向他親口道謝。」玉珩望著窗外吩咐席善，想了想，又道：「你把今早怡和宮讓人送來的鳳梨酥、南瓜果帶上，讓秦羽人與小米兒嚐嚐鮮。」

他也不知道自個兒的「女朋友」到底用了什麼方法，身在宮中，比他這個活了兩輩子的老油條還混得如魚得水，短短幾日就與御膳房打好關係，時不時讓人送來一些他從未吃過的糕點，給他品嚐。

觀月臺雖不如紫霞山的宏偉大氣，登上去到底也有一覽眾山小的景象。

被派來伺候的太監十分恭敬，一路相請玉珩上了觀月臺。

「七殿下請坐。」秦羽人坐在蒲團上，也不起身行禮，手一伸，讓玉珩坐自己前頭的蒲團上。

玉珩暫時不坐，站在那兒行禮。「晚輩多謝秦羽人相贈的平安符。」

秦羽人坦然受了這一禮。「七殿下不必多禮，殿下一片孝心，貧道只是略盡綿薄之力而已。這平安符戴於皇后娘娘身上，隨著人氣，只可相保一年內不受邪氣所侵，殿下若不放心，明年再尋貧道為娘娘請一道平安符即可。」

玉珩心中一驚，再次一揖到底，表達了謝意。

看著秦羽人模樣，這樣的平安符該是耗費許多道力，可原來這樣的平安符，只能相保一年平安。

怪不得紫霞山從來不為王孫貴冑請平安符，若是朝中一人請一道，秦羽人都要吐血而亡了。

「秦羽人，晚輩此番前來是有事請教。」玉珩看著面色微微發白的秦羽人，道出自己過來尋他的主要目的。「上次晚輩在長公主府外見識了奇門遁甲之術，又於月前見到一戶人家因被使用道法借運而失了性命，如此種種讓晚輩深感道法博大精深。晚輩想知，天道會不會因一人心中執念，讓那人重回世間……」

話到此處，秦羽人抬首瞧了玉珩一眼，見他垂下眼去，嘴角含笑，做了個「請坐」的手勢。

玉珩並不怕他洩漏自己秘密。這些事情，若不問秦羽人，世間無人能再問出緣由。「若世間真有重活一世之人，秦羽人可能知曉這天機是何為？」

「一個多月前，貧道在紫霞山觀得天機有變……」秦羽人灑脫而笑。「天機何為，貧道不得而知，但這世上之事總有因果，貧道只能相告七殿下，命不是皆有天定，天道即便讓那人再活一世，若那人自己參悟不透，這重活的一世也可能任何事都改變不了。」

玉珩一怔。

秦羽人的意思是，即便他重活一世，比旁人知曉更多，也有可能改變不了什麼？

半晌，他又輕聲問：「若有人重回世間，那是否有人可能魂從天外而來？」

秦羽人笑如春風。「殿下，我師妹與殿下乃是天賜良緣。」說著，他站起身，作揖行禮。「貧道師妹自一個多月前才入我大昭國土，人生地不熟，若有不知禮數之處，還請七殿下多多擔待。」

玉珩心中驚駭，動作卻不緩。他怎敢受已過古稀之年的秦羽人一揖，當下起身還禮。「雲流乃我未婚妻子，晚輩必定待她……」聲音一頓，終是不顧矜持，吐了一句：「待她如珠如寶。」

秦羽人哈哈一笑。「貧道恭祝殿下與師妹百年好合。」

第四十九章

時間匆匆而過，很快便到春闈放榜的日子。

這些日子京城流言蜚語，絡繹不絕，八卦亦是件件不斷。

每三年，這幾日總是京城中最熱鬧的日子，許多家未訂親的姑娘，都會在京中街上、酒樓逛上幾圈，指不定就能尋得一個高中科舉的如意郎君。

放榜當天，貢院門口的大紅紙前擠滿人。

在紅紙榜首第一的，赫然是謝家三少謝飛昂，這名單一出，嚇壞京中一片勛貴人家。

謝家三郎竟然中了頭名的會元？

就算還未殿試，至此「謝飛昂」三字，也要響遍大江南北了。

「大老爺、大老爺……」季府的小廝都快跑斷了腿，跑得氣喘吁吁，終是跑到季德正跟前。「中了！三少爺與四少爺都中了！」

今年季府也是卯足勁讓二房長子與三房長子下場，一屋子人都在等消息，聽見「中了」二字，全都跳起來。

「名次如何？」季德正多了一絲沈穩，沈聲發問：「還有四姑爺，中了沒有？」

「榜上第四名！」小廝笑得眼睛都看不見。

「三少爺是榜上第四名？」一旁的季二老爺也是一驚，連連再問：「那四哥兒呢？他的名次如何？」

自己的四哥兒學問一向比三哥兒好，這次連三哥兒都得了第四，四哥兒不就可以高居榜首？季二老爺簡直不敢再往下想。

「不、不……不是三少爺與四少爺。」小廝將頭搖成撥浪鼓。「三少爺在榜上是第一百三十七名，四少爺是八十六名。」

「那是誰中了紅榜第四？」一屋子的男眷統統急切相問。無關緊要的人，小廝必定也不會拿來尋他們開心。

「是四姑爺！」小廝也不賣關子，迅速道：「君九少爺中了紅榜第四！」

一屋子的人都被這個消息炸呆了，倒吸了一口氣。

商賈出生的君子念中了紅榜第四，若進了殿試，還能一搏一甲前三，若是運氣好，中了個狀元……

天哪！這個、這個……三位季家老爺全說不出什麼話了。

「好、好、好！」季德正最先回神。他兩個兒子全都已經在三年前高中，雖不是極好的名次，倒也在翰林院中謀了職位。如今季府一門三中，他這個當伯父的也高興。「賞，闔府同賞！」

季府正院得了消息，內宅婦人也得了消息，自是全都喜笑顏開。

府中喜事臨門，季老夫人怎麼不賞，還要大賞！

王氏拿著帕子，淚水氾濫成河。「天道庇佑、天道庇佑……」

既然季老夫人的正院得到消息，女眷的各個院中自然也得了消息。

季雲薇得了哥哥與未來夫君高中的喜報，連針戳了手指刺出一串血都不知曉，熱淚盈眶的高興自不必說，府中三姑娘、五姑娘也紛紛在第一時間就過來賀喜。

逸翠院中的瑤瑤得了喜報，同樣想通知自家姑娘。

本以為宋之晝聽了季三郎與季四郎高中的消息會高興，卻不想宋之晝只冷冷清清地問了一句。「君子念是不是落榜了？」

君子念？

瑤瑤睜大眼，有些不可置信。一個姑娘家就算在自己閨房中，這樣直呼一個男子的名字也是有失體統的。

她終於記得這是未來四姑爺的名字。「四、四姑爺……」

「還未成為四姑爺呢，妳就叫上了？」宋之晝一瞥瑤瑤，眼中是說不出的淡漠寒冷。

「我平日教妳的體面呢？」

「奴婢、奴婢知錯……」瑤瑤從未見過這樣的宋之晝，連忙垂下首，站在一旁。

「君子念中了沒有？」宋之晝又問。

瑤瑤心中忐忑，輕聲道：「君九少爺中了……中了紅榜第四。」

說完這句，她立刻閉嘴，連那句「君九少爺過些日子能參與殿試」都嚥了回去。

「砰」一聲，宋之畫直接把桌上的茶盞推翻在地上。

就算瑤瑤沒有說出口，她出身書香門第，這春闈的事情，她哪裡會不懂？

紅榜第四名，過幾日還能參加由皇帝親自主持的殿試，哪怕運氣再差也是個進士！

她的眼中充滿怒火，熊熊燃燒，要不是還有理智在，她已經開始撕帕子尖叫了。

君子念、君子念，本會是她的未婚夫君，可為何、為何……如今得了喜報的人是季雲薇，得了君府那些名貴禮物的都是季雲薇……

宋之畫摀著帕子，眼淚滾滾而出，終是沒忍住，起身撲在床上嗚嗚大哭起來。

一朝春闈，改變眾多學子的命運。

尤其是那些適齡的男兒郎，家中快被人踩破門檻。

謝飛昂實在受不了謝老夫人與自家母親的絮絮叨叨，就去了瓊王府，還是老老實實繼續準備殿試。

皇宮中的玉珩亦是第一時間知曉了春闈名次。

對於君子念的名次，他沒有多大意外，只是讓寧石把這高中的事情報喜給怡和宮的季雲流。

季雲流得了信，倒也高興了一番，整個宮中都賞了一遍。

然後，她摸了摸袖中的通行權杖，出了怡和宮。

因有權杖，宮中侍衛也不敢阻攔，讓她一路暢通地到了觀月臺上。

秦羽人似乎早就知曉今日會有人來，看見季雲流，溫聲笑了笑，做了「請」的手勢。

「師妹今日氣色不錯，可有喜事？」

「師兄神機妙算，今日師妹掐了一個大安，特意把這鴻運送些來給師兄呢！」季雲流不坐，道指一伸，口訣一唸，手勢連番變化後，一個小型八卦圖從她指尖憑空虛幻而出。

她向坐在蒲團上的秦羽人一點道指，那八卦就向他飛旋而出。

「金光速現，覆護吾身……」秦羽人口中唸金光神咒，掐了個訣，消散了那攻擊而來的八卦圖。

他剛想開口說些什麼，只見季雲流整個人如狼似虎一樣地向自己撲過來，雙手捧著黃燦燦的東西。「師兄，你吃鳳梨——」

「師妹，」秦羽人一副得道成仙模樣，不動如山。「咱們學道之人要淡泊一切……」

說白了，意思就是：師妹不能見了我道法比妳厲害就兩眼放光，要淡定……

季雲流嘴角抽了抽，有種被寒風吹過的感覺。這人果然是「假仙」成自然，儀態翩翩到她都想揍人了！

「師兄教訓得極是……」季雲流擺出恭敬態度。「師妹此次不請自來，除了請師兄吃鳳梨之外，還有一事……」

秦羽人保持萬年不變的嘴角微翹神情。

她接道：「師兄為人中之龍，以身任天下，應是說話算話的吧？」

好大一頂帽子扣下來，以身任天下都出來了，秦羽人只好出口。「自然該是要說話算話。」

「好！」季雲流高興了，扔下手中裝鳳梨的盤子。「師兄，師妹道法淺薄，如今有一難事困擾師妹許久，每日輾轉反側，師妹都被這事熬瘦了，十分可憐，所以此次過來想請師兄指點迷津。」

秦羽人看著最近又豐潤一些、紅光滿面的季雲流，頷首道：「確實，師妹近日看著消瘦、憔悴不少。妳我為同門，何事困擾師妹，師妹但說無妨。」

季雲流也不打哈哈。「師兄，七殿下命格貴極要折損，怕是活不過二十，這樣……師妹有可能就成寡婦，日後師兄你眾多的師姪就要沒爹了，還請師兄指點指點師妹，替七殿下想個辦法……」

都還未拜堂成親，這人竟然連「眾多的師姪」都生出來了。

如今七皇子快到十六，待成親時已是十七有餘，兩年時間，倒是能生多少個？當自個兒是豬嗎?!

秦羽人千古不變面的臉終於有了一絲崩裂的跡象。「師妹說得極是，為了日後為我眾多師姪有阿爹疼愛，咱們確實要替七殿下想想辦法。」

季雲流一臉「你懂我就好」。「師兄可有方法？」

秦羽人反問：「師妹之前想的是何種方法？」

她張了張嘴想說，卻又把話壓回去。

「若我也沒有適合的方法，師妹意欲何為？」秦羽人面上不變。

「那……」季雲流睜了睜眼，實話實說道：「我之前最壞的打算是借生機，從他人身上借生機給他。」

秦羽人眉目挑了挑。「師妹，祖師爺曾說，道法之術都要順天道而為之，凡事皆不能脫離因果，不能逆天道而行，否則必遭天譴。」他笑得燦爛。「師妹為了七殿下的生機要背叛師門，這樣的後果，師妹想過嗎？」

話題上升到了道家門派的最高宗旨，事關道家祖訓了。

季雲流略略垂頭，目光停在一旁的鳳梨上，伸手端起來，遞到秦羽人面前，向他諂媚一笑。「師兄，吃鳳梨……」

秦羽人不看她的厚顏無恥，伸手拿起一塊已經戳上細木棍的鳳梨，放入口中。

「師兄，甜嗎？」季雲流目光閃閃。

秦羽人說實話。「還是師妹讓御膳房做的鳳梨酥更好吃一些。」

「那師妹到時讓人送幾盒過來。」季雲流探頭再問：「師兄可想出方法了沒？」

秦羽人眉飛目笑。「師兄還是沒想出來妥貼的法子，不如師妹給師兄按按肩，讓師兄理清思緒，好好想想方法？」

季雲流忍著將一盤子鳳梨都蓋在他臉上、糊他一臉的衝動，放下盤子，站起身，想了想，畢竟自己有求於人，直接跪在秦羽人身後給他捏肩膀。

秦羽人目光落在她手上戴著的、與玉珩一模一樣的戒指上，垂目而笑。

任由這人心思聰慧敏捷，終究是墮落在紅塵的情海中了。

觀月臺上涼風習習，秦羽人享受著季雲流的伺候，也不再欲擒故縱。「師妹，萬物皆生靈，萬物負陰而抱陽，沖氣以為和。人只得數十載壽命，而其他世間萬物卻有千萬年壽命……」

微風吹起了季雲流的鬢髮，她因這句話豁然開朗。

「師兄，」她一站而起，行至秦羽人面前，作揖行了個標準的道家禮。「多謝師兄指點迷津！」

「師妹，切記，不可違背萬物意願。」

「師妹謹記。」

她明白，世間萬物都是有性命的，借生機不只在人身上，可以在各種生靈上，但也要經過生靈的同意。

身在臨華宮的玉珩，不知道季雲流與秦羽人商討之事，他坐在書房中，得到的是另一件消息。

寧石站在書房內。「七爺，詹事府的孟府丞今日入宮，向聖上自明罪責，說自己偷了董詹事鎖在箱中的試題賣出去，而收試題的人正是竇念柏。還有……」他聲音一頓。「還有謝家三少爺。」

玉珩冷冷一笑。「好一招反口咬人！玉琳難道也傻了？推個六品的孟府丞來脫罪，也不看看這麼大的罪責，一個六品小官能不能擔當得起？」

寧石還有話要說。「七爺，孟府丞乃瓊王的嫡親舅舅，孟府丞在御書房中，一口咬定是瓊王讓他偷盜科舉試題；還有，他供出謝三少春闈前十日，吃住皆在瓊王府的證據。聖上大發雷霆，適才御林軍去了瓊王府帶人，正好遇到六皇子與謝三少一道，把人全帶進宮中，與孟府丞在御書房對質。」

玉珩騰地站起來，臉色難看。「隨我一道去御書房。」

他這個六哥，上一世也沒有多加關注，這一世他在府中住了十幾日，雖說六皇子母族助力不夠，到底是奉公守法、心思純良的人，這般受自己牽連，他如何能不管不顧？

何況還有個自己硬給試題的謝飛昂，也被拖累其中了。

御書房中，玉瓊與謝飛昂滿頭霧水，又滿臉驚恐地跪在青磚上。

他們在府中飲茶品小點時，一群御林軍不等人稟告，直接闖門而入，二話不說，架起人就走。

玉瓊冷板凳坐久了，平日連個王爺該有的氣勢都沒有，張大嘴吐了兩句「你們放肆」後，照樣腳不點地地被架出王府，架上了馬車。

這邊肅穆的氣氛讓大家脊背冒冷汗，玉瓊轉首看見一旁哭紅了眼、滿頭大汗的親舅舅，依舊恭恭敬敬喚了一聲。「大舅舅。」

孟府丞跪在地上不應聲。他已經在這裡跪了幾個時辰，雙腿發麻，都快撐不住了。

皇帝得了孟府丞的自首，自然是大發雷霆。自己這個不聞不問的六兒子，竟然還會指使嫡親舅舅偷試題？真是反了天！

「謝飛昂？」皇帝在御林軍出宮架人的過程中，入書房後面的廂房內躺了躺，躺完後，火氣稍稍弱了一些。「春闈得了會元那個？」

「正是學生。」

皇帝漫不經心開口。「怎麼樣，得了試題考了個會元後，感覺如何？」

謝飛昂把頭磕得咚咚響。「皇上、皇上明鑑，學生從未得過試題。」

「從未得過？」皇帝把手上的摺子甩在謝飛昂腦門上。「沒得過試題，你在瓊王府裡做什麼?!」

「學生在瓊王府備考……」謝飛昂伏在地上，大氣都不敢出。「瓊王府安和寧靜，無人打擾，學生就在裡頭多住了幾日。」

「一個王府還有你們謝府安和寧靜？」皇帝更氣了，手指點著玉瓊。「瓊王，跪在你旁邊的人，你可認識？」

玉瓊自搬出宮中，一年就沒見過皇帝幾次，就算有，也是宮中喜宴，遠遠見上一面而已。皇家感情淡薄，此刻聽見皇帝喚自己，他愣了片刻，才回答。「回父皇，他是兒臣母家的大舅舅。」

「來人，向瓊王講講孟府丞自己認的那些罪！」皇帝被自家兒子這副呆懵蠢樣氣得怒火都燒起來。「給我一五一十說清楚，我倒是要看看他如何給自己辯解！」

皇帝身旁的總管太監出來幾步，站在玉瓊身邊，把孟府丞如何把董詹事灌醉，如何在詹事府偷了試題的話一併說了。

一旁的孟府丞聽見太監尖聲陳述，把頭磕成破裂的西瓜一樣，血流如注。

「皇上聖明！這些都是微臣一時糊塗，顧念了親情，為了六殿下罔顧法紀，皇上聖明！看在微臣、微臣自己主動認罪，請讓微臣戴罪立功……微臣只是受了唆使……」

第五十章

這下，玉瓊終於聽出其中門道。「父皇，您是說大舅舅是由兒臣唆使，去偷得春闈試題，再找來謝三郎，把試題給他，讓他得了一個會元？」

「什麼叫朕說，難不成是朕讓你做出這等罔顧法紀的事不成！」皇帝勃然大怒。「你在國子監讀了這麼多年的書，讀了什麼出來？」

「父皇……」玉瓊惶恐。「這事不是兒臣做的，兒臣是被冤枉的！」

「被冤枉的？」皇帝冷笑一聲。「你母家親舅舅為何誰都不冤枉，單單就冤枉你一個！」

玉瓊爬起來，顫顫巍巍。「父皇明鑑，兒臣若是、若是能讓大舅舅去偷試題，也不至於、也不至於……」

「也不至於什麼？」

玉瓊咬咬牙，把自己這一年的酸楚一股腦兒全吐了。「也不至於兒臣府內連個廚娘都請不起，還讓謝家三郎帶廚娘來兒臣府中做菜了。」

玉瓊確實是冷板凳坐久了，但並非真的蠢，如果今日不把事情撇清，以後別說窮，估計連叫窮都沒資格，要受大理寺的牢獄之苦了。

「你府中連廚娘都請不起?怎麼會連個廚娘都請不起!」皇帝聽見這事,覺得匪夷所思,而後一想,又怒從心頭起。

堂堂一個王爺說自己連廚娘都請不起,這不是明晃晃地打皇家臉面嗎!

「父皇,」玉瓊心中酸楚說得順口,這難過也名正言順起來,眼淚跟著話語統統湧出來。「父皇,兒臣沒有說謊,兒臣說的句句屬實啊!您可以喚七弟來問問,我府中不僅連廚娘請不起,連院中修剪花草的長隨都發不出月錢,被我轉賣出去了啊……」

這一年來,玉瓊無處抱怨、無處訴苦,更無法把這個封地一甩手,退給皇帝,來來回回,心都快熬出病了。

如今趁這個大好時機,他直接撒潑打滾,不只要解了洩漏試題的罪,還要把封地給退回去!去他娘的皇子身分,這麼窮,不要也罷!

「父皇,您要明察,兒臣的府中那是……那都是皇家的臉面啊!但凡兒臣有一丁點的銀子,也會把王府給修繕好,可如今、如今我瓊王府的大門,油漆脫落了,我都沒銀子重漆啊!」

玉瓊一邊說,一邊還脫起衣服。

皇帝看著抓著衣帶胡亂扯的玉瓊,驚愕地睜大眼。這是要做什麼?御書房內,難不成他還要做出道德敗壞、穢亂宮廷的事不成?

「父皇,您看!」玉瓊哭哭啼啼。

已經被人推到懸崖邊，難道還要歡歡喜喜往下跳不成？他只能不管不顧，一心以正自己清白！

他解開腰帶，扯開外袍，露出裡面的褻衣，抓著一角大哭道：「父皇，您瞧瞧，兒臣裡面的衣裳，都是讓府中小廝打了補丁的。兒臣為了皇家顏面，每日都小心翼翼，這些酸楚噓在肚子裡已經一年，真真是誰都不敢說。若兒臣真有那本事，唆使大舅舅竊取詹事府的科舉試題，兒臣就算不能吃香喝辣，至少也該能過個富貴王爺的日子吧……」

謝飛昂跪在地上，仰起頭、張著嘴，看著鬼哭狼嚎的玉瓊傻了眼。

皇家出來的人物果然了不起！當面一套、背後一套的樣子，真是怎麼都學不來啊！

謝飛昂見玉瓊哭得上氣不接下氣，跪前幾步，自己接下去替他哭道：「皇上，您明鑑，六殿下與學生真的沒有偷春闈試題！學生在國子監得六殿下照顧，見六殿下有時還偷偷帶走國子監食堂中的飯菜，便帶了個廚娘去瓊王府，這事我阿爹、我翁翁都是知曉的。學生見了瓊王府雜草叢生……不，是清幽安靜，便在瓊王府暫住些時日，得了六殿下與七殿下的指點，這才有了鴻運，得了會試的首名……皇上可要明察啊！」

只要六皇子脫罪，自己同樣就是無罪。

想通這層的謝飛昂哭得更賣力，簡直肝腸寸斷。「皇上，您乃是聖明之君，若聽信小人的惡言，治罪六殿下，就是要活活逼死對大昭、對您忠心耿耿的六殿下啊！」

一直不出聲的董詹事看著一個跪、一個站，哭得洶湧的兩人，腦子一陣陣暈眩。

千算萬算，真是沒算到瓊王居然窮成這個樣子，連褻衣竟然都是破的！

怎麼說都是自家兒子，皇帝就算再不聞不問，玉瓊身上流著的也是皇家血脈。

皇帝怎麼可能為了一個外人，要把自己兒子往死裡懷疑？

他上前兩步，一腳踹在伏地而跪的孟府丞身上。「大理寺查出來的，與你適才說的試題賣了二十萬兩的銀子呢？去哪兒了？」

「在瓊王殿下那兒……」孟府丞死不承認自己冤枉親外甥。只要一承認，他得死，連家中妻兒都要被殺死！

「嗯，瓊王揣著二十萬兩銀子，穿著打補丁的衣服，吃著謝家廚娘做的飯菜，逛著雜草叢生的園子，還要偷偷從國子監的食堂帶飯菜回府，這般的日子過得很愜意是吧？」皇帝又踹一腳。「朕再給你最後一次機會！」

「皇、皇上……」孟府丞磕頭如搗蒜，說話都心虛了。「微臣沒有說謊，微臣說的句句屬實……許是瓊王殿下想等風聲沒那麼緊了，再、再……」

他真是沒想過，自己這個親外甥出了宮，過成這樣！

「父皇，」一次哭也是哭，兩次哭同樣是哭，玉瓊如泣如訴。「兒臣真的沒有二十萬兩，兒臣府中實打實加起來，就兩千六百八十三兩四吊錢，那兩千兩還是七弟看兒臣需要給母后準備壽禮，以買雪貂的名義送來給兒臣的……兒臣在四寶齋訂了把玉骨扇，打算過些日子給母后做壽禮，過些日子還得送出去一千五百兩……」

皇帝忽然有股搗耳的衝動。

真是夠了！自己的親兒子、尊貴無比的王爺，連府中有幾吊錢都記得，這就是窮瘋了！

但是玉瓊還沒有說完。「兒臣的府中，每日的菜錢是兩吊錢，若兒臣從國子監帶飯菜回府，那日便能少一吊。府中下人們的月錢乃是三十二兩銀子，府中一共兩個門房、兩個小廝、兩個侍衛、兩個婆子；帳房與廚娘之類的，兒臣覺得月錢實在太高，便交還他們的賣身契，讓他們回鄉了……每月府中的炭錢是三吊錢，冰塊的話，只有七、八月才能用，倒是花不了多少錢。還有布衾、時令衣裳，每月是……」

「夠了！」皇帝捂上額頭，對他講這些府中的瑣碎忍無可忍。

他又踹一腳死不認罪的孟府丞，恨不得自己當個暴君，就此把這人拖出午門斬首了。

有了銀子，誰不想過富貴日子？莫說二十萬兩，但凡自家兒子能多出一丁點銀子，也不可能把日子過成這樣，還跟自己這個爹哭訴，這是明晃晃地打自己臉呢！

「來人，把大理寺的陳德育給我傳來！」皇帝怒氣滔天，險些就要讓天下伏屍百萬。

「大理寺不是去查證嗎？他查了那麼久，查出個什麼來沒有！」

侍衛直接出殿門外傳喚大理寺卿。

謝飛昂呆呆地跪在地上，半天都沒反應過來。太可怖了，原來瓊王真的過得如此淒慘，打死都不能把自家妹妹嫁進瓊王府，鐵定會一起窮死發霉的。

不對，謝飛昂垂下頭。現在自個兒的命都要保不住了，不是想這些的時候。

不一會兒，侍衛進殿跪地。「皇上，秦羽人與七殿下求見。」

「秦羽人？」皇帝在椅上坐了會兒，喝了兩口參湯，火氣沒那麼大了。「秦羽人可說是有何事？」

「秦羽人說來辭行。」

玉珩也是運氣好，進了南齋時，驀然想到自己若是沒有個好由頭，不正好又要像上一世那樣，被皇帝抓個「結黨營私」的名頭？不然該如何解釋玉瓊與謝飛昂剛剛被帶進宮審問，自己就知曉了？

他正進退不得，秦羽人一身廣袖白衣，飄飄欲仙地飄到他跟前。「七殿下，好生湊巧。」

玉珩打了幾句官腔，了解秦羽人要去南齋御書房的目的——他來向皇帝辭行，要回紫霞山了。

由此，他第一次在秦羽人面前厚著臉皮，以兩人的名義讓侍衛進去稟告。

此刻的御書房，正是風雲變色，一片混亂。

皇帝重道，敬重秦羽人，看見他，適才的怒氣消了，親和笑道：「秦羽人難得下山，為何不在宮中多住些時日？」

秦羽人笑回道：「貧道此番下山的機緣已完成，是時候該回去給祖師爺覆命了。」

這些天機之事，皇帝就算問了，也知道得不出什麼結果，乾脆不再問，也不再留他，只吩咐一旁的太監，要準備周全再送秦羽人回紫霞山。

皇帝吩咐完了，看見垂首站在一旁的玉珩，忽然開口。「七哥兒，你來得正好，六哥兒適才一直跟朕哭訴，說他府中如今艱難不堪。謝家三郎亦跟朕說，你在他春闈之前，同在瓊王府中幫他講習了不少功課？」

玉珩正是為這事而來。「回父皇，六哥與謝家三郎說的句句屬實。兒臣懷著幫助知交好友的私心，讓謝三郎做了許多歷年的春闈試題。此次謝三郎得了頭名會元，兒臣正想出宮與六哥一道替謝三郎慶賀，卻聽說他們……父皇！」他一跪而下。「兒臣亦可作證，六哥沒有洩漏試題給謝三郎！」

「如此說來，你對歷年的春闈試題都記得清楚了？那麼，朕就考考看你的功課……」皇帝不理玉珩作證，搖身一變，成了考校兒子學問的家長。「百姓足，君孰與不足？這話該當何解？」

玉珩立直身。「知信不足，才有文武之道足……」

對於國子監的功課，他從不落於人後，講起八股文的試題也是有真才實學，滔滔不絕。一題講完，皇帝臉色轉陰為晴。「好，有你這樣夫子，教的學生定也不差。」再轉身問跪地的謝飛昂。「謝三郎，就同一題，你當何解？」

這題乃是上一屆春闈的試題，謝飛昂就算這屆春闈作弊，肚中文墨也是實打實的。這屆他雖得了試題，一字一句同樣是自己所寫，只是改了又改而已。面對這一題，他跪在地上，同樣清清楚楚講了自己的見解。

「謝家出來的人，倒也是有真學問的。」皇帝得了滿意答案，看地上的孟府丞就更厭煩了，直接揚聲。「大理寺的陳德育人呢？來了沒有？再不來，讓他以後不用再來見朕了！」

陳德育提著衣襬滿頭大汗，人未到，聲先到。「微臣來遲，請皇上恕罪……」他這輩子都沒有跑得這麼快過，進入書房就伏地而跪。「微臣叩見皇上，吾皇……」

「不用叩了，把你查到的給朕說清楚！」

皇帝親自提審這次案件，大理寺卿不敢怠慢，從袖中掏出自己這些日子徹夜不眠查來的證據。「皇上，這是竇念柏從錢莊取了二十萬兩銀票的證據。」

皇帝一目掠過。「嗯，之後銀票輾轉到哪兒去了？」

「回皇上，這些銀票因沒有再流出過，微臣也查不到這銀票最後到了誰手中……」陳德育抬眼一瞥，只見皇帝冷冷的眼神，連忙補救道：「不過所有銀票票號都做了紀錄，只要一經流轉，必定能查到。」

皇帝壓下心口怒火。「孟府丞說這二十萬兩全在瓊王府上，這幾日給朕好好查一查。」

「是、是！」陳德育點頭如搗蒜。「微臣還有一事要啟奏皇上……」

「說。」

陳德育又把一份證據呈到皇帝面前。「微臣查到太子殿下在前些日子，於東宮興土木，在錢莊戶頭恰恰存入了二十萬兩銀票，供小木作的工匠提取。只是那票號和竇念柏取的不是同一批。」

「太子哪裡來的這麼多銀子？」皇帝拿著那份證據，冷冷看著站在那裡瑟瑟發抖的董詹事。

詹事府乃是輔佐太子而成立的，太子所有事情都要經過詹事府。

這次因洩漏試題，查到太子大興東宮土木，董詹事臉色死白，一跪而下。

當初他以洩漏試題的事，威脅自己的下屬孟府丞，但眼前所有事情都脫離他的掌控，他真的不知道該如何辯解？

「太子哪裡來的這麼多銀子？」皇帝又問一遍。

「微臣、微臣……」董詹事搖搖欲墜，卻無話可說。

「來人哪，把太子給朕傳喚過來！」皇帝這次不查明不甘休，直接把所有相關人等統統召過來。「現在就派一隊人馬去瓊王府，就算把王府給翻了，也要把瓊王私藏的二十萬兩找到！還有，把瓊王府中所有的銀子帶過來，給孟府丞、董詹事還有太子看一看！」

在等著玉琤與瓊王府證據的期間，秦羽人向皇帝行禮，出聲說時辰不早，自己要告辭。

皇帝這才發現秦羽人等在一旁，目睹了宮廷醜聞，尷尬地吩咐太監要好生送秦羽人離去。

秦羽人站在御前，拱手。「皇上，貧道第一次見六殿下，可否送兩句話給六殿下？」

能得秦羽人金口玉言，就像指點成仙一樣，皇帝怎麼會駁了這個面子？

秦羽人對著玉瓊恭敬一揖。

玉瓊跪在地上，見得道道人對自己行禮，連忙對他做了個叩首大禮。

這般恭敬的模樣讓秦羽人臉上透出滿面春風。「六殿下，此番苦難您可當成天道考驗之意，今日有此一難，他日必定能見月明。六殿下額寬眼明，乃是有後福之人，不必記掛今日小小災難。」

這是變相地給自己證明清白！

玉瓊又驚又喜，拱拱手，連聲說了「多謝」。

秦羽人笑了笑，伸手從腰中抓出一道摺成三角的黃符。「六殿下財源緊縮，乃是您厚德身正之故，這道符可助財，若六殿下日後有生財店鋪，可把這符放在鋪中的橫梁上。」

玉瓊怔怔接下。這意思是……他日後會發財了？

第五十一章

跪在一旁的謝飛昂，見玉珩都來作伴，反而不怕了，又聽見秦羽人的批命與贈符，抬起首，壯著膽，在御書房這沈沈氣氛下問了一句。「秦羽人可否幫學生也看一看？」

秦羽人轉目看向謝飛昂，笑了笑。「謝三少爺學富五車，又能得貴人相助，日後乃是國之棟梁，還望謝三少爺日後要為國效力才好。」

謝飛昂胸口怦怦跳。「學生必定鞠躬盡瘁，死而後已！」

秦羽人最後向皇帝作揖，再向玉珩作了一揖，邁著從容步伐離開御書房。

他出書房後不久，玉琤就被人請過來了。

玉琤顯然在過來的途中也得了消息，一進書房便跪在地上，顫聲道：「父皇，兒臣、兒臣是冤枉的……」

「冤枉你什麼了？」

「春闈的試題不是兒臣洩漏的！」

「不是你，你修東宮的二十萬兩銀子哪裡來的？」

玉琤忽然不答話了。

這筆錢是玉琳給的，但玉琳的那些錢定也是來路不正，說出來，指不定他還多背一條罪。

之前被派出去翻查瓊王府的侍衛首領也回來了，捧著一個箱篋，上頭的鎖已經被砍掉。「皇上，瓊王府中所有的銀兩都在這裡。」

見太監捧上箱篋給皇帝過目，他又道：「裡頭的是在瓊王床下的暗格裡找到的，一共兩千六百八十三兩四吊錢。在一旁包袱裡的是府中下人的銀子，一共五十七兩三吊三錢。瓊王府中，下臣已經讓人全數翻遍，府中再沒有暗格，也沒有其他銀錢。」

皇帝看著與六皇子口中一樣數目的銀子，臉上五顏六色，不知是怒是喜是憂。「你去了瓊王府，府中光景如何？」

侍衛抬首看了跪地的六皇子一眼，目中露出一絲同情。「回皇上，下臣進了瓊王府，以為是走錯了，裡面破落荒涼，還……還在各個院子中種植各種瓜果蔬菜，就連王府的大門上頭的銅漆都脫落了。」

「砰！」皇帝直接拿起箱篋裡頭的一把碎銀子，砸向玉琤。「你瞧瞧，你弟弟過成這樣，你卻整日在做什麼！你有那二十萬銀子建勞什子的宮殿，怎麼沒有兩萬兩相助你弟弟一把！」

玉琤被砸了頭，伏在地上，一句也不敢說。

皇帝砸了太子的腦袋還不消氣，站起來，走到孟府丞面前，一腳又踹在他身上。「孟玄同，你若不是六哥兒的嫡親舅舅，朕早讓人把你拖出去斬了，哪裡還容得下你在這裡胡言亂語？六哥兒乃你親外甥，你不相助一把就算了，竟然還來這裡誣衊他，你這是忤逆犯上！」
孟府丞此刻只想自己當場死在這裡，一了百了。「皇上明鑑……微臣實在是迫不得已，是董詹事、董詹事抓了微臣的——」
皇帝忽然揚聲阻止孟府丞的話。「來人，把他拖下去，鎖進大理寺牢中，秋後發落！」又看向大理寺卿。「你給朕查仔細，這次若再冤枉了誰，你自己提著腦袋來見朕吧！」
陳德育連連磕頭。
「董無意治下不利，讓試題洩漏，革除三品詹事府的烏紗帽，交出金魚袋。看在多年輔佐太子有功的分上，歸鄉頤養天年吧！」皇帝聲音清冷。「太子不懂民生，浪費國財，大興土木，底下詹事府洩漏春闈試題又不知，失察瀆職，罰兩年俸祿，在東宮反省兩個月。」
皇帝看著玉琤，又想起一件事來。「上次太子是不是呈了一份名單，提議由孫家大郎頂替南梁的五品侍衛統領之職？」
「正是。」太監連忙回稟，在皇帝的示意下，抽出一本太子呈上的摺子。
正好呈上的摺子與另一本疊在一起，皇帝看到了，驀然想起另一摺子的內容。「上次寧伯府的世子遞了個摺子，說要去駐守漠北。」
太監連忙把那本也翻出來，抬眼一瞥皇帝的表情，順著皇帝的心思道：「寧伯爺就世子與寧二公子兩個孩子，必定捨不得讓世子駐守那麼偏遠之地。」
「寧伯府的世子叫什麼來著？」

「奴才記得是叫寧慕畫，似乎還未成家。」

皇帝道：「嗯，年紀也老大不小了，不能總待在外頭。寧渟泓也老了，該有兒孫讓他安享晚年。」說著，落筆，直接在紙上寫下旨意。「五品侍衛統領之職便由寧慕畫擔任；至於詹事府的詹事一職……」

太監連忙把之前皇帝擬好的名單捧過來，都是一些外放要回來的官員。

皇帝看著上頭名單，圈了圈，圈起沈漠威的名字。「本是想給他留個三品按察使，如今他在四川做了五年知府，定能了解民生功作、教導太子，當個三品詹事也未嘗不可。」

太監探頭看到那上頭沈漠威的名字，詫異了下。

季府三房的前夫人正是沈氏，這沈漠威可不就是季府姻親嗎？

如此想著，目光便投向下頭的玉珩。七皇子這日後的助力是越發大了。

皇帝把官職都理順了，一抬首，玉琤、玉瓊、玉珩依舊動也不動地跪在御前。他看見玉瓊身上打了補丁的衣服。「六哥兒……」

玉瓊連忙磕頭。「兒臣在。」

「你這瓊王府……日後不必再叫瓊王府了，改叫錦王府吧。」皇帝覺得瓊與窮諧音，實在太觸霉頭。「日後你的賜字便是錦字，取金玉錦繡之意。」

只有得寵的兒子搬出皇宮才能賜字，就像玉琳，得的是景字，可現在自己也有賜字。玉瓊心花怒放之餘，立即叩首謝禮。

「你府中如此情況，一味節儉不是辦法，也得開源……」皇帝看著他手上握著的道符。「官本不能營商，何況你還是王爺。不過你府中的情況，約莫也是封地功作費銀子的緣故，手中銀子全無，日子過成這樣，仍想顧好封地的黎民功作，實屬難得……如此，朕就許你在京中開幾家店鋪，販賣北地運來的貨物吧。」

皇帝親口御言讓兒子開鋪子？

下面跪的幾個人全都不可置信。錦王真是因禍得福了！

玉瓊抬起首，眼淚嘩一下又湧出來。「謝父皇恩典！」

皇帝又告誡。「你若開鋪子，不可與商爭利、不可敗亂商規，若有摺子參到朕這裡來，該當如何，你知曉吧？」

「兒臣必定謹記，按規矩行事，斷不會罔顧法紀。」

退出御書房時，皇帝還開了私庫，撥了五千兩銀子先讓玉瓊修繕錦王府。

玉瓊與玉珩、謝飛昂一道出了南齋，放下滿心重負，整個人飄飄忽忽，不相信這樣的好事落在自己頭上。

他相邀兩人去自己府中小住，向他們保證，這次定是好酒好菜招呼。

玉珩與謝飛昂對望一眼，倒也去了。

用完錦王府的酒菜，兩人同坐玉珩常住院落的書房，想的都是同一件事。

「七爺，」謝飛昂開口。「這次試題洩漏，聖上應是知曉這事是董詹事做的，太子才是得了銀票的那人吧？」

玉珩「嗯」了一聲。

「聖上明明知曉，卻不以這個罪名治罪太子與董詹事……」這般偏心。

玉珩轉目瞧窗外，面色淡泊，不透心思。

「太子被立為太子已二十五載，這事只要不是動搖國之根本，皇上不會一日就改變那個位置。」

謝飛昂嘆口氣。「世上之物，唯獨習慣最可怕。明知他是錯的，皇上竟然還不兜底（注），讓太子的罪行告知天下。」

玉珩不言語。人皆是有私心的，皇帝有，太子有，玉琳有，連他自己都是一樣，沒有什麼理由責怪自己這個父親。

御書房內人仰馬翻，玉琳耳目眾多，不日便從宮中得到消息。

他拿著從竇念柏那得來的二十萬兩銀票，一撒而出，如同撒冥紙一樣，落得整間書房都是。

這二十萬兩被大理寺登記在冊，如今等同於廢紙，一經使用，立刻會被大理寺查到。

左右侍衛看著玉琳大發雷霆，也不敢上前勸阻。

玉琳撒完銀票，坐在案桌後頭，想著自己這次的損失。二十萬兩銀票沒了，詹事府的三品詹事之位沒了，還有正五品的侍衛統領也沒了……

被皇帝欽點的五品侍衛統領是寧伯府世子，寧慕畫；接下三品詹事之職的是沈漠威，讓人去查了查，沈漠威正是季雲流的嫡親舅舅，日後也就是玉珩的嫡親舅舅了！

玉琳越想越氣，簡直魂魄都被這股氣逼出體外。

這次不知是不是玉珩搞的鬼，就算沒玉珩什麼事，那玉瓊也是脫不了干係的！

玉琳坐在那兒足足半時辰，想明白了，又大笑幾聲，而後吩咐一旁屬下道：「把地上的銀票一張張撿起來，都仔細給我裝好了。過兩日，讓死士將這些銀票神不知、鬼不覺地藏於東宮內，再把太子私藏二十萬兩銀票的事捅給大理寺知曉。」

如今皇帝插手，唯一的好事便是太子在皇帝心中留了個大刺。

他本就不是真心輔助太子，想著皇帝過幾年駕崩後，再讓他得病離去……如此，那就改變計劃，加快腳步吧！

站在一旁的翁鴻看著詭異而笑的玉琳，心都顫了起來。

今日這般大的損失，景王該不會直接瘋了吧？

過了這次的買賣試題一案，很快就到了殿試的日子。

此次出了竇念柏在貢院門口當場被抓的事，還有玉珩讓人故意散播，京城中的學子自是鬧得十分厲害。

注：把底細全部揭露出來。

皇帝便在太和殿外設了桌椅，讓所有中榜的貢士與部分學問好的落榜學子，統統參加殿試。

這次殿試達到近千人，為了防止作弊，這日御林軍統統出馬，守在各個角落，真是場面浩大，氣氛肅穆，百年難得一見。

日暮交卷後，為了盡快給天下人一個交代，不僅是翰林院，連禮部的人都被喚過去一道閱卷。

很快，僅僅一日，十本策文佳卷便呈到皇帝面前。

季德正、秦相、蘇紀熙、佟相等人，一道站在御書房等待皇帝閱卷。

皇帝看了頭一份，道了個「不錯」兩字。

待皇帝落下那卷子，所有人探頭偷偷瞧了瞧上頭的名字。按以往，皇帝口中的這「不錯」兩字又該是排第幾？

第二份策文在皇帝口中得了個「可以」。

這「可以」比「不錯」還要落於後頭，看來這兩個都是進一甲無望的。

皇帝看完了第三份，驀然想起來。「去把太子喚過來，讓他過來一道看一看。」想了想，又道：「再去把七皇子喚過來，讓他也來評一評。」

太子還好，就算因之前的事件被罰「閉門思過」兩月，可他依舊是太子，閱卷當無異議。

但七皇子也能過來閱卷？個個站於一旁的朝廷命官面面相覷，紛紛心道：風水輪流轉，日後要多多與七皇子走近一些才行。

說到玉珩，皇帝又想到一人，漫不經心地道：「怎麼樣，這屆會試的會元可在這十人名單中？」

「在。」秦相笑著應聲。「且會元寫的文章功底扎實，見解獨特又務實，下臣是頗為喜歡的。」

「哦？」皇帝讓一旁太監把謝飛昂的卷紙抽出來。

他拿起來，坐在案後看，看著看著，站起來，從書案後頭出來。他走著看，看完了，再從頭到尾又看一遍，連看兩遍，哈哈大笑道：「好！好個謝家！養出這般非凡的後輩，文章果然極好，這會元倒是實至名歸！」

秦相為官三十餘年，皇帝所喜好的文章風格一清二楚，當時看謝飛昂的文章，便知這會讓皇帝大喜，當下跟著笑。

幾個同在御書房的見皇帝開懷，自然也要開懷。

個個面上雖笑，心中卻嘆一聲。恐怕這謝飛昂便是這屆狀元無疑了，當初怎麼沒有拉攏到自己門下？失策啊失策！

季德正才不管謝飛昂得第一的事，他翹首以盼的是君子念的策文。

君子念果然也是有真才實學的，不僅會試得了第四，這十篇讓皇帝挑選的策文中，亦有他名字，此次若能中一甲，風頭只怕要比謝飛昂更盛。

皇帝得了謝飛昂日以繼夜抄寫得來的文章，心中歡喜到再看不下任何文策，即便看到君子念那篇，也只是微微頷首。「這人倒也是個有見地的，這文章頗為上乘。」

不一會兒，玉琤與玉珩都入了御書房。

皇帝不做評論，只讓他們各自相看這十篇文章，待他們看完，才問一句。「如何？」

玉琤在東宮幽閉了幾日，知道自己讓皇帝不喜，老老實實讀了幾日書，再加上幼年時太傅的教導，倒也看得出文章好壞，拿起君子念的文章道：「父皇，兒臣覺得此篇最為不錯。」

季德正站在一旁，激動得險些給太子當場跪下。

太子殿下，您真是見解獨到、太有眼光！

「你呢？七哥兒。」皇帝再問玉珩。

玉珩呈上君子念和謝飛昂的卷子。「兒臣覺得兩篇各有千秋。君子念這篇揚葩振藻、辭無所假，有獨特風格；謝飛昂這篇則甕金結繡、氣勢豪放，又言之有序。兒臣辨不出好壞，只是都覺得好。」

反正兩人都是他的人，左手右手的區別，他無所謂。

第五十二章

御書房閱卷後，便是報喜放榜。

這一日，君家大門外撒滿銅錢和碎銀子，真真鋪地三尺。江南商賈之家的君家，出了一個探花郎！皇帝親口御言：君家九少長相英俊，有誰家少年的翩翩風度，探花郎正是才情相貌都相得益彰。

君家的歡喜不必說，連季府都是一片欣喜之色。季府三哥兒中了三甲進士，四哥兒是二甲進士，加上四姑爺是探花郎，喜事臨門，府中菜色這日都按過年的分例來佈置。

宋之畫聽見下人稟告說，君子念一朝鯉躍龍門得了探花郎，晃了晃身子，險些站不穩。她欲轉身回屋，垂花門那頭進來一群人，為首的人未到眼前，聲先到。「宋姊姊，妳在院中可好啦，我們正要到花莞院向四姊賀喜呢！」

說話的正是季五姑娘。這個二房庶出的姑娘在府中，如今唯一能比較的便是宋之畫，自見識到這個表姑娘是個外表清高、內心貪慕虛榮的女子後，季五姑娘整日想著就是看她出醜，把真面目揭露出來。

看著宋之畫執帕子的手抖了抖，季五姑娘笑得更歡了。「宋姊姊，咱們快去花莞院瞧瞧吧！據說今日四姊夫才讓人報了探花郎的喜，便讓人給四姊送了一把梳子來，那梳子還是沉香木做的。真是……沉香木那麼珍貴，這梳子可是世間獨有呢！」

季三姑娘笑道：「確實珍貴，我還真沒見過做梳子這麼大的沉香木。」

沉香木珍貴，乃是極品藥材，一般人家能得一些沉香木的香料已是難得，只有皇家才能出沉香木雕件。這些價值千金的東西從商賈之家送出來，也能看出男子對女子的重視、喜愛。

一陣陣風過來，吹動院中的各色花草樹木。

宋之畫恍恍惚惚地站著，想著自己親口拒絕的親事，只覺得眼前整個天旋地轉，一股暖氣一路順著喉嚨吐出來，嘔出了一口鮮紅的血。

她如何不恨，如果自己當初答應老夫人，現在要被眾姊妹賀喜的、被君子念贈送沉香木的，可不就是自己嗎？

大喜日子，宋之畫吐血的事嚇壞一院子小娘子，很快便傳到季老夫人與陳氏的耳中。

兩人正商量著季雲流要回府的事，還有幾日後寧伯府大娘子出閣，季府小娘子們得去添妝之事，下人如此稟告，季老夫人望了陳氏一眼，神情複雜難辨。「之畫這丫頭，這估計就是心病啊！」

「阿娘，表姑娘對君家九少這樣，這事若讓二弟妹或讓四姊兒知曉……」

陳氏立刻聽明白心病是何意思。當初季老夫人真心替她考慮了，自己這個當舅母的也切切實實為她尋了人家，可她態度堅決地拒了。如今看君子念富貴且平步青雲，又心中嫉妒到嘔血了，這樣的人，留在季府只怕是要留出禍害來。

「她父親早年摔了腿，而後開始家道中落……唉，之畫這孩子也是見識太少之故，又如此心高地想嫁好人家……」季老夫人滿臉憂愁。「當日也是我的錯，我那時也未探清楚這君子念家中的一切，便尋了之畫來問……君家這樣的人家，只怕那時咱們府中去尋人提親，多半都是不成的……」

季老夫人頓了許久，決定道：「之畫那裡，且由我去瞧瞧吧。」

季老夫人說去就去，到了宋之畫住的逸翠院。

坐在繡墩上，季老夫人看著靠在床頭的宋之畫，嘆氣。「之畫啊，緣分這事強求不得，錯過便是錯過，妳也莫要再想了，妳舅母亦會給妳再尋戶好人家的。」

宋之畫靠在床頭，臉色異常蒼白。許久，她未語淚先流，艱難地道：「外祖母，我不是、不是因四妹未婚夫君的事……君家九少與四妹天造地設……我、我是真心祝福的。」

季老夫人豁達直語。「那妳的心病又因何而起？」看著她弱柳扶風的模樣，季老夫人也是心疼。「好孩子，妳說出來，若外祖母能給妳作主，必定也會為妳作主的。」

「外祖母……」宋之畫從床頭掙扎著要下地，因屋中無其他丫鬟，季老夫人連忙伸手阻止。

宋之畫避開季老夫人的阻止，對著她一跪而下。「外祖母，之畫想去寧伯府給寧大娘子添妝。」

「妳……」季老夫人想到之前她在自己那，堅決拒絕君子念的態度，似乎明白了一些。她壓低聲音道：「之畫，妳告訴外祖母，是不是中意寧伯府的慕哥兒？」

宋之畫不抬首。走出了這一步，沒了君子念，不可以再沒有那風華正茂的寧慕畫。

「外祖母——」

季老夫人張口截住她。「寧伯府乃世襲的伯府，慕哥兒如今為五品侍衛統領……之畫，不是外祖母不疼妳，但妳與慕哥兒……必是不能成的。」

「為何？」宋之畫心思被戳破，再也忍不住，眼淚傾瀉而出。「外祖母，為何我與寧表哥就不能成？他們不是說，寧表哥自己中意就好，不會計較門第嗎？」

季老夫人知她的自尊心同她父親一般強，實在不想當面給她難看，只問：「那如今慕哥兒可對妳表明心意了？」

見她搖頭，季老夫人又嘆氣道：「之畫，慕哥兒就算不計較門第，他日後也是要承擔起整個寧伯府的。大門大戶的人家，咱們小門戶的嫁進去，日後必是艱難無比，這親事真的不適合。」

宋之畫卻如沒聽到般，緩緩抬起首。「外祖母，之畫想去寧伯府給寧大娘子添妝。」

「之畫……」季老夫人再想勸。

「外祖母，」宋之畫神色黯然。「讓之畫去給寧大娘子添份心意吧，再讓之畫看寧表哥最後一眼，以後，之畫的親事，全聽外祖母您的。」

季老夫人見她說得明白決絕，沈沈吐出一口氣。「好吧，到時且讓妳舅母帶妳去。」

季雲流得了自家兩個哥哥中了進士的消息，便名正言順跟皇后告辭，要回季府。季府越好，日後玉珩的助力越大。皇后含笑頷首，又賞了許多東西，一併讓宮中馬車浩浩蕩蕩地送她回去。

只是下了車，站在季府門前片刻，她便感覺到周圍的異樣。

做神棍的看風水、看面相久了，養出了職業病，環境中的細微變化都能清晰感受到。

待她左右一瞧也是看清楚了。

季府大門左右多了兩個賣水果與賣栗子糕的，似乎盯著自己的眼還不只這兩雙，這季府怕是被人給盯上了。

光青天白日就派了這麼多人，晚上呢？

季雲流幽幽地抿了抿嘴。

這樣，自家男友日後都不能翻牆與自己玩親親了。

季老夫人與陳氏一段時日未見季雲流，見了她都高興非常，都要拉著她說說話，沾沾她在皇家得來的貴氣。

何氏看見季雲流，嗚嗚咽咽一聲，撲過去哭道：「我的寶貝女兒呀……」
季雲流略略退後一步，福了福身。「三嬸。」
「何氏。」季老夫人坐在榻上，雙眼如鷹地緊盯著她。
「三弟妹，」王氏一日不跟何氏撕一撕、嗆一嗆，心中就不爽。「如今六姊兒可是大哥、大嫂的女兒，上了祠堂的，妳寶貝可以，女兒就說不得了，日後說出禍來就不好了。」
「二嫂妳……」這麼嘲諷的話讓何氏咬了咬牙，可在季老夫人的鷹眼下，她只好把滿腹委屈全嚥回去。
這草雞變金鳳凰的女兒沒有了，那這個季府她就死賴不走，永遠不搬出去了！
季老夫人拉著季雲流坐在榻上，噓寒問暖一番。
「過些日子便是寧伯府大娘子的出閣之日了。」季老夫人聊完其他，聊到寧伯府。「前些日子，妳寧表哥被皇上授予五品侍衛統領之職，如今寧伯府也是雙喜臨門，妳到時早些隨妳母親過去，給妳大表姊添妝。咱們寧、季兩家也是常來常往的，日後妳與妳大表姊都要多多親近才好。」
季雲流笑了笑，應了聲好。
季老夫人又朝陳氏、王氏道：「妳們把三姊兒、四姊兒都帶過去沾沾喜吧，這繡嫁品也不急在這幾日。」
陳氏與王氏全都應了一聲。

何氏等了等，竟然沒有見季老夫人提到自己與七姊兒，頓時不幹了。「老夫人，七姊兒平日也都在閨中繡嫁品呢，這丫頭這幾日一步都不踏出門，我都擔心她要把自己身子憋壞了。」

「那就讓她去院中走走。」季老夫人道。

「阿娘，咱們季府與寧伯府常來常往的，如今寧伯府院中走走？何氏的笑容都扭曲了。「阿娘，咱們季府與寧伯府常來常往的，如今寧伯府大娘子出閣，七姊兒身為表妹，自然也該為寧大娘子添一份妝。添妝添妝，添得越多越是富貴吉祥，寧伯夫人應該也是歡喜的。」

王氏笑道：「三弟妹，寧伯府有不少人去添妝，但也不是誰都能去添的。七姊兒若在寧伯府跑到外男面前，大報自己府邸與閨名，這恐怕不是給寧大娘子添妝，是添嚇了吧！」

王氏心直口快，這臉打得也是啪啪響，打得何氏臉都綠了。「二嫂一個長輩，怎可只記小輩的錯處，這般心胸狹窄、氣量狹小，日後傳出去，二嫂也不怕壞了四姊兒的名聲？」

「妳……」

「夠了！」季老夫人看著兩人目中無人地吵嘴，忍無可忍。「當著我的面這樣針鋒相對，還有沒有把我這個老夫人放在眼中？讓小輩看了成何體統！」

兩位夫人紛紛站起來認錯。

季老夫人看著始終堅持的何氏。「何氏，妳若想把七姊兒帶去，自也是可以，只是她若再出個什麼事，我必定此次把她禁足到出閣為止！」

何氏高興極了，連忙行禮道謝保證。

而後，季雲流回了邀月院，府中姊妹迎過來。

季五姑娘見她在宮中住了一段時間，面上越發白皙無瑕，笑道：「六妹，咱們府中早就在榮安街訂下雅間，等會兒咱們一道去瞧瞧四姊夫探花郎的風采可好？六妹在宮中住了這麼久，還未瞧過四姊夫長什麼樣呢！」

今早皇帝在金鑾殿傳臚唱名，欽點了狀元、榜眼、探花和進士，午後由狀元為首，領著諸進士拜謝皇恩，到榮安左門外觀看張貼金榜，開始所謂的狀元遊街。

「好啊，」季雲流笑著應一聲。「順便替五姊來個榜下捉婿！」

本來一旁頗為臉紅的季雲薇噗哧一聲笑出來，也起了捉弄人的興致。「這個好。」

「哎喲，四姊和六妹都取笑我呢！」季五姑娘輕甩了兩下帕子，一臉嬌羞。

她之前跟六妹關係普通，如今她被皇帝賜婚，有了天大的殊榮，府中的三哥、四哥，連帶四姊的未婚夫都中榜，季府得隆恩，她就算是個庶出姑娘，老夫人也會幫她尋戶好人家。為了出閣的助力，她自然要同府中各姊妹打好關係。

眾姊妹在院中聊了些體己話，午後，季雲流戴著紗帽出了季府大門，坐在馬車上準備啟程時，果然看見那賣栗子糕的在那打了兩個手勢。

平日出門不注意時，自然看不見，此刻一心盯著，季雲流看得清楚，這手勢跟現代的手語有點像，大約意思是「出門了」。

景王吃飽撐著，派來一個丫鬟做臥底還不夠，如今還要全府都監視起來？

哦，對了，之前那個鎖在東廂的丫鬟還能讓自己反利用一下。

季雲流想了想，放下車簾子，安心坐馬車去觀遊街。

這日午後的榮安街上自是熱鬧非凡，三年才一見的狀元遊街吸引了各家的人物出門。勛貴人家的姑娘與公子哥兒自是坐在榮安大街酒樓中的廂房內，隔窗往下望；尋常人家就站在街道兩旁，瞧一瞧一甲前三的風采。

榮安街熱熱鬧鬧，季府的逸翠院卻冷冷清清。

聽聞府中的小娘子都歡歡喜喜地出門，宋之畫搖搖晃晃站起來，喊瑤瑤過來給自己更衣。

她換了尋常衣裳，戴了紗帽，出了院子，手拿荷包，直接塞給二門的小廝與門房二兩銀子，出了府。

今日狀元遊街，門房之前看季府其他小娘子都出去了，以為宋之畫只是落後。他得了二兩銀子，順從地聽她的話，不去裡頭稟告，讓她大大方方出門。出門前還貼心地問過她，要不要他去喊府中馬車來。

宋之畫帶著瑤瑤走出季府，自是馬上被人跟蹤。

暗中監視的死士不知這個季府出來的小娘子要去何處，只能悄無聲息地跟著。一路跟了沒多久，從她身旁丫鬟的話語中，確認這是借住季府的表姑娘。

走了約莫小半時辰，宋之畫到了一家小藥鋪門前。

她本欲一鼓作氣往裡頭扎進去，想了想還是不敢，拉了瑤瑤到一旁牆邊，塞給她自己手中的荷包，低聲道：「妳進去，去買兩包五石散。」

五石散被禁已久，瑤瑤從小被賣進宋府，也不知道這五石散為何物，見自家姑娘小心翼翼的，便戰戰兢兢拿了荷包進藥鋪。

她站在櫃檯前，照宋之畫說的向掌櫃道：「我要兩包五石散。」

這麼直白來買五石散的小娘子，那掌櫃約莫也是平生第一次見，連那荷包也不敢接，站在櫃檯後，滿目尷尬與惶恐地道：「姑娘，小的這兒、這兒童叟無欺，沒有出售這樣的禁藥……」

這話一出，瑤瑤亦是滿目通紅起來。「這、這是禁藥？」

掌櫃擔心小姑娘被人騙，解釋道：「這五石散也不算毒藥，只是藥性有些猛烈，服食過量才會中毒。若只服一些，會讓人腦中渾噩，性情亢奮，有渾身燥熱感——」

掌櫃還未說完，瑤瑤抓起荷包，跌出門外。

這五石散由此聽來，就是那些下作的行房秘藥！

宋之畫見她失魂落魄地出來，上前幾步拉住她問：「如何？藥呢？」

瑤瑤已看不透自家姑娘。「掌櫃說那是禁藥，他們店中沒有出售……」

「怎麼會這樣？」宋之畫咬咬嘴，想著該去哪兒買這樣的藥？

關於五石散，她只是在一本古文中看到，那上頭寫：服五石散，亦覺神明開朗，幻象可生，且皮肉發熱，會讓人不由自主解開束縛衣物，喜人觸碰，性情亢奮。

正因這麼一段話，她才想買五石散。等到了寧伯府，遇上寧世子……與他來個不可脫開的干係！可如今沒有了這樣的藥物，她該如何與寧世子有干係？

宋之畫滿目愁容地往季府走。

暗中跟蹤的死士之前聽到宋之畫說出「五石散」三字，各自望了一眼，一人向另一人打了手勢，讓他繼續跟，自己則快步回去向上頭請示。

張禾聽了季府的表姑娘需要五石散，不願錯過時機，立刻讓死士拿了比五石散還厲害的宮中秘藥，直接讓他去「送」給宋之畫。

管那表姑娘是何用，反正禍害的都是季府，他何樂不為！

第五十三章

宋之畫一路不死心。

她唯一的辦法只有這個，自己的身分、門第，如何都不能匹配寧慕畫，此次寧大娘子的大喜之日，實屬難得，錯過這個機會，如何再有第二次？

可讓瑤瑤再問了兩家藥鋪，得了依舊是「沒有這類禁藥」的回答。

兩人正一前一後走著，突然間，一旁巷中出來一個青衣人，十分迅速地抓了宋之畫的手，就將她抓進去。

「啊！」宋之畫嚇得魂飛魄散，腿彎不住打顫。

「小娘子，妳好香啊……」青衣人探頭笑，兩手都拿著東西。「來一道吃吃這個吧，這叫五石散，會讓妳我一道快活的……」

他話未說完，後腦被一木棍敲下來。

「妳……」市井青衣人晃了晃身子，直接倒下去。

瑤瑤握著木棍，也是嚇得全身發抖。「姑娘……沒事吧？」

宋之畫雙手顫顫抖抖，雙目卻盯著青衣人手上的小瓶子，一動不動。

他說這是五石散……真是得來全不費功夫，難不成是連上蒼都助她？

宋之畫猛地俯下身，拽了青衣人手中的小瓷瓶，一目掃過這人另一手握的東西，同樣抓了過來，把兩樣東西統統塞進袖中。

兩人一走，地上的青衣人站起來，拍拍衣襬上沾到的泥，彷彿什麼都未發生過一樣，出了巷子。

季府的表姑娘倒是膽子極大，一個小娘子不僅拿了秘藥，連手上的春宮圖都一併拿了。

今日狀元遊街，一手提拔了狀元的玉珩卻坐在戶部衙門，與鄭逸菲一道商討幾日後杏花宴的銀子用度。

杏花宴是大昭殿試放榜後，皇帝親賜的中榜進士大宴。

本來這事也歸不到他管，只是皇帝曾親口說，他過兩月封王賜府後，便到戶部歷練。

之前皇帝閱卷都找了七皇子，如今鄭逸菲還不以親自教導的名義，把這些帳目的事，直接讓七皇子過目了？

託了上輩子整治漠北功作的福，玉珩對這樣的銀子調用、各個登記在冊的公務細節，看得是一清二楚。

「七殿下若有哪兒不清楚的，皆可問下官。」鄭逸菲見玉珩看得入神，探過頭去一笑。

玉珩放下手中的公文冊，笑了笑。「鄭大人，我瞧著此次的杏花宴，似乎比上屆的浩大許多？」

鄭逸菲聞言微微震驚。這七皇子倒是真的不簡單，不僅年紀輕輕就看明了公文，也從費用上就看出這次的杏花宴比上屆浩大。

「是的，七殿下真是慧眼。因這次的殿試延後了幾日，趕上了皇后娘娘的壽辰，皇上便說要全朝同樂。這屆杏花宴更為浩大，正是含了皇后娘娘的壽辰宴之故。」鄭逸菲一一解釋。「此次杏花宴不僅是中榜進士，朝中重臣與誥命夫人都會前來。」

「原來如此。」玉珩頷首，再商討具體細節，便起身告辭。

途中，玉珩又十分巧合地遇到大理寺卿陳德育。

陳德育見到玉珩，如同墜崖者看見藤蔓一樣，揮著馬鞭，一路「七殿下、七殿下」地迎上去，與他同騎在官道上。

玉珩轉首瞧了陳德育身後。浩浩蕩蕩的，大理寺的人馬幾乎全數出動，倒也跟狀元遊街有點像。

「陳大人這是要去哪兒？」

陳德育連忙回道：「下官正要去太子殿下的東宮。」

玉珩微微驚訝。「陳大人去東宮是……」

這樣的聲勢浩大，太子犯了什麼事？

「尋常小事。」陳德育笑道：「七殿下不如與下官一道去？」

玉珩略抬首望了天際。他已不是上輩子那個少年，陳德育臉上的神情、彎彎繞繞的心思都逃不脫他的眼。

太子犯下的事，只怕棘手，而皇帝包庇太子又是眾所周知，陳德育不敢不查明案情，只好找自己做擋箭牌。一旦後果太嚴重，也有自己與他一道擔當著。

這趟渾水本不能蹚，但自己又有心想籠絡大理寺……

玉珩數完東方天際的浮雲，回首，輕聲笑道：「陳大人，我此次跟著陳大人去一趟東宮，該不會直接就被綁到我父皇面前，說我陷害大哥吧？」

明人之間不說暗話，陳德育立時臉色脹個通紅。好在他臉黑，沒有被人瞧出所以然。

他一肚子壞心思也是被逼無奈、沒辦法的事。有線報說，太子東宮殿中藏了竇念柏買試題得來的二十萬兩銀票，皇帝又說試題的事要查清楚明白，誰都不能冤枉。

這事當日就算皇帝沒讓孟府丞說出後面實情，但在場的，誰沒聽出賣試題的就是董詹事與太子的意思？

如今若是捧著確鑿的證據讓皇帝看，皇帝指不定為了保全太子，一怒之下就把自己給辦了！

身為報國無門的臣子，他抓奸臣不行，不抓禍首也不妥，真真是左右不可、好生難辦啊！

「七殿下……」陳德育哭喪著臉，輕聲說：「下官怎麼會安插莫須有的罪名給您？下官身正嚴明，絕不冤枉一人，還請七殿下明鑑。不瞞七殿下，乃是下官查到上次竇念柏的證據，這才要去東宮……下官請七殿下一道同去，實在是、實在是下官怕啊！」
玉珩笑道：「陳大人乃是嚴以律己的朝中棟梁，若有真憑實據、秉公辦理，皇上必會賞罰分明。我正好許久沒找太子大哥敘舊，此番倒是可以與陳大人同路。」
陳德育大喜，於是兩人打著官腔、相互吹捧，一路往太子的東宮而去。
到了東宮，陳德育有了玉珩陪同，稍微能壯膽。他有了皇帝親口要查明此案的御旨，親自領著人奔進去，把二十萬兩給搜出來。
玉琤看著「證據確鑿」，再蠢也明白了，這是有人在陷害自己。
「是誰好大的膽子，竟然生生栽贓嫁禍本宮！」玉琤怒不可遏。「本宮明理曉事，怎會買賣春闈試題？這是罔顧法紀與皇家臉面的事！」
玉珩瞧過富麗堂皇的佈置，淡淡道：「這告密的人倒是難得，竟然能把藏銀票的位置告知得一分不差。」
一句驚醒陳德育。是啊，那告密之人竟然能一清二楚、絲毫不差！
原來不僅是太子盡在他掌握中，連自己也是受告密人擺布，做個棋子罷了。
陳德育得了證據，也不看玉琤那慘白臉色，直出東宮，說要往皇宮稟告。
出了東宮，陳德育忍不住問玉珩。「七殿下，這二十萬兩的事……您怎麼看？」也不私藏，將自己心中的猜想說了。「下官認為，這二十萬兩，太子確實不知曉。告密之人藏頭露尾，下官原先以為他是怕太子對他不利才如此隱藏身分，如今看來，這人就想要陷害太子，壞我大昭國本！」

玉珩道：「陳大人分析得極是。照我大哥的面色，我亦覺得大哥乃是被人栽贓陷害的。」

陳德育見玉珩都贊成自己的推測，心頭大石放下，欲與玉珩一道去宮中。

玉珩坐在馬背上，抬眼看天邊流雲，被晚霞映紅的雲霞如同那人白裡透紅的臉。

說起來，那人自入宮，自己就在第二日與她拉個手，便再也沒有私下單獨見過，如此也過了好一段時日了。今日那人正好回了季府。

「陳大人，我驀然想到還有一事，就此先行一步。」他調轉馬頭，直接往回走。

太子被誣陷，玉琳與太子也許即將撕破臉……他今日心中喜悅，很想找那人分享賞心樂事。

今日跟著玉珩出宮的是腿好的席善。席善不同寧石，他能說會道，在玉珩與陳德育聊公事時，他在後頭與其中一名大理寺少卿亦是聊得火熱。

那少卿眼看玉珩不回宮中，奇怪問：「七皇子這是要去哪兒？」

席善問都未問，同樣調轉馬頭，笑道：「咱七爺是要去錦王府了。」

知主子莫若席善，玉珩去的就是之前的瓊王府，如今的錦王府。

錦王因禍得福，得了皇帝五千兩的撥銀，幾日工夫，早已把王府大門刷得鋥亮，連帶牌匾都重新換過，整個煥然一新。

玉瓊得知玉珩過來，親自出大門迎接。「七弟，快些進來！你六哥我正好讓廚房做了山野烤雞，你來得正是時候。小謝派人過來說等會兒他也會來，你們莫不是一道約好的？」

區區五千兩就讓窮王變富王，玉珩對這個六哥也是刮目相看。

「謝三今日金榜題名，這般的大喜之日，他竟還能抽出空過來？」玉珩驚訝。

玉瓊得意地笑道：「我倆乃是同生共死過的，這份生死情誼他們如何能及？再者，那些三姑六婆快要踩破謝府門檻，小謝說自己險些要被煩死，這人啊，有小娘子愛慕還要叫苦連天……」

兩人一邊談著閒話，一邊進府。

謝飛昂手捧皇帝欽點的聖詔，足跨金鞍朱鬃馬，一路在旗鼓開路下，領著後面的榜眼、探花與進士，浩浩蕩蕩遊完榮安街。

正是春風得意馬蹄疾，一日看盡長安花。

未訂親的那些小娘子們，在酒樓中看馬上幾個英姿颯爽的少年郎，各個紅了臉龐。

古代狀元遊街對季雲流來說，也是第一次看。酒樓雅間環境好，捧著香茗、吃著糕點，看樓下浩大的遊街隊伍，心境也不同，倒是愜意得很。

說說笑笑之間，季五姑娘忽地指著街上人群中的一人，道：「瞧，那個可是張家二郎？」

張元翃曾與季雲流定過娃娃親，之前每逢過年過節也都要來季府，府中的眾小娘子都記得他模樣。

季五姑娘看了再看，篤定道：「真的是張家二郎！如今怎變得如此滄桑？」

狀元謝飛昂正從酒樓前過去，探花郎風度翩翩地騎著白馬，膽子大一些的小娘子們便從樓上扔下手中帕子。

之前季府也派人告知君家，季府小娘子坐的哪間酒樓，如今到了酒樓前，君子念自是下意識去尋樓上的季雲薇身影。

季五姑娘看見抬首的君子念，拋下張元翃，搭上季雲薇的手臂連連笑道：「四姊，四姊夫在尋妳呢，趕緊扔個帕子過去，四姊夫必定會接住的！」

季雲薇滿臉通紅，不肯答應。

季五姑娘笑道：「四姊害羞了，六妹快些來幫幫我！」

出來就是要玩盡興，季雲流當下也一起慫恿季雲薇。「四姊，妳再不扔，四姊夫一過去可就要接不到了。」

季三姑娘也笑道：「地上的帕子都扔滿了，其他人都不怕，四妹反而還害羞了。」

季雲薇探頭看君子念，發現對方瞬也不瞬地看著她笑，她一鼓作氣，把帕子打結，朝君子念丟過去。

君子念沒有錯過她的一舉一動，她這麼一拋，他便伸開手去接。

不偏不倚，那帕子輕飄飄就從窗口落在君子念的手上，他拿著帕子在鼻下聞一聞，塞進自己腰帶中。

「嘩！」

不僅是樓上人聲沸騰，連帶樓下的人群也都沸騰了。

「探花郎不是訂親了，怎地這般不顧體面地接人家小娘子的帕子？」

「你真是有所不知，那酒樓雅閣便是季府訂去的，那人指不定就是季四娘子！」

「季府？便是府中六娘子被皇上賜婚給七皇子的季尚書府上？」

「是呢，我告訴你，我遠方表親的婆娘在季府做事，說曾有幸見過六娘子一面，據說季六娘子的容貌那是一等一的好！」

「樓上那幾位若真是季府的小娘子，難不成穿那緋衣的便是六娘子？」

人們說得興起，也無人注意到一旁還有個曾與季雲流訂親過的張元詡。

張元詡驀然聽到「季府」，便猛然抬起頭，往樓上望去。

一月多不見的季雲流，緋衣黑髮，臉龐似乎更白皙豐潤了些，那雙桃花眼中閃著光彩，整個人耀眼非常。

若她還未與自己解除婚約、還未賜婚給七皇子，這是自己日後的妻……

張元詡瞧著瞧著，都快癡了。

樓上一群小娘子見君子念如此配合地接了季雲薇的帕子，也都圍著季雲薇取笑一番。說得高興時，季五姑娘突然道：「六妹，張二郎在看妳……」

季雲流低頭去看他。

張元詡身穿青色單衣，頭束青布帶，身形枯瘦，完全沒有之前在紫霞山中的儒雅玉潤氣質。

人靠衣裝，還得靠氣質裝。

這人在人模人樣時已被玉珩甩了十條街，如今落魄在街上，更是浮雲與爛泥的區別。

說句俗的，玉珩就算挖鼻屎都要比他好看！

季雲薇見他目光大膽不躲避，沈下臉。「他真是個不要臉皮之人，自己做出那種事，今日還有臉盯著人不放。」

季雲流收回目光，淡漠道：「也只剩隔街看看了。」

季五姑娘噗哧一笑。「六妹，妳可真是……不過這話說得真沒錯，可不就是只剩隔條街瞧一瞧了。」

遊街隊伍已經遠去，小娘子們也不再站在窗邊，各自回到桌邊坐下。

季雲薇看著季雲流，緩緩道：「上次文瑞縣主來府中作客，本想探望妳的傷勢，後來才知妳去了宮中。她那日同我說，莊家打算把莊四娘子嫁給張二郎……」

「什麼？」季五姑娘睜大眼。「張二郎那樣的人，莊家竟還把府中的小娘子嫁與他？」

季雲薇道：「五妹，妳有所不知。當日在長公主府，莊四娘子連跑帶哭，哭著要莊二夫人成全她與張二郎。文瑞縣主說，那日回府後，四娘子更是要死要活，斷食了五日，滴水不進，莊二夫人別無他法，才苦苦求了莊老夫人讓四娘子下嫁張二郎。」

季五姑娘聽了，覺得不可思議。「這莊四娘子怕是得了失心瘋吧？如今張二郎一無功名、二無差事，整日無所事事，這退親與被奪功名的事，怎麼說都與莊四娘子有些關係，若是嫁到張家，莊四娘子還不被公婆搓磨死了？」

季雲薇一聲嘆息。

而季雲流想到第一次見到的莊若嫻。

她頭重腳輕根底淺，骨態不均勻容易倒，耳門細小聽不見勸，這樣的命相與骨相，就同她第一次判斷的，此生怕都不會順遂。

第五十四章

看完遊街，小娘子們齊齊回府。

四人從馬車上下來，進了二門，就看見前頭不遠的宋之畫。

「宋姊姊！」人在前頭，季五姑娘怎麼都要上前形容一番遊街的熱鬧和君子念的英俊。這麼一叫，卻讓前頭的主僕二人嚇了一跳。

宋之畫塞了塞袖子中的東西，轉回身，卻不從袖子中抽回手，儘量讓自己溫聲微笑道：「妳們從外頭回來了。」

抬眼看季雲流，只見她身上那質料怕只有皇家才能穿的緋色衣裳，只覺雙目痠痛。「六妹，好久不見。我晌午時便聽丫鬟說妳從宮中回府，本想去妳院中瞧妳，但那時我身子不適才沒有過去，妳莫要生氣才好。」

宋之畫轉回身那一刻，季雲流當場抓住一旁九娘的手臂。

我去！之前看這個宋之畫，只覺得她自尊心極強，人無大運而已。現在一個月不見，怎麼通身都犯了黑氣，如斯恐怖了？

季雲流只得笑了笑。「宋姊姊千萬不要這麼說，身子重要，咱們都是一家人，什麼時候宋姊姊來我院中坐，我都是歡迎之至的。」

「宋姊姊，妳這是從哪兒回來？」季三姑娘見瑤瑤手拿紗帽，奇怪地問道。

宋之畫不抬首。「我適才亦想出門去看一看難得一見的狀元遊街，只是出了府，才知道諸位妹妹已經走了，這才走回來。」

「宋姊姊，妳沒去看真是可惜呢！」季五姑娘盈盈一笑，就想上前與她詳細說，卻見宋之畫福身一禮，打斷道：「諸位妹妹，我身子有些不適，先回去了。」

說完也不看一眼眾人，直接轉身離去。

「今日的宋姊姊有些奇怪。」連季雲薇都瞧出不尋常之處。

季雲流瞧著前頭全身都泛著黑氣的人。「宋姊姊身子不適，咱們日後少去打擾她，讓她清靜一些養身子吧。」

這姑娘近日有大災，誰碰誰倒楣，還是離遠一點啊！

日子一天熱過一天，兩日後，季府下人在馬車上放上箱籠，季府眾女眷坐上馬車，啟程往寧伯府去了。

宋之畫抓著袖子裡的小瓶子，坐在車上，神情緊繃又滿臉通紅。

她前日在青衣人手中奪下圖冊與藥瓶後，帶著兩樣東西，把自己鎖在房中。

雖已年十六，到底是書香門第未出閣的小娘子，起先不知這圖冊是何物，打開一看才知這是本春宮秘圖！

這本是景王府中出來的春宮秘圖，自不可與坊間的同日而語。宋之畫一邊燒臉，一邊想著自己與寧世子……便把畫冊都看了遍。

她合上畫冊，把畫冊塞進床下，坐在床上打開小瓶，想瞧一瞧裡頭還有多少五石散，該是個怎麼樣的服用法？

驀然，門外響起敲門聲。「姑娘，沒事吧？怎麼把門給鎖了！」

宋之畫全身震了震，手一抖，把瓶中的粉大半都撒出來。

她急急忙忙把這些粉倒回去，抬高手掌，對著瓶口卻塞不進多少。

「姑娘，沒事吧？不要嚇奴婢啊！」拍門聲越來越響。

宋之畫心中虛怕，喊了一聲。「我沒事，讓我靜一會兒。」而後，她垂首對著瓶口一吹，把粉末吹進瓶子與自己的鼻子中……

就是這一次，宋之畫知曉了這瓶中五石散的用法與藥效。

那日聞了藥的她只覺得自己得到了全部幸福，寧慕畫用世上最深情的目光望著她，伸手撫摸她，在床榻疼惜她，待她如珠如寶……

今日的寧伯府之行，季府幾乎所有女眷都去了。

季雲妙與宋之畫在馬車內同坐一處，見她好端端坐著，臉龐卻無緣無故地通紅一片，奇怪道：「宋姊姊，妳怎麼了？臉那麼紅，可是哪裡不舒服？」

宋之畫驀然回神，袖中的瓷瓶被她捏得更緊，臉色越發紅了。

她看一眼對面而坐、因季雲妙這句話看過來的季雲流與季雲薇，尷尬解釋。「沒，我沒事，約莫是這天越發熱的緣故。」

季雲妙抬眼看季雲流，抿抿嘴，不再開口說什麼。

這宋之畫中意寧慕畫，怕是想要在寧伯府做些什麼吧？

馬車一路抵達寧伯府。

小陳氏站在二門處迎接眾人進府，且早早就安排好住處。寒暄了幾句，陳氏又笑著說讓府中小娘子去見見寧大娘子添妝，眾人齊齊向小陳氏福身，隨著丫鬟後頭去寧大娘子的杏園。

一路上，寧伯府丫鬟一一介紹府中的格局與花木。丫鬟是個玲瓏人，把府中格局講得也是清楚明白。

一旁，宋之畫揪著手帕仔細聽。

她若是與寧世子有了肌膚之親，這麼大的寧伯府，日後就是她主家了。

宋之畫下意識又想去摸袖中瓷瓶，正要伸手進去，迎面的茂竹林後突然走出兩人，正是寧慕畫與小廝！

宋之畫心中怦然一跳，直接把瓷瓶給拽出來。

眾小娘子看見寧慕畫，屈膝行禮，紛紛喚了聲寧表哥。

宋之畫滿眼都是寧慕畫，拽著瓷瓶不自覺，匆匆跟著行了一禮。

寧慕晝早已知道季府今日會來人，笑著在前頭與眾小娘子落落大方地寒暄。「今日繁忙，招呼若有不周的，還要請諸位表妹海涵了。」

明日他妹妹出閣，今日府中客人眾多，寧慕晝再略略問候過季府眾長輩，就要往前頭去迎客。

他是走了，宋之晝卻拿著瓷瓶羞紅了臉。

這樣的府邸，寧世子這樣的風采，就算君子念又如何比得上？最起碼，那世襲的身分，君家這輩子也是得不到的。

眾人起身，復又前行。

季雲流瞥到從後面飄過來的黑氣，帶著季雲薇往前走幾步，轉回首，看見滿身黑氣的宋之晝，輕聲道：「宋姊姊，妳手上拿的是什麼？可是身體不舒服，大夫開的藥嗎？」

宋之晝身上黑氣越發濃重，險些都要將自己淹死，到底是什麼執念，越來越想不開？

宋之晝這才發現自己下意識把五石散都拿出來了。她白了臉色，猛然塞進去道：「嗯，大夫開的藥，我只是怕丟了而已……」

季雲流看著她破綻百出的演技，若有所思。

這宋之晝該不會是看上了寧慕晝，要下藥之類的吧？

她回想之前寧慕晝的面相與額中人氣，倒也不算太黑，今日他也不見得有什麼大災。

季雲妙一路不語。旁觀者清，還真讓她看出一些不尋常來。

很快，眾人到了寧大娘子所在的杏園。伯府有丫鬟先去稟告了寧大娘子，這會兒寧大娘子已站在月洞門處等著。兩廂人見了禮，眾人跟著她，一路賞著景色往裡走。庭院深深深幾許，杏園裡的三個娘子同在花架下坐著，正聊得高興。這地方樹蔭茂盛，繁花似錦，白玉石桌放在樹蔭下，看著就覺涼爽與愜意。

寧大娘子站在樹蔭下相互介紹兩廂人。福身見了禮，蘇三娘子瞧著季雲薇、季雲流，笑道：「季府的四娘子與六娘子，和我與佟大娘子可是認識的呢。」

「喔？」寧大娘子道：「妳們何時見過的？」

蘇三娘子道：「可不就是在長公主府的那次賞花宴上。我說了，那次珍姊兒妳沒去真是可惜了。」她瞧著季雲流，驀然展顏一笑，帶著一絲詭異。「因有了季六娘子，那日花宴可真是難得一見的熱鬧呢！」

因這人上次已口無遮攔問過一遍張二郎，如今露了這樣的笑容，話語又是怎麼聽怎麼不對，季雲薇心中一緊，伸手暗暗抓住季雲流的手。

季雲流略一笑，看著蘇三娘子。「我只不過是上長公主府作客，長公主若聽到蘇三娘子對那日的賞花宴這般誇讚，必定心中非常高興。」

蘇三娘子愀然變色。當初在長公主府拿皇上威脅自己，如今又拿長公主威脅自己，這人到底哪裡好，能被皇上賜婚給七皇子！

寧大娘子想到之前蘇三娘子在自己這侃侃而談季雲流被皇上賜婚，莊四娘子與張二郎不顧臉面在眾人面前出醜的事，蹙了眉，心中有了一絲不快。

於人背後講他人是非，她本就不喜，因蘇三娘子是佟大娘子最要好的手帕交，而佟大娘子又是她日後的小姑子，她之前也就忍了忍。這個蘇三娘子今日竟然還想當著其他小娘子的面挖苦人家？

這樣愛講他人是非的小娘子，她日後還是遠一些。

「咱們莫要站著了，站著怪累人的……」一旁的秦二娘子輕輕柔柔地開口，望了季雲流一眼，笑了笑。「六娘子莫要介懷，蘇三娘子只是心中對妳存了妒意，有些不快而已，也沒什麼大不了的。」

這話一說，簡直就跟當眾狠狠搧了蘇三娘子兩大嘴巴沒什麼兩樣。

「秦二娘子！」她一會兒臉色通紅，一會兒又臉色鐵青，來來回回幾番變化。「妳、妳這是什麼意思！」

秦二娘子神情淡淡的，聲音依舊輕輕柔柔。「便是蘇三娘子適才聽到的意思。」

「妳……」蘇三娘子長這麼大還沒有這麼丟人過，她嗓子裡火燒火燎，肺都氣炸了，卻吐不出一句話來，跺一跺便直接跑了。

僅僅幾息時間，讓一旁的其他小娘子全部瞧了個目瞪口呆。

連季雲流都挑了挑眉。這個師兄秦羽人的姪孫女，果然非同凡響，將來必成大業！

寧大娘子似乎早已知曉她的性子，看著跑遠的蘇三娘子，輕嘆口氣。「千落，妳這又是何必？」

佟大娘子這才回神，知曉手帕交跑了，連忙福了福身。「大嫂，我去看看三娘子。」

兩人全部離去，秦千落卻還是面不改色。「我只是覺得她很煩人，欲讓她早些離去而已，沒其他意思。」說完，自顧自往白石桌邊一坐，抬首一笑。「我比較直話，見笑了。」

季府眾小娘子紛紛說了句「哪裡哪裡」，心中卻是各個都想：千萬不能得罪這個秦二娘子！

回了自己院落，同季雲流住一個院落的季雲薇過來聊些家常。

講到今日看到的秦千落，季雲薇嘆道：「人都說秦二娘子性子爽直，有什麼便說什麼，從不因人身分、臉色講違心話，今日一見還真是……我倒是挺喜歡她的，只是據說她身子不好，從小就被皇上准許跟在御醫身邊學醫理。」

在原主的記憶中，也有秦相嫡女的這段資料。

秦府女兒單薄，府中除了二娘子，同寧伯府一樣也是再無其他姊兒，倒是哥兒一共有四個。

秦相的大女兒出生到了四歲便夭折，而後秦夫人再一口氣生了三個哥兒才又得一女，秦千落生下之後，也是大病、小病不斷。秦相老來得女，十分寶貝，便讓秦羽人寫了摺子，希望二女兒可以跟宮中御醫學習醫理。

「秦二娘子吉人天相，是個長壽面相的，姊姊莫要擔心呢。」季雲流輕笑。「只是二娘子身子看著單薄了些，養養便能好了。」

那人額頭寬廣飽滿、髮際整齊，眉骨生得高低相同，鼻挺，嘴角不笑亦上揚，確實不是個短命的。大概秦羽人也知這點，才沒有作法給她續命。

正說著，正院來人過來說，請諸位小娘子到正院西廳用晚膳。

明日乃大喜之日，今日女方的親朋好友過府添妝，寧伯府自然也要設好酒宴款待眾人。

正院中一共開了幾桌席面，女眷坐於西廂廳，男眷坐於東廂廳。

宋之畫聽了丫鬟的稟告，特意沐浴更衣，把早早備好的一件蝶粉衣裙給穿上。

出門時，還被季雲妙看見，笑了一番。「宋姊姊今日可都要掐出水來了。」

宋之畫羞澀笑了笑，不言語。

倒是季雲流看見她，拉著季雲薇又離她遠一些。

身上若能產生這麼濃的黑氣，必定是這人心中有著明知錯還要為之的念頭，就像小偷竊取財物還殺人一樣，知法犯法。不論什麼緣由，她見誰身上產生這樣的黑氣，必定是不會救之。

季府女眷坐了一席，因全是自家人，吃得也自在。

西廂用完晚膳，散席時，東廂那邊人影重重，男眷喝酒作樂，估計沒那麼快結束。

宋之畫隨著一群人離開西廂，邊走邊時不時瞥向東廂那頭情景。

眾人先後從正院出去，有些走得快，有些走得慢。宋之畫走走看看想想，自是走得最慢。

「宋姊姊，妳是不是在想如何見寧世子？」季雲妙忽然在她身邊插了一句，嚇了宋之畫一跳。「七妹，妳怎麼知曉——」

「宋姊姊，」季雲妙張口就截住她，兩人一道站在樹影裡。黑暗下，季雲妙的表情說不出的古怪。「我之前在西廂看見寧世子送了一個友人出去，估計他還會回東廂喝酒。這條路乃是通往正院的必經路，妳若有什麼要說、要做的，便站在這裡等一等吧。」

「七妹……」宋之畫又驚又喜。「這是真的嗎？」

「我為何要騙宋姊姊？我也只想成人之美，算算從大門到這裡的時辰，也差不多了，我便不留這裡了。」季雲妙抬起首，面上真誠。「我在旁幫宋姊姊看顧著些吧。」

宋之畫這會兒一心想著寧慕畫，哪裡會多想，只覺季雲妙真是真心相幫，感謝一番，讓瑤瑤與季雲妙一道離去，讓她們隔老遠站著。

她自己往樹影裡頭了縮，伸手拿著瓷瓶等待，打算待寧慕畫經過，便讓五石散來個「漫天飛舞」。

這衣服都做過手腳，只要寧慕畫輕輕一拉，外裳就能滑落。只要自己與寧世子有了肌膚之親，這樣要臉面的人家必定會認下自己。

這一次，她不能再輸給那季雲薇！

季府女眷往前一路走，人太多，走出大半路才發現宋之畫與季雲妙都沒有跟上來。季三姑娘道：「許是走得慢了，咱們等一等吧。」

這麼一等，等來喚季三姑娘的丫鬟。「三娘子，大夫人喚妳去明霞院呢。」說著，輕輕靠過去。「安伯府夫人也在明霞院。」

安伯府正是季三姑娘未來的婆家。

「知道了，我這就去。」季三姑娘聽見，臉色微紅，欲跟丫鬟走，季雲薇跟上去探頭小聲道：「三姊，我先同妳一道回去吧。」

季三姑娘見她朝自己使了個眼色，立刻知道她應是人有三急才要先走，自然頷首同意，囑咐季雲流一番，與季雲薇一道走了。

第五十五章

季雲流與九娘站在那兒等了等，沒有等到季雲妙與宋之畫，卻等來送完友人正欲回正院東廂的寧慕畫。

寧慕畫見了獨自與丫鬟站在院子裡的季雲流，有些奇怪。「六表妹怎麼獨自在這兒？」

季雲流也不瞞他。「我在等宋姊姊與七妹，她們走得慢了些。」

寧慕畫笑道：「那我去瞧瞧，若見了她們，告知她們一聲。」

季雲流福身道謝，眼略垂，看見他掛在腰間的紅玉裂了兩半。「寧表哥的玉珮碎了呀？」

寧慕畫瞧一眼自己的玉，笑道：「今日王大郎喝得有些多，在門口處撞了牆，我扶他上馬車時磕到玉珮，這般碎了也是挺可惜的。」

季雲流聲音淡淡的。「確實挺可惜。」

玉碎，代表男子有損。寧慕畫來時的路在月影下如方形口，人入口，是一個囚。這樣一個人也許入了那條路，便有大損了……

寧慕畫聽了這話，以為她是可惜玉珮，不以為意道：「雖可惜，倒也無妨。六表妹還請在這兒等一等，我去瞧瞧那兩位表妹在不在？」

說完抬步往樹影下的道路走去。
季雲流抬眼看他，見他右腳踏進陰影中，抿了抿嘴，終於開口。「寧表哥且等一等。」
寧慕畫轉回身，不解。他倒是不懷疑這個被賜婚給七皇子的六表妹會想與自己有什麼瓜葛。
季雲流緩緩道：「天黑路暗，明月高掛天際，這路更顯荒涼，混沌黑暗不利君子，寧表哥何不讓人開個道再行？」
寧慕畫怔了怔。「讓人開個道？」
「誤不得寧表哥多少時辰。」季雲流笑意恬淡。「寧表哥何不讓表妹當一次神棍，假意信我一次？」
寧慕畫蹙了眉，凝視林中片刻，再一瞧站在不遠處的季雲流。
許是她的雙眼太亮，如同滿天星光一樣，他竟然覺得這人確實是可相信的。
他喚了一聲身後的小廝。「立信，你且去前面看一看吧。」
立信應了一聲，向前走去。
他順著樹影而去，因季雲流口中的「混沌黑暗不利君子」，他走得亦是小心翼翼，聽到遠處傳來一絲動靜，不禁厲喝一聲。「誰！」
已經打開瓷瓶的宋之畫因立信一聲高喊，險些嚇破膽。
她一小娘子做這樣的事本就心虛，被這般一嚇，心中慌亂，縮身就往樹叢裡躲去。

跟在寧慕畫身旁的立信懂武，聽到前頭不遠處有聲音，聽聲辨位，迅猛非常地向宋之畫那頭的樹叢就撲過去！

「何人在此鬼鬼祟祟！」

立信急速而來，宋之畫腦中一片空白，慌了手腳，眼見有人影飛撲過來，下意識把手上東西往他一扔而去。

只是那麼飛出去的片刻，她心中猛然一沈。壞了！

可惜為時已晚。

瓷瓶如暗器，壞就壞在這瓷瓶已經是打開的，這般似暗器一飛，漫天粉末隨之傾灑出來，空氣中布滿麝香。

立信反應迅速，在瓷瓶飛來時，反手一打，把眼前瓷瓶直接再打回去。「砰」，瓷瓶由後又往前，由立信這邊飛出一道弧，撞在不可置信的宋之畫臉上，倒了她一臉粉末……

宋之畫只覺得天旋地轉，連帶自己的人都在轉，她大口大口吸氣，吐不出話來。

「妳是……」立信覺得此人行為頗怪異，他嗅了嗅味道，臉色微變。「妳適才擲過來的是什麼?!」

宋之畫捂上衣襟，滿臉通紅。她忍到了極致，忽然扯開衣襟，喊道：「寧表哥！」就朝著立信撲過去。

事情太過突然，宋之畫撲過來那一刻，立信完全沒有戒備，便被抱住脖子，嘴巴都被封住。

宋之畫嘴中還有麝香粉味，讓立信腦中一陣陣發懵，手上力道卻輕飄飄的，推不開她……

寧慕畫吩咐隨身小廝進裡頭探路，自己站在外頭等著。

他想了想這事的前因後果。自己久闖江湖，竟然還相信這些命理學說？

轉目去瞧季雲流，卻見她早已走到一旁園中涼亭坐下，單手托腮，在瞧涼亭的石柱，湖藍的衣裳在夜色中如同月光，襯得她的神情越發百無聊賴。

她出言留了自己在此地，似乎真的只是好言一勸，而不是借機想要與他「親近」。

寧慕畫突然想到她之前在季府，坐在茂竹後面數竹子的模樣。

這人，從來很懂規矩，也從來不想與自己有交集。與張元詡訂親告吹時不想，被皇帝賜婚給七皇子後也是不想。

他笑了笑，收回目光，不知這個小表妹與七皇子日後相處起來會是什麼模樣？

兩人一坐一站，一遠一近地等著。

月光下，穿櫻紅衣裳的秦千落踏著月光而來。她走路輕飄，腳跟落地倒是極穩，行至涼亭旁看見季雲流，側過頭，奇怪道：「季六娘子，這麼晚了為何還不回院中？」

「秦二娘子。」季雲流正等得無聊透頂，差點要背起《周易》。「我在等府中的姊妹。

秦二娘子這般晚了為何又折回來？」

秦千落回道：「適才掉了只耳環，本也沒事，但總歸是在外頭，若被他人撿去，少不得又是一場煩惱。」

「原來如此。」季雲流頷首表示理解。

這個年代，女子貼身之物掉了，要是被一個男子撿去，若有個壞心思，非說女子與他私相授受了，可真是公說公有理，婆說婆有理，全憑一張口，全都講不清。

秦千落看到季雲流，自然也看到不遠處的寧慕畫。她見兩人同在一處，倒也沒有多驚奇，只福身向寧慕畫略行了個禮。

寧慕畫抱拳正欲回禮，樹影裡傳來頗響亮的一道女聲。「寧世子！」

三人面面相覷，寧慕畫提起衣袍下襬，把衣袍一角塞進腰帶中，腳步如風，向著裡頭就飛颱而去。

九娘尾隨同樣快步往裡頭去的季雲流，輕聲道：「姑娘，聽這聲音……裡頭的人怕是表姑娘。」

季雲流直視前方暗處的樹影，想到之前宋之畫滿身黑氣……她的目標果然是寧慕畫。

九娘見自家姑娘面上冷肅，不再言語，跟著她過去。

秦千落見寧慕畫與季雲流如臨大敵地往裡頭走，看了自己丫鬟一眼，在兩人後頭跟進去。

寧慕畫第一個到達，見地上兩人相擁滾作一團，衣衫不整，他頭髮都險些根根倒立起來。

他讓立信去探路，竟然探出了與女子苟且打滾的光景來?!

寧慕畫看不見宋之畫的臉，只見那褪到腿上的襦裙與白花花的一條腿，臉色被這畫面炸了個焦黑。「立信！」

樹叢裡的兩人似乎沒聽到寧慕畫的聲音，自顧纏綿不捨。

「立信！」他再提高聲音喚了一聲。

如此骯髒畫面，他不想用手觸碰，抬起腳，一腳踹開疊在一起伸足摟頸的兩人。

「九娘，送宋姊姊回去！」隨後過來的季雲流只看一眼，立刻吩咐九娘。

宋之畫被踹開了，腦中的清明倒是沒有恢復多少。她抬眼看著站在眼前的寧慕畫，嗤嗤笑開。「寧表哥，你對我真好……」

這酥胸還露在外頭的人，吐出的聲音如一道空中響雷，把在場所有人劈成兩半。

要死了！寧慕畫忍無可忍，怒氣噌噌噌冒上來，怒極反而展顏笑開。「季六表妹，這事，季府該給我們寧伯府一個交代吧？」

「寧表哥，宋姊姊似乎人還未清明，真相也還未查明，等宋姊姊醒後，我母親必定會給寧伯府一個交代的。」季雲流只得收拾殘局。「還請寧表哥看在明日表姊出閣的面上，把這事壓一壓，莫讓府中下人傳出去。」

世間慘事何其多，但挑挑揀揀，就連最慘的事都比不過宋之畫這事來得狗血！

九娘已經把宋之畫裹好，制住她的嘴，把她扛起來。

一旁不出聲的秦千落忽然道：「他們倆都中了藥，似乎還不少，神智都已不清楚，你們這般把他們帶回去，不說等會兒怎麼不引起眾人注意，就是回去後……除非把他們綁到勒出鮮血，不然短時間是解不掉此毒的。」

所有人同時看她。掩人耳目，不讓人知曉地帶出去，還真不是件容易的事。

季雲流聲音誠懇。「若秦二娘子有辦法，還請秦二娘子幫我們一把。」

「我姑且一試吧。把她放下來，扶著坐好。」

九娘又把人放回地上。

秦千落讓丫鬟取出布包打開，抽出一根細長銀針，拈起，對準宋之畫腦門，直接下一針。

她手上動作十分迅速，快得如同季雲流掐手訣一樣熟練。

五針下去，坐在地上的宋之畫幽幽睜開眼。

宋之畫睜開眼，竟然第一眼就看見了秦千落身後的寧慕畫。「寧表哥……」輕聲吐完這三字，似乎想起之前的一些畫面，她臉色突變，乍然伸手推開還未起身的秦千落。

秦千落猝不及防地被她一推，直接往後跌去；寧慕畫眼疾手快，伸手扶了她一把，把人扶個正著。

他正礙於男女之防要放手，秦千落已開口。「不要放。」

「寧世子，請您再扶我家姑娘一會兒，讓她緩下這口氣。」丫鬟亦是同時開口，急速過來搭上秦千落。

宋之畫坐於地上，抬眼看周遭的情景，自己衣裳不整又有破損，同樣有破損的還是個嗤嗤笑的陌生男子。

這個人……她好像見過，似乎是紫霞山中撿了她手帕、寧世子身旁的那個小廝！

她呆呆看著嗤嗤笑的立信，嘴巴張得都合不上了。

千算萬算，她是與一個小廝有了肌膚之親？

下身沒有疼痛，所以她還沒有……只是如今情況，有沒有夫妻之實，還重要嗎？

「九娘，送宋姊姊回去。」季雲流見宋之畫已清醒，看都不再看她，福身朝秦千落與寧慕畫行了禮，轉身就走。

宋之畫被九娘打橫抱起時，秦千落已經平復下心臟的不適，而宋之畫瞬也不瞬地看著寧慕畫。

他衣裳完整，髮絲都沒有一絲凌亂。月光下，他一如之前的翩翩佳公子，正低首同秦二娘子講了兩句，然後放開手，負手立在她身後。

大概注意到宋之畫的視線，他抬起頭望了她一眼。

那漆黑瞳仁裡沒有一絲感情，冰冷得猶如千年不化的寒冰，讓宋之畫的心都涼了。

她的寧表哥，再也沒有了……

宋之晝一走，不一會兒立信也被銀針扎醒。他一醒，立刻跪地，一臉痛苦又茫然地向寧慕畫解釋。

寧慕畫聽了立信解釋，知道宋之晝竟然早有預謀要做這種事，臉色更鐵青了。

直到所有人都離去，季雲妙才捂著胸口，從石桌下與金蓮一起爬出來。

「姑娘……」金蓮躲在桌子下頭看見整件事的經過，魂魄都快不在了，只剩下一個殼子，恍恍惚惚。「這事……咱們怎麼辦？」

季雲妙站了一會兒，麻掉的腿恢復了一點知覺，腦中也清明了一些。

她一腳踹在金蓮小腿上。「什麼怎麼辦，咱們今晚哪兒都沒有去，什麼都沒有見到，宋姊姊那是咎由自取！」

是的，宋之晝做的這些關她什麼事？

回到寧伯府暫住的院落，安夫人還在院中，季雲流讓丫鬟進去稟告陳氏，片刻後就見陳氏送客。

家族利益當前，不能隱瞞，陳氏送完客便臉色鐵青地將丫鬟稟過來的事，一五一十告訴了王氏與何氏。「之晝那丫頭，拿著五石散在正院出來的竹林中，把慕哥兒身邊的小廝迷暈了，而後與他在林中滾作一團……被寧世子抓個正著。」

「什麼！」
「五石散？」
眾人臉色被這話炸得五顏六色。
何氏叫道：「作孽喲！這表姑娘也太、太……她若中意寧世子身邊的小廝，向老夫人直說便是了。寧世子這樣的身分是高攀不上，他身旁的小廝哪裡還能沒季府說話的餘地？如今在園中做了一對野鴛鴦，鬧了這麼一齣，是為什麼？」念頭驀然一轉，她立刻想明白了。「她該不會看上的就是寧世子吧？這個害人精，害己不夠，還要禍害季府！」
三位夫人來得快如一陣風，入了宋之晝房中時，宋之晝的衣裳還未來得及換上，落在白皙皮膚上的點點紅痕與掐痕，看得三人幾乎要暈厥。
宋之晝裹著披風一跪而下，頭伏得低低的，眼淚砸在地上，問她話，卻一句也不答。
同樣滿面愁容的還有小陳氏。
這事若發生在自家兒子身上，小陳氏估計這會兒就不是滿面愁容，而是直接把白綾往梁上一掛，自己去見各路神仙了。
小陳氏坐在桌邊看陳氏。「姊姊，這事前因後果我已知曉，這事……季府是如何打算？」
陳氏也不拐彎抹角。「我此刻過來，就想讓妹妹看在咱們兩家常來常往，看在珍姊兒明日出閣，還有我這個不爭氣的姊姊面上，壓一壓這事，不要讓這事傳出去。」

這事，小陳氏也沒有理由不拒絕，總歸是自己家中的小廝，雖然跟著自家兒子久一些，到底是奴籍，打發到莊子也不是什麼難事。

「至於宋大娘子的歸宿……」陳氏接著道：「這事，我還得知會過老夫人才能決斷。」

寧慕畫站在一旁，接道：「姨母，立信今年二十有二，在四年前已娶妻，家中如今有了兩個孩子。但他說大男子頂天立地，就算他是被下藥的受害一方，也必會對宋表妹負起今日責任，還請姨母回去讓宋表妹安心等待，立信的娘子擇好吉日，會讓表妹過了明路，抬進家中做個貴妾。」

陳氏聽了這話，又驚又尷尬，臉上火辣辣的，都不知道該露出何種表情？

宋之畫那樣心高氣傲，寧慕畫這話是要生生把她往死裡逼了！

季雲流本是垂著頭，聽見這話，不禁抬頭看他一眼。

寧慕畫一身寶藍衣袍站在那裡，今日約莫是他要待客的緣故，身上衣袍很繁瑣，一如京中貴家子弟的紈袴模樣。

他面上清清淡淡，似乎適才的話語是真心為了宋之畫日後的幸福著想。

第五十六章

翌日，眾人只當無事，歡歡喜喜又眼淚漕漕地送寧大娘子上了花轎。

當日午後，陳氏帶著女眷就回了季府。

季老夫人昨日已經知曉，震怒又失望的她讓人去了宋家，把宋之畫母親宋大奶奶接過來。

證據明擺著，宋之畫想賴也賴不掉。

瓶子是寧慕畫親手撿的，那瓶子的模樣，季府眾姊妹親眼看見宋之畫拿出來過，瓶中的藥也經秦千落鑑別過，乃是比五石散還厲害一些的情事禁藥。

宋之畫跪在上房中，當著季老夫人和自己母親的面，來來回回就是不說自己願意給那小廝立信做妾。

「祖母，我本來可以當富貴無比的探花夫人，是您沒有堅持去君家替我提親，是您把君九郎給了四妹！」宋之畫如今再也壓不住心中的怨氣，一次全吐了出來。「我仰慕寧世子，您卻不給我去提親，若是換成四妹或六妹，這結局是不是不一樣？」

她仰著頭，豁出去之後，半點也不怕了。「我正是因為您對我說的那句門第之差，我才拿了禁藥，打算去與寧世子有肌膚之親。您接我來季府，但從來沒有為我的親事真正著想！

六妹明明聲名全毀，卻可以被賜婚給七皇子；七妹如此不顧季府體面，當著眾人的面去招惹七皇子，卻沒有受到大懲罰，如今、如今……」宋之畫的眼淚，順著面頰落下來，終於哭道：「我為何錯了一件事，就要給那樣下等的小廝做妾！」

「孽障、孽障！」季老夫人站都站不穩，整個人搖搖欲墜。

長輩面前，季雲流也說不得什麼話，只好去扶季老夫人一把。「祖母，身子要緊。」

原來君子念在不知不覺間，還曾經與宋之畫有過一段被亂點的「鴛鴦譜」？

看季老夫人緩回來兩口氣，陳氏一語問出重點。「畫姊兒，妳手上那個禁藥是如何得來的？」

別說這樣厲害的禁藥，就連五石散，季府也是不可能有的。昨日在寧伯府，寧慕畫想到的就是這個重點，所以今日一回府，陳氏當著季老夫人的面就問了。

宋之畫不開口。

陳氏看著她，也不氣了。「畫姊兒，妳說老夫人錯了。是的，老夫人確實錯了，錯就錯在她待妳太好，太上心了！」

宋之畫詫異地抬起頭。

陳氏看著她。「她當初若不把君九郎的事告訴妳，妳也沒有那麼高的心。當初提親事時，君家還是商賈之家，君九郎即便還未參加會試，那也已經是個舉人。妳再想一想，就算老夫人去提親，妳覺得君家就會同意這樁親事？君家連琪王府的女兒可都沒同意！」

宋之晝張了張嘴。

陳氏再道：「老夫人知妳傾慕寧伯府世子，若不是待妳太好，替妳考慮太周全，她老人家只要讓我向寧夫人一提這事，讓寧夫人或寧世子親口拒絕妳，給妳難看便是了，如何還需等妳自己用這些下作手段？」

季老夫人道：「莫要同她再講，講了她也聽不懂！書香門第，真是好一個書香門第！」

宋之晝終於意識到自己大勢已去，只好說了自己曾在狀元貼榜那日出過府，這藥是有個市井流氓拿著，本欲在巷子裡給她吃，被瑤瑤打暈後，她搶奪過來的。

季雲流眼神動了動。

「六姊兒，妳是否有話想說？」陳氏傷了腦筋，如此情況也顧不得什麼禮節。「有話但說無妨。」

季雲流欲言又止。

季老夫人一看便明，吩咐黃嬷嬷把跪在地上的母女帶下去，守好門口。

房中只剩三人，季雲流也不拐彎抹角。「祖母，孫女前日從宮中回府時，總覺得咱們府門口與之前有些不一樣，後來發現咱們府外多了許多攤販子。孫女那日跟著眾姊姊出府時，還瞧見栗子糕商販在打手勢。」她學著那死士的模樣做了一遍。「他打的大概就是這手勢，這約莫是『已經出門』的意思。」

兩人目光皆瞬也不瞬地瞧著她。「妳的意思是……」

季雲流接著道：「按理說，咱們這裡又不是鬧街，府中人來來回回就這麼多，怎麼就在咱們門口擺上攤子呢？且就那麼巧，宋姊姊想要五石散，立即就有人給她送來比五石散更厲害的禁藥……」

答案在陳氏與季老夫人的心中呼之欲出。她們不敢想，但不得不去面對。

季雲流點破道：「祖母，孫女是想，咱們季府也許被人監視了。」

給府中眾人提個醒，由季府出手解決，總比讓七皇子的人正面與二皇子的人對上的好。

季老夫人讓季雲流先退下去，又立刻讓人尋來季德正。

如今宋之畫的事，在季府被人監視的事面前，已經算不得什麼大事。再怎麼說，宋之畫姓宋，在季府出事，季府雖有責任，卻也不是全部。

她很快讓人打包，丟下一句：「妳們以後都莫要再來季府了！」讓一輛馬車把兩人都送回宋家，讓她們愛怎樣就怎樣。

季德正來到正院，一直坐到日暮時分才離去。

第二日，在臨華宮的玉珩就聽席善站那兒微笑稟告：「季府大門前發生了鬥毆事件，門口的商販全部被順天府給抓捕走了！」

玉珩停下寫字的筆，抬起頭，面上有些詫異。「景王派去的人全被順天府抓了？」

「正是呢！」席善邊笑邊說，高興得眉飛色舞。「七爺，您是不知道這事多有趣！今兒個一早，季府大少爺帶著懷有身孕的季大奶奶出門，未上馬車時，大奶奶說要吃栗子糕。季大少爺買栗子糕時，突然叫起來，說自己的玉珮不見了，懷疑被賣栗子糕的商販偷去。幾人在講理時，季大奶奶又說自己被一旁賣梨的給推了，大叫肚子疼，於是……就這樣，季府中衝出一群小廝、長隨，把門口那群商販全給打了，據說打得那叫一個慘烈！」

「景王派去的那些死士不會武？」玉珩疑惑。

「會！」席善笑道：「那季府似乎早有準備一樣，一下子衝出許多人，被打的商販後來被逼出了武，動了真格，哪裡知道那幾個死士動手打了幾個小廝，順天府就來人了。」

席善見玉珩聽得興起，講得越發生動，把順天府是如何帶人抓商販的事，一五一十給說了。「嘿嘿，七爺，季府這招真是用得太絕了！不僅是今早的聚眾鬥毆，晌午時，季尚書更是去御書房面聖。據劉公公說，季尚書跪在地上向皇上又哭又求，口口訴說季府一直恪守法規，為何就受到了一群死士監視？」

「七爺，日後景王想以商販名義監視季府，就不能再用了！」席善噼哩啪啦地繼續道。「不僅是季府見那些商販一次便打一次，與他死磕下去，就連聖上都大怒，要寧世子調侍衛去統管大喜胡同的治安呢！」

玉珩笑了笑，放下筆，轉了轉指間的戒指。「暗中的死士還有多少？」

寧石想了想。「這幾日除了逃掉的三個，加上順天府抓了三個，估計監視季府的也就這麼多了。小的來稟告時，說是季府此刻暫時沒有人監視著。明日起，寧世子大概就要調侍衛守著季府了。」

說著，他腦中靈光一閃，話鋒一轉。「七爺，外頭夕陽正適合，天色好，不如小的去內務府報備下，說您去錦王府走一走？」

明日起，自家主子想在侍衛的眼皮子底下翻過季府的牆，可就沒這般便利了！

玉珩駕馬出宮去錦王府，季雲流也不算在偷閒。

之前景王派來被季雲流識破、關起來的青草，被九娘再抓出來，跪在季雲流面前。

這一個多月的幽暗生活，讓青草直接變成枯草。看見坐在榻上的季雲流，她眼淚直流。「姑娘，奴婢會對您忠心，奴婢會好好伺候您，求求您再給奴婢一次機會！」

季雲流單手托腮看著她，神色淡淡的。「明日便是十五了，妳上月沒去外頭向接應人遞消息，這會兒人家或許猜妳是不是已經背叛了？」

青草磕頭哭道：「姑娘，奴婢再也不想出去遞什麼消息了！奴婢發誓，奴婢向三清發誓，一心忠於姑娘，絕不背叛您！」

青草顫抖地跪著。

被關在東廂的一個多月裡，她想了很多很多，最多的還是自己為何第一日進府就被識破？

想來想去，免不得想到是景王妃故意洩漏。

景王妃極其善妒，不喜自己出挑的容貌，雖自己為陪房丫鬟進府，卻從來不安排自己去伺候景王，千挑萬選地選了自己來這裡，或許就因為她覺得自己是個蠢的。

「妳這是想明白了嗎？」季雲流睥睨她。「若明白了，就莫再想著回去，好好留下伺候我，我不會薄待妳。景王妃以前不能給妳的，指不定我日後還能給妳。」

青草抬首偷偷瞥了季雲流一眼。她斜坐在榻上，露出一截瑩白手臂，長髮覆蓋身後，整個人很隨意，卻有一股說不出的風情。

這樣的姑娘，被聖上一道聖旨賜婚給七皇子。七皇子乃皇后所出，同樣尊貴無比。景王妃不能給的，七皇子妃卻能給……

青草伏地磕頭，恭恭敬敬道：「奴婢日後不論生與死，都是姑娘的人。」

寧伯府大喜過後，寧慕畫便去宮中領了差事，頭一件竟然就是帶宮中二十名三等侍衛去守衛季府?!

皇帝看著一表人才、相貌出眾的寧伯府世子，呵呵笑道：「寧卿，朕知曉你武功非凡，五品侍衛統領也只是讓你熟悉熟悉而已。待你熟悉宮中侍衛營，到時朕再讓你在御前帶刀行走，你且放心吧。」

這御前帶刀侍衛身分更高了，直接是正三品品階。

皇帝都這麼說了，寧慕畫即便不同意，也不可能站在御書房撒潑打滾說不去。他只好去內閣領了腰牌，又去宮中侍衛營點了人員名單，準備明日開始在季府前頭的胡同巡邏。

出宮時，坐在馬上的寧慕畫想到季雲流。
似乎上一次，他怒氣一來，也未曾好好謝過這個表妹。
日頭落在西山後，寧慕畫騎著馬走在官道上。反正明日要去守著季府，那今日就提前跟六表妹打個招呼，順道謝一謝她，再探一探這個表妹是否真的懂道法之術吧！
玉珩到了錦王府，謝飛昂又在這裡住著，他進來時，兩人正圍著火爐，在日益熱起來的天裡烤著地瓜，不亦樂乎。
「七弟！」玉瓊又是一身紅配綠，額頭帶汗，滿面通紅。「快些過來，我烤了許多，你來得正好，有口福了，不用烤便有得吃呢！」
「七爺，快過來坐。」謝飛昂笑道：「我吩咐了廚房，晚膳不必配米飯，配地瓜便好了。」
玉珩如同沒聽到一樣，不動聲色地吩咐席善去廚房，讓廚房準備米飯。
他今日是要和有一段時日未見的未婚妻鵲橋相會，不是去將人熏死的。
笑話，出門連衣袍都換了不下三身的人，竟然吃烤地瓜？
兩個未成親的少年，自然不知七皇子的「高雅」內心，自顧自烤著地瓜，聞著香味，還能時不時來兩句酸詩。
用完膳，這天色已大黑。

玉珩沐浴更衣，重新綰了髮，坐了馬車，出了錦王府。

安安靜靜的季府四處無一人監視，席善自己探過後，奔回馬車上，才把車馬駕到季府的西牆下，向裡頭打暗語。

玉珩踏入院子中時，季雲流已在院中等候。見他瀟瀟灑灑、姿態俊美地落進來，一臉笑。

玉珩過去拉起她的手，跟著一同笑起來。「笑什麼？這般高興，不如也講給我聽聽吧。」

「因為看見了七爺。」季雲流嘴巴很誠實。「我想你。」

這許久不聽的情話如同一汪清泉，湧進玉珩要乾涸的心中，一點一點潤上來。他心弦激盪，連眼神都變得不一樣了。「我也想妳，每日都想。」

圓月高掛空中，月光灑出一地銀光。

季雲流彎起眼，笑得越發讓人賞心悅目。

玉珩看在眼中，只覺得天上那秀麗月華，也比不過此刻雙眸彎彎生春的季雲流。

他伸出另一隻手，扶上她的腰側，探下頭，輕聲說：「雲流，我想親妳。」

還未等人回答，如火的唇已經蓋下來。

席善坐在馬車上，從左轉到右，從右轉到左，還未再來得及轉右，只覺得後頸一疼，他一聲悶哼，失去了知覺。

寧慕畫站在馬車邊，看著駕車等在這裡的「刺客」，又抬首望了望裡頭的牆內。

他若沒有記錯，這裡似乎是邀月院，住的正是六表妹。

想到此的寧慕畫不再猶豫，直接踏牆一躍而上，瞬息之間便到了牆頭。

月華明亮照九州，寧慕畫一個縱身，躍進院子裡去。

「誰！」下頭的玉珩耳目靈敏，聽到動靜，迅速抓起掛在腰間的玉珮，向來人擲去。

一招之間，寧慕畫避過，伸手接住那如流星一般飛來的玉珮。

這聲音，有些耳熟……

一抬眼，寧慕畫便看見……看見了玉珩環抱著季雲流，兩人貼身站在院中，季雲流踮著腳，那雙手還搭在玉珩的脖子上！

這是一個什麼畫面?!

寧慕畫只覺此刻天空有道閃雷直接從頭頂劈下來，把他劈成了幾片，劈懵了。

漆黑夜空下，園中通透的燈火中，六目相對。

寧慕畫驚了片刻、呆了片刻、愣了片刻，最後轉身再躍上牆面，快得只剩下一道影子。

「抱歉，我提前巡邏至季府，見到外頭有馬車，以為有刺客入府……打擾了。」後面那個「你們繼續」終是沒有吐出來。

所以，這是在自己家中談戀愛被當場抓了？

第五十七章

「寧世子稍等片刻！」玉珩眼疾手快，在寧慕畫幾步躍上牆後，直接摟著季雲流從另一旁踏牆而上，幾乎同一時刻跟著寧慕畫翻出季府。

季雲流摟著玉珩的脖子，從高牆隨他一躍而下，站在巷子裡，內心很憔悴。「七爺，你這是羞昏了頭，要帶我出府，與我私奔嗎？」

玉珩低低一笑，繼續摟著她。「我這是怕妳等會兒想不開，惱了自己，更惱了我，於是帶著妳一道來同寧世子說清楚。」

兩人前面的寧慕畫一臉生無可戀。

所以，這「稍等片刻」是要給自己看……看你們兩人是如何不知廉恥的？

寧慕畫抱拳拱手，伸手遞出適才接過來的玉珮。「七殿下，今日這事，在下全然沒見到。」

「寧世子確定沒有見到？」

「千真萬確。」

「那便好。」玉珩接回玉珮，抬首瞧了眼夜色，不緊不慢地再開口。「寧世子真是盡忠職守，這般晚了，還親自來巡查季府四周，見外頭有馬車，以為有刺客，竟然也不從前門稟告、帶人入府檢查，而是直接翻牆進院……真是好心哪！」

季雲流站在一旁，側頭看玉珩。

哦，自家男人吃起飛醋來，竟然是這麼別致。

寧慕畫抬眼，看著玉珩繼續放在季雲流腰身的手。「季府與寧伯府乃是親戚，皇上下旨讓微臣確保季府安危，微臣見外頭馬車，以為有刺客入府，行刺微臣的親人，關心則亂，便沒有多考慮，鑄成大錯，還望七皇子寬宏恕罪。」

今晚之事，兩人都不能傳出去。

一個翻牆夜會未婚妻子，一個明知是女子後宅還擅闖，兩人全被對方抓了把柄，不得翻身。

玉珩站了一會兒，收回目光，道：「你不必請我恕罪，今晚你我並未相見，何來誰有罪、誰無罪之說？」

說完，寧慕畫便看見他攬著未婚妻，再次躍進牆內。

他攤開之前接住玉珮的手掌，看著上頭留下的一絲紅痕，目光微微閃動。

七皇子竟然有如此力道與反應……

被「捉姦在院」之後，兩人自然沒了親熱的興致。

玉珩拉著季雲流的手，繞著前頭園子慢慢走，兩人邊走邊閒聊著瑣碎的家常事。

聊到寧伯府，季雲流忽然問道：「七爺，宮中可有能讓人情動的禁藥？」

「這類藥……」玉珩目光動了動。「這類藥物在宮中自然亦是被禁的，只怕禁得比外頭還要嚴上一些。」

季雲流瞭然。後宮佳麗三千，只皇帝一人，皇子各個年滿十六就出宮，若這些藥在宮中暢通無阻，皇帝還不早早就被後宮的佳麗搞死了？

「可如今宋姊姊手上的藥，秦二娘子說，是要比五石散還要厲害許多的禁藥。」季雲流想了想。「她昨日親口在祖母面前承認，說這藥是她在大街上遇到一個男子拿在手中，欲調戲她卻被瑤瑤打暈後，才從男子手中拿來的。」

玉珩道：「表姑娘身旁的丫鬟懂武？」

「不懂。」

「如此丫鬟能一棍子打暈一個男子？」

「自然不行。」

玉珩停下步伐，拉著季雲流在廊中坐下。「我前日接到妳讓九娘帶的信，便讓人去查了查，在季府四周監視的確實就是景王的人。表姑娘那般巧，這頭想買藥就有人過來送藥，這送藥人，應該就是玉琳。」

季雲流面上露出一絲憐憫同情。「景王府中居然備著這種東西，難不成他才二十出頭的年紀就不舉了？那真是太慘了！」

一個未出閣的小娘子講這樣的話，臉不紅、氣不喘的，玉珩雖是早已知曉她的性子，到底是沒有準備地被她噎了一大口，低首微微咳了一聲。

玉琳是不是不舉，他是不知曉，不過，他自己雖未試過男歡女愛，照他幾次被季雲流撩撥，得靠平心靜氣地打拳才能熄下慾念之火的情形來看，應是可以的。

季雲流不知玉珩心中所想何事，見他坐在自己旁邊，攏著自己久久不語，側頭看他。「七爺，你在想什麼，這般入神？」

想妳我大婚之後的閨房秘事……

想入非非的玉珩耳根子微紅，好在這裡夜色黑了些，月光照不到他。

他聲音平靜，全然讓人聽不出適才的種種旖旎念頭。「景王府中的禁藥怕不是他在吃，而是為太子準備的。那藥可不單單是壯……咳，那藥還有迷人心志的功效，同五石散一樣，讓人感覺快活有幻相。」

季雲流看著玉珩，表示不懂太子吃藥的原因。

玉珩繼續道：「太子年十八時，便娶了蘇大娘子為太子妃，蘇家乃是已故太后的娘家，這親事是太后在世時定下的。太子不喜蘇大娘子，據說兩人婚後相處不睦，有一次蘇大娘子還對太子大打出手，至此以後，太子府中招入各種歌姬美眷……如今想來，只怕大半都是景王的功勞。」

季雲流對皇家的醜聞恍然大悟。「七爺的意思是，二皇子與太子雖為同胞兄弟，但二皇子並非真心輔佐太子，不僅送上各種美眷讓太子沈迷美色、荒廢朝政，還想憑藉禁藥弄垮太子……二皇子這樣做的目的，是想自己做皇帝？」

對於隻字片語便能猜出這般多消息的季雲流，玉珩自嘆弗如。

上一世，他到死都沒有弄清楚玉琳的狼子野心，只固執認為玉琤與玉琳是蛇鼠一窩。

他頷首，給她講朝中的局勢。「這屆春闈試題洩漏，江南商賈之家竇念柏花二十萬兩，從詹事府那買了試題，正好又讓大理寺查出太子得了二十萬兩在東宮大興土木，太子因這二十萬兩，才捲入此案中。」

季雲流問：「太子拿的二十萬兩便是賣試題的錢？」

「不，這兩筆並非一樣，只是玉琳見得如此情景，來了一招順水推舟，再把那試題得來的二十萬兩塞進太子的東宮，向大理寺告密，讓他被人贓俱獲。」講到這樣的黑吃黑、狗打狗，玉珩一點都沒有同情之色。玉琳的歹毒不必說，太子如此境遇也是活該。

季雲流想了想。「既然這事二皇子都起了頭冤枉太子，那七爺何不把二皇子栽贓嫁禍的事給露了，讓太子瞧瞧二皇子的真面目？太子怎麼說，還是占了一個儲君的身分，若真心計較起來，皇上自然會站在太子這邊。」

玉珩聞言，目光微微閃動。

他一直只想著扳倒玉琳，順道拉著太子下位，想著與兩人豎敵也無妨。如今看來，藉由太子對付玉琳，讓自己坐收漁翁之利才是上上之策！

玉珩從季府出來時，席善自然已經醒了，他一見玉珩便跪地請罪。「七爺，小的辦事不力，請七爺責罰。」

身為七皇子的侍衛，竟然被人不知不覺地打暈，真是丟人又失職，真是罪該萬死！

「去侍衛營中自己領罰，再罰你一個月俸祿。」玉珩掀開簾子，自顧自上馬車。

侍衛營中有個寧慕畫，這個人功夫不凡，日後必定平步青雲，這樣的助力，他不可讓玉琳先下手為強了。

席善送玉珩回錦王府，玉珩下馬車後吩咐道：「明日辰時，季府六娘子院中將有一個名青草的丫鬟出府，向景王府的接應人暗中通信。你暗中跟去，聽聽她們到底講了什麼？回來後，一字不漏地背給我聽。」

席善口上應了一聲，心中卻吃驚不已。

七爺才子會佳人，大好的晚上講的不是什麼濃情密意、你儂我儂，而是這些府中丫鬟向人通風報信的事？

景王壞人月下幽會，實在太過可惡！

十五一大早，邀月院中的青草與九娘提著籃子出府。

出了府，青草就與九娘分道揚鑣，去了景王妃說定作為聯絡點的脂粉鋪子。

席善得了玉珩的命令去跟蹤，遠遠見她走進鋪子，找了個好位置，蹲在屋頂偷聽。走出脂粉鋪子後，青草只覺自己腿都軟了。

景王也實在太狠了，這種毀小娘子名聲的事也做得出來！

這頭的席善聽完牆角，也是一臉驚恐地策馬回錦王府，告訴玉珩自己聽來的驚天大事。

玉珩一聽席善的稟告，「啪」一聲，折斷一枝狼毫筆。

「張元詡？」玉珩問了一聲。「景王出的主意，是七夕佳節在大庭廣眾下，讓季六娘子倒在張元詡懷中，說他倆藕斷絲連，壞了六娘子名聲？」

這口氣帶著漫不經心，可席善卻聽出冷颼颼的寒氣，不敢抬首。「七爺，這景王可真是異想天開，且不說六娘子的性子如何，就是七夕佳節那日，必定也是七爺您與六娘子一道走的。咱們這麼多人，又如何讓六娘子倒在那兒……」後面的話全嚥回去。「席善全憑七爺您吩咐。」

玉珩的一隻手指在筆管上輕輕摩挲，坐著半晌沒有說話。

席善等了等，不禁抬起首，再勸道：「七爺，這事吧，小的只是當笑話講與您聽聽罷了，六娘子與七爺您心連心，六娘子若知了這事，保不定七夕那日都不出門了。只要六娘子不出門，景王難不成還把張二郎送進季府不成？外頭還有個寧世子呢。」

對，季府外頭有個寧慕畫當侍衛統領，杏花宴時，寧慕畫照樣是侍衛統領。

杏花宴的日子比起七夕佳節，可是相近很多呢。

「為了一個景王讓六娘子不出府？」玉珩語氣慢條斯理，聽不出情緒。「既然我的好二哥都想出這樣的法子，我若不替他做好了，豈不是辜負他的一番好意？」

他將斷筆一擲，墨在宣紙上化開，染黑了一張已經寫好的文策。

而後，玉珩終於冷冷笑起來。「看來，我那時還是太過仁慈了……」

席善站在案桌後頭，瞥見玉珩面上那冷肅的笑意，在心中默默地替張元詡、替張家全家插上三炷清香。保重了！

隔天午後，張元詡收到一張杏花宴的請帖。

杏花宴每三年才辦一場，正是朝中大辦宴席、賀喜金榜題名的學子。

可今年的杏花宴卻不一樣，朝中誰都知曉，今年的杏花宴可是含了皇后娘娘生辰宴的。如此宴席，朝中勛貴誰不會去，誰不給皇后體面？

張元詡拿著帖子，心中激動，熱淚盈眶。

張元詡收了杏花宴帖子，莊若嫻卻收到一封無署名的信箋。

信很短，只有寥寥幾句，講的是張家二郎與一女子暗中有染，若不信，可在杏花宴往曲江東邊的霧亭一觀。

自個兒日哭夜哭，又在長公主府的百花宴不要臉面地使出渾身解數，回去之後，才讓莊老夫人同意了她與張二郎的親事，現下，如何能忍受有人與自己的未婚夫君有染？

且信箋還送到她的手中，這不是明晃晃地打她臉面嗎？

她一拍妝檯。「好哇，定是季六那不要臉的，還與詡郎暗中往來！」

薔薇看著莊若嫻怒火燒紅的臉龐，小心翼翼道：「姑娘，這信……怕是有心人故意為之，欲壞了姑娘與張二少爺的情意。姑娘，如今您與張二少爺苦盡甘來，這霧亭……莫管是真是假，都不要去了吧。」

莊若嫻摺好了信，片刻後，怒氣平復了些。她眼皮微垂，把信放在香爐中，看它焚燒殆盡。

「妳且讓小林去張府問一問，二郎有無收到杏花宴的帖子。」

若有，這霧亭之約，她無論如何都要去瞧個究竟！

——未完，待續，請看文創風666《老婆急急如律令》3

風 文創 665

老婆急急如律令 2

國家圖書館出版品預行編目資料

老婆急急如律令 / 白糖著. --
初版. -- 臺北市 : 狗屋, 2018.08-
冊 ; 公分. --（文創風）
ISBN 978-986-328-898-5（第2冊：平裝）. --

857.7　　107009609

著作者	白糖
編輯	張蕙芸
校對	黃薇霓　簡郁珊
發行所	狗屋出版社有限公司
地址	台北市104中山區龍江路71巷15號1樓
電話	02-2776-5889～0
發行字號	局版台業字845號
法律顧問	蕭雄淋律師
總經銷	知遠文化事業有限公司
電話	02-2664-8800
初版	2018年8月
國際書碼	ISBN-13　978-986-328-898-5

本著作物由起點中文網（www.qidian.com）授權出版

定價250元
狗屋劃撥帳號：19001626
網址：love.doghouse.com.tw　E-mail：love@doghouse.com.tw